D1873509

Ex Libris

ANJA RÖDER

Zu diesem Buch

«Du hast eine Menge Kredit bei den bösen Buben, Spenser. Santiago hilft dir, Mr. del Rio hilft dir, jetzt gibt's diesen Broz, den ich nicht kenne, der hilft dir. Und ich helfe dir. Bist du sicher, daß du zu den guten Jungs gehörst?»

«Nein», sagte ich. «Ich bin mir da auch nicht immer sicher.»

Manchmal ist man ohne gute Freunde aufgeworfen und kann deshalb nicht allzu wählerisch sein. Was letztlich zählt: Sie sind auf meiner Seite. Wie ich auf der Seite von Frank Belson bin, dessen Frau spurlos verschwunden ist und der mich mit der Suche nach ihr beauftragt hat. Bevor ihn drei 8-mm-Kugeln umgeblasen und erst mal außer Gefecht gesetzt haben.

Ich weiß nicht mal, ob ich nach einer entlaufenen Ehefrau oder einem Entführungsopfer suche. Vielleicht ist sie ermordet worden, oder sie hat einen tödlichen Unfall gehabt oder einen plötzlichen Gedächtnisschwund. Möglicherweise liegt sie gefesselt in einem schmutzigen Keller oder auf Eis im Leichenschauhaus...

Robert B. Parker, 1932 in Springfield, Massachusetts, geboren, studierte an der Boston University, wo er 1957 den M. A. machte und 1971 zum Ph. D. promovierte. Bis 1979 unterrichtete er als Professor für Literatur an der Northeastern University in Boston. Neben seiner Arbeit begann er zu schreiben und erhielt 1976 den Edgar Allan Poe Award. Robert B. Parker lebt mit seiner Frau in Boston. Private Eye Spenser ist mittlerweile in über zwanzig Romanen ermittlerisch tätig und avancierte auch in Deutschland zum TV-Serien-Star.

In dieser Reihe ist bereits erschienen: Die unsichtbaren Killer (Bd. Nr. 3178).

Robert B. Parker

Brutale Wahrheit

Ein Fall für Spenser

Deutsch von
Alan Posener

rororo

Rowohlt

rororo thriller
Herausgegeben von Bernd Jost

Deutsche Erstausgabe
Veröffentlicht im Rowohlt Taschenbuch Verlag GmbH,
Reinbek bei Hamburg, September 1996
Copyright © 1996 by Rowohlt Taschenbuch Verlag GmbH,
Reinbek bei Hamburg
Die Originalausgabe erschien 1995 bei G. P. Putnam's Sons, New York,
unter dem Titel «Thin Air»
Copyright © 1995 by Robert B. Parker
Umschlaggestaltung Walter Hellmann (Foto Photonica/Arthur Tress)
Satz Bembo (Linotronic 500)
Gesamtherstellung Clausen & Bosse, Leck
Printed in Germany
1290-ISBN 3 499 43233 1

Für Joan: immer noch der Geschmack des Weins

Er hatte mehrere Seidenschals in einer Plastiktüte mitgebracht und sie damit geknebelt und gefesselt.

«Seide ist weich», hatte er ihr gesagt. «Sie wird nicht so einschneiden wie ein Strick.»

Jetzt lag sie hilflos da, voller Angst und Wut wegen ihrer Hilflosigkeit, auf einer Matratze hinten in einem alten gelben Ford-Lieferwagen. Er fuhr. Beim Fahren fummelte er am Radio, bis er einen Sender mit Country fand.

«Hier, mein Engel – 90 FM, Rock Country, weißt du noch?»

Wenn sie den Kopf anhob, konnte Lisa durch die Windschutzscheibe sehen. Baumwipfel, Strommasten, Leitungen. Keine Gebäude. Also waren sie nicht mehr in der Stadt.

«Gott, wie lange ist es schon her, Lisa, Kleines? Zehn Monate und sechs Tage. Fast ein Jahr. Mann, das ist ein schweres Jahr gewesen... aber jetzt ist es vorbei. Wir sind wieder zusammen.»

Der Lieferwagen fuhr durch ein Schlagloch, und Lisa wurde mit der Matratze hochgeworfen und knallte wieder auf den Wagenboden. Der Knebel in ihrem Mund war von ihrem Speichel durchweicht. Sie spürte, daß sie ein wenig sabberte.

«Und nur darauf kommt es an», sagte er. «Was gewesen ist, ist gewesen, und damit basta. Jetzt liegt alles vor uns. Jetzt, wo wir zusammen sind.»

Der Wagen fuhr langsamer. Der Verkehr war dichter geworden. Sie konnte ihn hören, und der Lieferwagen mußte oft bremsen, so daß sie auf ihrer Matratze über den Wagenboden rutschte. Die Matratze schien brandneu zu sein. Hatte er sie extra hierfür gekauft? Wie er die Seidenschals gekauft hatte? Der Wagen mußte anhalten. Durch die Windschutzscheibe konnte sie die Fahrerkabine eines Lastwagens sehen. Wenn sie sich nur ein wenig weiter nach vorne arbeiten könnte, würde sie der Lastwagenfahrer vielleicht sehen. Aber es ging nicht. Er hatte einen kurzen Strick um ihre Fußfesseln gelegt und ihn an einem Ring auf dem Boden des Lieferwagens befestigt. Der Wagen fuhr wieder an. Das Radio spielte, er sang mit. Beim nächsten Halt drehte er sich um und richtete über die Rückenlehne eine antiquierte Videokamera auf sie.

«Das muß ich festhalten. Daß wir jetzt wieder zusammen sind.»
Sie hörte das Surren der Kamera.
«Kopf hoch, Engel, schau in die Kamera.»
Sie vergrub ihr Gesicht in die Matratze. Einen Augenblick noch surrte die Kamera. Dann hörte es auf, und der Lieferwagen fuhr weiter.

Kapitel 1

Ich verpaßte dem Sandsack in Henry Cimolis Fitneßstudio am Hafen ein paar Schläge. Den Sandsack behielt Henry nur noch aus Loyalität zu mir und zu Hawk, und zum Henry vergangener Tage. Damals war Henry Profileichtgewicht gewesen, und sein Laden war einfach eine häßliche Turnhalle, wo Boxer trainierten. Das war, bevor Willie Pep ihn überzeugte, ins Fitneßgeschäft einzusteigen, indem er ihn zweimal hintereinander in der ersten Runde k. o. schlug. Eine Lektion über den Unterschied zwischen gut und großartig. Joe Walcott hatte mir die gleiche Lektion erteilt, als ich noch sehr jung war, aber ich brauchte etwas länger, die Lehren daraus zu ziehen.

Die Boxkabine war eingequetscht zwischen Henrys Büro und einem Babylon aus Glas, Chrom und Lycra-Stretch, wo das Trainingspersonal, hauptsächlich junge Frauen mit riesigen Frisuren und glänzenden Trikots, der Kundschaft beibrachte, wie man politisch korrekt fit fürs Leben und ein in jeder Hinsicht besserer Mensch werden konnte. Viele Kunden sahen mich mißtrauisch an. Henry meinte, weil ich den Gerichtsvollzieherblick hätte, als ob ich die Geräte pfänden wollte.

Henry machte Smalltalk mit seinen Kunden. Er trug ein Seiden-T-Shirt, das sich über Brust und Bauch spannte, und sah aus wie eine Billigausgabe von Arnold Schwarzenegger. Kein Schamgefühl. Als ich mich einmal bei ihm beschwerte, er hätte aus seinem Sportclub eine Single-Bar für Überbeschäftigte gemacht, lächelte er nur und trieb den Daumen gegen Zeige- und Mittelfinger. Wenn aber nicht viel los war und er glaubte, daß ihn niemand beobachtete, kam er in die kleine Boxkammer und ließ den Punchingball tanzen. Seinem Büro gegenüber gab es einen Coiffeur und einen Laden, wo man Gesichtsmassagen bekommen konnte. Eine Treppe höher trieben sie Aerobic.

Ich machte hauptsächlich Kombinationen am Sandsack, um meine Hände, die Handgelenke und Unterarme in Form zu halten.

Hin und wieder mußte ich ja immer noch einen Menschen schlagen, und ich wollte mir nicht dabei weh tun. Ich übte gerade *linker Haken, linker Haken, gerade Rechte, abducken*, als Frank Belson hereinkam. Den richtigen Körperbau für den Laden hatte er schon, schlank und hart, dazu ein schmales Gesicht. Aber die Schiebermütze aus Tweed paßte nicht, und der hellbraune Anorak paßte nicht, und der permanente blaue Bartschatten, den kein Rasierer wegradieren konnte, paßte auch nicht. Am Ende sieht ein Cop immer aus wie ein Cop, egal was er tut. Oder wie ein Verbrecher, deshalb klappt es mit den verdeckten Ermittlungen so gut.

«Ich muß mit dir reden», sagte Belson.

Schwer atmend hielt ich inne. Mein Hemd war schweißnaß. Die gegenüberliegende Wand war ein riesiges Fenster mit Blick auf den Hafen von Boston. Heute war das Wasser aufgewühlt und mit Schaumkronen übersät. Ungerührt glitt die große Fähre von Rowe's Wharf zum Flughafen über die kleinen Wellen. Außer den Möwen bewegte sich sonst gar nichts im Hafen.

«Gut», sagte ich.

«Woanders», sagte Belson.

«Privat?»

«Privat.»

Henry unterhielt sich gerade mit einer pummeligen, dauergewellten Blondine, die sich mit der moralischen Unterstützung ihrer Trainerin bemühte, Oberkörperliegestütze zu machen. Die Trainerin war eine geschmeidige junge Frau mit einem enganliegenden lila Body und einer großen Schleife im Haar. Hin und wieder sagte sie Sachen wie «ganz toll» und «Sie schaffen es».

«Liz, ich habe schon acht gemacht», sagte die blonde Frau.

«Sechs», sagte Liz. «Hauptsache, Sie fühlen sich wohl dabei.»

Ich winkte Henry. Er sah mich und nickte.

«Du machst klasse Fortschritte, Buffy», sagte Henry zur Blondine. «Und das sieht man auch schon.»

Die blonde Frau lächelte ihn an und ruhte sich von ihren sechs oder acht halben Liegestützen aus. Henry drehte sich um und kam auf mich zu.

«Du machst auch klasse Fortschritte», sagte er.

«Ja, und das sieht man auch bald. Du kennst Frank Belson?»

Henry nickte.

«Wir sind uns schon begegnet.»

Belson sagte: «Henry.»

«Können wir eine Weile dein Büro benutzen?» sagte ich. «Frank und ich müssen miteinander reden.»

«Klar doch», sagte Henry. «Ich muß noch mindestens eine Stunde Arschkriecherei und Lügenerzählen hinter mich bringen, bis ich Mittagspause machen darf.»

«Geschäft ist Geschäft, Henry», sagte ich.

«Ja, sicher.» Er sah mich ernst an. «Und viel Spaß bei der Problemzonen-Gymnastik», sagte er.

Belson und ich gingen in das Büro und machten die Tür zu. Ich setzte mich hinter dem Schreibtisch in Henrys Stuhl. Belson blieb stehen und blickte durch die Glastür hinaus in den chromblitzenden Fitneßraum. Ich wartete. Belson kannte ich seit mehr als zwanzig Jahren, seit der Zeit, als ich selbst Cop gewesen war. In der ganzen Zeit hatte er kein einziges Mal darum gebeten, mit mir allein zu reden, und bei jeder anderen Gelegenheit hätte er sich wohl hinter den Schreibtisch gesetzt. Jetzt drehte er sich um und starrte nicht mehr in den Fitneßraum, sondern auf die Wand hinter mir. Ich war oft hiergewesen und wußte, ohne hinzusehen, daß dort vier oder fünf Bilder von Henry als Boxer hingen, außerdem mindestens zwei von ihm in seiner aktuellen Inkarnation, wie er mit prominenten Bostoner Bürgern, die zum Fitneßtraining kamen, in die Kamera lächelte. Belson betrachtete eine Zeitlang die Fotos.

«Ist Henry ein guter Kämpfer?» fragte er.

«Ja.»

Belson besah sich die Wand noch ein bißchen, als ob er sich jedes Bild einzeln einprägen müßte. Die Hände hatte er in die Gesäßtaschen gesteckt. Ich lehnte mich in Henrys Drehstuhl zurück. Mein Atem ging jetzt regelmäßiger. Nach der Anstrengung fühlte ich mich warm und locker. Ich legte die Füße auf den Tisch. Belson starrte die Bilder an.

«Meine Frau ist weg», sagte er.

«Wo?»

«Keine Ahnung.»

«Hat sie dich verlassen?» fragte ich.

«Weiß nicht. Sie ist weg. Einfach verschwunden, verstehst du.»

«Erzähl.»

«Du kennst meine Frau?»

«Klar doch. Susan und ich waren bei der Hochzeit.»

«Sie heißt Lisa.»

Ich nickte.

«Meine zweite Frau, weißt du.»

«Ja. Das weiß ich, Frank.»

«Und sie ist viel jünger und sieht sowieso viel zu gut aus für mich.»

«Du glaubst, sie hat dich verlassen», sagte ich.

«Das würde sie nicht tun. Sie würde nicht einfach verschwinden, ohne ein Wort zu sagen.»

«Meinst du, ihr ist etwas zugestoßen?»

«Ich hab jedes Krankenhaus in New England überprüft», sagte Belson. «Ich hab eine Suchmeldung für den ganzen Nordosten rausgeschickt. Ich hab jeden Cop, den ich kenne, persönlich angerufen und ihn gebeten, nach ihr Ausschau zu halten. Und sie werden aufpassen. Sie ist schließlich die Frau eines Polizisten.»

Er drehte sich wieder um und starrte in den Fitneßraum. In Henrys Büro war es sehr still.

«Sie kann auf sich selbst aufpassen. Sie ist viel herumgekommen.»

«Gab es Probleme zwischen dir und ihr?» fragte ich.

Er hatte mir immer noch den Rücken zugedreht. Er schüttelte den Kopf.

«Willst du, daß ich nach ihr suche?»

Er bewegte sich nicht. Ich wartete. Schließlich sagte er: «Nein. Das kann ich selber. Wenn wir sie nicht bald finden, nehm ich mir frei. Ich weiß, wie man sucht.»

Ich nickte.

«Wie war ihr Mädchenname?» fragte ich.

«St. Claire.»

«Hat sie irgendwo Familie?»

Belson drehte sich um und sah mir zum ersten Mal direkt ins Gesicht.

«Darüber will ich nicht reden», sagte er.

Ich nickte. Belson starrte hinaus auf die Leute in verschiedenfarbigem Lycra-Stretch, die ihre Übungen machten. Früher einmal meinte ich, es wäre wie beim Golf: die Leute machen es wegen der Kleidung. Aber dann fiel mir auf, daß die meisten Leute in Fitneßkleidung merkwürdig aussehen, und dachte mir, daß ich wohl unrecht hatte. Oder es war bei den Leuten mit der Selbsterkenntnis nicht sehr weit her. Das Schweigen in Henrys Büro wurde erdrükkend. Ich wartete. Belson starrte vor sich hin.

Schließlich sagte ich: «Frank. Du willst nicht darüber reden, und du willst nicht, daß ich dir beim Suchen helfe. Wieso bist du überhaupt hergekommen und hast mir davon erzählt?»

Er schwieg und starrte wieder eine Zeitlang hinaus, dann sagte er, ohne sich umzudrehen: «Dir ist dasselbe passiert. Vor zehn, zwölf Jahren.»

«Susan war eine Weile weg», sagte ich.

«Sie hat dir gesagt, daß sie geht.»

«Sie hat einen Zettel hinterlassen», sagte ich.

Belson schwieg und starrte durch die Glastür. Die Leute turnten herum, und die Trainer trainierten sie, aber ich wußte, daß Belson sie nicht sah. Er sah überhaupt nichts.

«Sie ist zurückgekommen», sagte er.

«Sozusagen», sagte ich. «Wir haben uns zusammengerauft.»

«Lisa hat keinen Zettel hinterlassen», sagte Belson.

Was ich auch immer dazu hätte sagen können, es wäre nicht ermutigend gewesen.

«Wenn ich sie finde, frage ich sie, warum», sagte er.

Endlich drehte er sich um und sah mich an.

«Danke, daß du dir Zeit für mich genommen hast», sagte er und ging.

Als der Lieferwagen endlich anhielt, war es dunkel. Irgendwo plärrte ein Radio, bellte ein Hund. Er stieg aus und öffnete die Tür zum Laderaum. Sie arbeitete sich hoch, so daß sie sitzen konnte. Das Kameralicht blendete sie. Die Videokamera surrte.

«Sieh mich an, Süße», sagte er. «Jetzt sind wir zu Hause ... Nein, hierher ... Dreh den Kopf zu mir ... mach schon, stell dich nicht so an.»

Hinter ihm erschien ein gedrungener Mann mit einem Handkarren und einer Plane über der Schulter. Die Kamera surrte weiter.

«Ich brauche nur noch eine Minute ... Ich will alles draufkriegen ... Man hält es nicht fest, und später tut es einem leid: Wenn wir erst Kinder haben, werde ich nur noch hinter dieser Kamera stehen.»

Das Surren hörte auf. «Okay, Rico», sagte er. «Bring sie nach oben.»

Mit einem Buschmesser durchschnitt Rico den Strick, der sie an den Boden des Lieferwagens gefesselt hatte. Er hob ihre Tasche vom Wagenboden auf und hängte sie über einen der Griffe des Handkarrens. Dann stieß er sie flach auf den Boden und rollte sie in die Plane ein. Er wuchtete sie auf den Karren, band sie daran fest und schob den Karren an. Sie konnte nichts sehen. Die Plane roch nach Terpentin und Schimmel. Sie hörte eine Tür aufgehen und spürte, wie der Handkarren polternd eine Treppe heraufgezogen wurde. Wie ein Sack Kartoffeln lag sie auf dem Karren, und so fühlte sie sich auch, wie ein hilfloser, willenloser, durchgerüttelter Sack von irgend etwas, von Lisa.

Der Rahmen des Handkarrens stieß ihr schmerzhaft in den Rücken. Sie konnte sich nicht wehren. Sie konnte nicht sprechen. Es war alles zuviel. Sie ertrug es nicht mehr. Sie spürte, wie ihr Atem flach wurde, wie der Schweiß ihre Sachen durchnäßte, wie der vollgesabberte Knebel in ihrem Mund lag. Der Handkarren rumpelte, glitt weiter, fing wieder an zu rumpeln. In ihrer Plane wand sie sich hilflos hin und her, wollte schreien und konnte nicht.

Kapitel 2

Susan und ich gönnten uns ein frühes Abendessen im East Coast Grill. Unsere Bedienung war eine attraktive junge Frau, die tagsüber Bildhauerin war und diese Sucht durch ihre Kellnerei finanzierte. Das East Coast ist ein Barbecue-Restaurant. Außer Susan kenne ich niemanden, der dort mit Weisheit essen oder mit Mäßigung trinken kann. Ich gab mir erst gar keine Mühe und bestellte Spareribs, Bohnen, Coleslaw, eine Extraportion Maisbrot und außerdem eine Scheibe Wassermelone. Während die Spareribs über dem offenen Holzfeuer hinten im Restaurant brutzelten, trank ich etwas Rolling Rock-Bier. Susan trank eine Margarita ohne Salz, während sie auf ihr kurzgebratenes Thunfischfilet mit grünem Salat wartete. Als der Thunfisch gebracht wurde, schnitt sie sich ein Drittel davon ab und legte den Rest auf ihren Brotteller.

«Susan», sagte ich, «du hast einen ganzen Tag Schwerstarbeit hinter dir. Du bist schon besser in Form als Margot Fonteyn.»

«Das will ich hoffen, Margot Fonteyn ist tot», sagte Susan. «Wir nehmen das für Pearl mit. Sie liebt frischen Thunfisch.»

«Vergiß doch einmal deine Prinzipien», sagte ich. «Nimm etwas Salz zu deiner Margarita. Iß den ganzen Thunfisch.»

«Meine Prinzipien habe ich bereits einmal vergessen, nämlich als ich mich mit dir einließ», sagte sie.

«Was auch sehr weise war», sagte ich. «Aber du solltest auch beim Essen nicht so streng mit dir sein.»

«Halt den Mund.»

«Aha», sagte ich. «Das ist natürlich ein ganz neuer Gesichtspunkt.»

Ich nahm mir ein Sparerib vor und arbeitete eine Zeitlang sorgfältig daran. Seit Jahren komme ich in dieses Restaurant, und nie gelingt es mir, Spareribs zu essen, ohne Soßenflecke auf mein Hemd zu bekommen. Aber wenigstens habe ich nie meine Pistole bekleckert.

«Wie geht es Frank?» fragte Susan.

Ich zuckte die Achseln. «Er sagt nicht viel. Aber es macht ihn fertig. Als ich ihn sah, konnte er kaum sprechen.»

«Nichts Neues von Lisa?»

«Nein.»

«Glaubst du, sie hat ihn verlassen?»

«Er sagt, sie würde nicht abhauen, ohne ihm etwas zu sagen, aber...»

«Aber in einer Streßsituation machen die Menschen die unerwartetsten Dinge», sagte Susan.

Ich nickte. Eine Zeitlang arbeitete ich weiter an meinem Sparerib. Im Raum roch es nach dem Holzfeuer. Das Bier war kalt. Auf dem Tisch stand eine Flasche mit scharfer Soße. Susan goß etwas davon auf ihren Thunfisch.

«Großer Gott», sagte ich, «willst du dich umbringen?»

Sie aß davon.

«Scharf», sagte sie.

«Sie benutzen das Zeug, um Geständnisse zu erpressen», sagte ich.

«Mir schmeckt's.»

Ich aß etwas Maisbrot und trank noch ein bißchen Bier. Das Restaurant war früher wahrscheinlich ein Laden wie Woolworth gewesen. Durch die dicken Glasscheiben der Vorderfront sah man hinaus auf den Inman Square. Ein Vorfrühlingsabend. Es dämmerte, und die ersten Autoscheinwerfer durchschnitten das Zwielicht.

«Ich habe erlebt, wie Frank in ein dunkles Gebäude hineinging, wo geschossen wurde. Und es war so, als ob er gerade mal eine Packung Fischstäbchen für die Kleinen kaufen wollte.»

«Wie war es für dich, als ich gegangen bin?»

«Ich kann mich schwer erinnern. Ist ja eine Weile her.»

«Mhm. Was habe ich getragen, als wir uns das erste Mal begegnet sind?»

«Schwarze Seidenbluse mit weiten Ärmeln, weiße Hose. Bluse am Hals offen. Silberkette um den Hals. Silberarmband. Kleine, spiralförmige Ohrringe aus Silber. Einen Hauch blauen Lidschatten, glaube ich. Und die Haare so eine Art Pagenschnitt.»

«Mhm.»

Wir schwiegen eine Weile. Ich brach mir noch ein Stück Maisbrot ab und aß es.

«Okay, Miss Freud. Ich kann mich an jedes Detail unserer ersten Begegnung erinnern und an kaum etwas von unserer Trennung.»

«Mhm.»

«Was sicherlich außerordentlich bedeutsam ist. Und wenn du noch einmal ‹mhm› sagst, laß ich dich nicht zugucken, wenn ich unter die Dusche gehe.»

«Du lieber Himmel», sagte Susan.

«Also, worauf willst du hinaus?»

«Männer wie Frank Belson, wie Quirk, wie du: sie sind auch deshalb das, was sie sind, weil sie verschlossen sind. Sie können ihre Gefühle beherrschen, sie haben sich in der Gewalt, weil sie nichts an sich heranlassen. Sie reden nicht viel. Sie zeigen nicht viel von sich.»

«Nur einer Frau», sagte ich.

«Ist es dir je aufgefallen, wie wenig du normalerweise für Konversation übrig hast und wie frei du mit mir sprichst?» fragte Susan.

«Es grenzt zuweilen ans Schnatterhafte», sagte ich.

«Ich meine, es ist mehr als nur Schnattern. Aber außer mir, mit wem bist du am engsten befreundet?»

«Paul Giacomin und Hawk.»

«Wenn ihr zusammenkommt, schnatterst du mit Paul?»

«Nein.»

«Schnatterst du mit Hawk?»

«Um Gottes willen.»

«Oder mit Belson oder Quirk, oder Henry Cimoli, oder mit deinem Freund, dem Killer?»

«Vinnie Morris?»

«Ja, Vinnie. Schnattern die?»

«Wahrscheinlich mit ihren Frauen», sagte ich. «Außer Hawk. Hawk schnattert nie, glaube ich.»

«Was Hawk betrifft, bleibe ich unentschieden», sagte Susan. «Es ist schon kompliziert, ein Mann zu sein. Ein schwarzer Mann zu sein ist unendlich viel komplizierter.»

Die Kellnerin kam an unserem Tisch vorbei und stellte mir eine weitere Flasche Rolling Rock hin, ohne daß ich sie darum gebeten hatte. Sie war fest liiert, das wußte ich, und ich war es auch. Aber vielleicht war eine Adoption drin.

«Sieh dich doch an», sagte Susan. «Du bist wie ein gottverdammtes Gürteltier. Du gibst sehr wenig, du verlangst sehr wenig, und verletzen kann man dich nur, wenn man durch diesen Panzer dringt.»

«Und genau das ist mit Frank passiert», sagte ich.

«Lisa hat er an sich herangelassen», sagte sie. «Ihr hat er all das gegeben, was er sonst niemandem gab. Sich selbst hat er gegeben, alles. Den Teil von sich, den sonst niemand sieht oder hört, von dem sonst niemand etwas ahnt. Und das ist wahrscheinlich eine ziemliche Last für sie. Es wäre für jede Frau eine Last.»

«Du scheinst ganz gut damit klarzukommen», sagte ich.

«Ich kann das, und ich will das», sagte Susan. «Aber als Lisa herausfand, was Frank ihr gegeben hatte, also sich selbst, ganz und gar... Und er mußte befürchten, daß sie ihn so ungenügend finden würde, wie er sich selbst fand, und da gab es keinen Panzer mehr, der ihn schützen konnte.»

«Seine erste Ehe hatte ihn wahrscheinlich schon etwas zermürbt», sagte ich.

Susan lächelte mich an.

«Das glaube ich auch», sagte sie. «Wenn ich es richtig verstanden habe, ist seine erste Ehe ziemlich auf Anhieb gescheitert und scheiterte dann weitere zwanzig und ein paar zerquetschte Jahre vor sich hin. Das muß ihm einiges von dem genommen haben, was dich, nun, nicht gerade schmerzfrei hält, aber doch –» Susan suchte nach dem richtigen Wort und sagte dann achselzuckend, weil es doch inadäquat war – «auf Kurs.»

Ich fand das Wort nicht inadäquat. Ich fand es prima.

«Und das wäre?» sagte ich.

Sie dachte eine Weile darüber nach und zog die Unterlippe ein, wie sie es immer tut, wenn sie überlegt, so daß ich ihre Zungenspitze sehen konnte.

«Selbstachtung wäre wohl das richtige Wort», sagte Susan. «Im tiefsten Herzen bist du mit dir zufrieden.»

«Selbstachtung? Wie wäre es mit: Ich besitze ein optimal integriertes Selbst? Würde das nicht besser klingen?»

«Allerdings. Ich wünschte, ich hätte das so gesagt.»

«Los, behaupte einfach, daß du es warst», sagte ich. «Nach einer Weile werde ich das sogar selbst glauben.»

«Deshalb hast du unsere Trennung überlebt, weil du dieses Etwas hattest, das du von deinem Vater und deinen Onkeln bekommen hast, bevor dir überhaupt klar wurde, was es war.»

Das Abendessen war vorbei. Die letzte Flasche Rolling Rock war ausgetrunken. Susan hatte ein Glas Rotwein bestellt und fast ein Drittel davon gekippt.

«Lange keinen so informativen Vortrag gehört», sagte ich.

«Konntest du bei den schwierigen Teilen auch folgen?»

«Ich glaube schon», sagte ich. «Aber durch die Anstrengung ist meine Libido angeregt worden.»

«Gibt es eigentlich irgendeine Anstrengung, die nicht deine Libido anregt?» fragte Susan.

«Ich glaube nicht», sagte ich. «Gehen wir zu dir und untersuchen, wie es mit meiner Verletzlichkeit bestellt ist?»

«Was ist mit Pearl?»

«Sie ist ein Hund. Soll sie doch ihre eigene Verletzlichkeit untersuchen.»

«Ich bitte sie, solange ins Wohnzimmer zu gehen», sagte Susan. «Habe ich wirklich blauen Lidschatten getragen, als wir uns kennenlernten?»

«Mhm.»

«Großer Gott. Erzähl's bloß nie der Modepolizei.»

Als sie zu sich kam, war zuerst eine lautlose Stimme in ihrem Kopf.

«Frank wird mich finden», sagte die Stimme. «Frank findet mich schon.»

Dann roch sie das Insektenpulver. Früher einmal hatte sie eine Wohnung gehabt, wo der Hauswart im Kampf gegen die Kakerlaken das Zeug jeden Tag verstreut hatte. Den Geruch kannte sie, und weil sie ihn kannte, wirkte er fast beruhigend. Sie öffnete die Augen. Sie lag auf einem Bett, zugedeckt mit einem Laken aus lila Seide, mehrere elfenbeinfarbene Kissen mit Spitzenbesatz unter dem Kopf. Sie wollte sich aufrichten, aber sie war noch gefesselt. Den verknoteten Seidenschal hatte sie noch im Mund. Irgendwo hörte sie ein Lachen. Es kam ihr bekannt vor. Ein dummes Lachen, fröhlich, ein wenig manisch. Im Raum waren Fernsehmonitore verteilt, mindestens fünf. Einige waren an Scheinwerferständern befestigt, andere hingen von der hohen Decke herab. Auf jedem Monitor sah Lisa sich selbst. Den Kopf hatte sie lachend zurückgeworfen, sie trug einen gewagten Badeanzug, im Hintergrund brandete der Ozean. Sie konnte sich an den Tag erinnern. Sie waren nach Crane's Beach hinausgefahren. Brathähnchen hatten sie mitgebracht, dazu ein Baguette, Nektarinen und Wein.

Sie hörte, wie sie lachend aufschrie, als er ihr etwas Wein in den Ausschnitt kippte. Dann war der Ton auf einmal weg, und es blieben nur noch die Bilder ihres lautlosen Kicherns auf den schweigenden Monitoren. Hilflos lag sie im Dunkeln und beobachtete sich. Plötzlich war das erschreckend weiße Licht der Videokamera da. Sie hörte das Surren des Videobands, das quengelnde Geräusch des Zooms. Er kam mit seiner Kamera aus der Dunkelheit hinter den Monitoren hervor.

«Du liebst doch Crane's Beach, stimmt's, Engel?» sagte er mit der Kamera vor dem Gesicht. «Wir werden wieder hinfahren ... sieh uns nur an, ist das nicht toll? ... Ich Tarzan, du Jane.»

Auf den Monitoren sah sie eine Aufnahme ihres Hauses in Jamaica Plain, dann gab es einen Schnitt, und ihr Gesicht erschien in Nahaufnahme. Durch den Knebel im Mund sah es fast so aus, als ob sie grinste. Die Kamera fuhr zurück. Sie lag auf dem Boden des Lieferwagens. Ihre

Augen glänzten im mitleidslosen Licht. Auf dem Bett drehte sie den Kopf weg. Er streckte die Hand aus und drehte ihr Gesicht sanft wieder zu sich.

«Ich muß dich sehen, Baby, zier dich nicht so.»

Und er filmte sie jetzt, wie sie sich Filme ansah, die er in vergangenen Zeiten von ihr gemacht hatte.

Kapitel 3

Ich saß in der kleinen Kabine hinter Milchglas, wo der Chef der Mordkommission sein Büro hatte, und sprach mit Martin Quirk über Frank Belson.

«Frank nimmt sich ein bißchen Urlaub», sagte Quirk.

Sein blauer Blazer hing auf einem Bügel an einem Haken an der Tür. Er trug ein weißes Hemd mit einer dunkelroten Krawatte, und seine großen Hände ruhten auf dem fast leeren Schreibtisch zwischen uns. Er war immer ruhig, außer wenn er sauer war, dann wurde er noch ruhiger. Niemand hatte besondere Lust, ihn sauer zu machen.

«Ich weiß», sagte ich. «Weißt du warum?»

«Muß sich mal ausspannen.»

«Du hast von der Sache mit seiner Frau gehört?»

«Ja.»

«Ich auch», sagte ich.

«Was weißt du?»

«Ich weiß, daß sie weg ist.»

Quirk nickte.

«Okay», sagte er, «also muß ich dir nichts vorspielen.»

«Das hast du gerade gemacht?»

«Ja.»

«Er hat Angst, daß sie ihn verlassen hat», sagte ich.

«Kommt vor.»

«Dir ist das nie passiert», sagte ich.

«Dir schon.»

«Ja.»

«Ich erinnere mich.»

«Die ersten Reaktionen sind völlig unlogisch», sagte ich.

«Deshalb nennt man das wohl ‹crazy time›.»

«Bestimmt», sagte ich. «Was weißt du von ihr?»

«Nein, das hast du falsch verstanden», sagte Quirk. «Ich bin hier der Cop. Ich frage dich solche Sachen.»

«Frank will nicht darüber reden.»

Quirk nickte. «Aber du als Scheiß-Pfadfinder mußt deine Nase da reinstecken.»

«So sehe ich das», sagte ich.

«Frank ist wegen der Geschichte ziemlich durch den Wind.»

«Also, was weißt du von ihr?»

«Sie heißt Lisa St. Claire. Sie ist Moderatorin bei einem Sender in Proctor, das ist eine von diesen verpißten Städten da oben bei New Hampshire.»

«Ich kenne Proctor», sagte ich.

«Fein», sagte Quirk. «Frank hat sie vor etwa einem Jahr kennengelernt. An der Bar im Charles Hotel. Frank hatte gerade die Scheidung hinter sich. Seine Alte ließ ihn nicht leicht aus ihren Klauen. Bist du der liebenswerten Kitty je begegnet?»

Ich nickte.

«Also sah Lisa in seinen Augen ziemlich gut aus. Scheiße, sie sieht auch in meinen Augen gut aus, und ich bin glücklich verheiratet. Frank machte wahrscheinlich auf die Ich-bin-bei-der-Mordkommission-Tour, wirkt immer.»

«Woher weißt du das eigentlich?»

«Hat bei mir früher immer gewirkt.»

«Du warst schon verheiratet, bevor du zur Mordkommission gekommen bist.»

Quirk grinste.

«Ich habe eben gelogen», sagte er. «Jedenfalls ging Frank ein paarmal mit ihr aus, und etwa einen Monat später zogen sie zusammen. Seine Alte hatte das Haus. Vor ungefähr sechs Monaten haben sie geheiratet und kauften sich in diese Anlage ein, da draußen in der Nähe vom Teich.»

«Hat sie Geld?»

Quirk zuckte mit den Achseln. «Was verdient man beim Plattenauflegen?»

«Mehr als ein Polizist.»

«Weil so etwas anspruchsvoller ist», sagte er. «Frank machte eine Menge Überstunden, hatte wahrscheinlich irgendwas beiseite gelegt.»

«Und seine Frau hätte das nicht in die Hände gekriegt?»

«Er hatte das lange kommen sehen», sagte Quirk. «Hätte irgendwo ein paar Inhaberschuldverschreibungen verstecken können.»

«Weißt du, wie alt Lisa ist?»

«Nee, schätze um die Dreißig. Was meinst du?»

«Erheblich jünger als Frank», sagte ich.

«Und sah erheblich besser aus. Frank konnte gar nicht fassen, wie gut sie aussah.»

«Ja», sagte ich, «aber ist sie ein netter Mensch?»

«Das kriegen wir vielleicht noch heraus», sagte Quirk.

«Weißt du, wo sie herkommt?»

Quirk zuckte mit den Achseln.

«Familie?»

Achselzucken.

«Weißt du, wo sie vor Proctor gearbeitet hat?»

«Nein.»

«Hast du mal ihre Sendung gehört?»

«Nein. Ich höre immer nur meine Prince-Platten.»

«Er nennt sich nicht mehr Prince.»

«Wen kümmert das einen Scheißdreck?» sagte Quirk.

«Keinen, den ich kenne», sagte ich. «War sie schon mal verheiratet?»

«Ich weiß nicht.»

«Dreißig ist ein bißchen alt, um das erste Mal zu heiraten.»

«Mann, Spenser, du warst überhaupt nie verheiratet.»

«Stimmt, das ist auch merkwürdig. Aber ich bin nicht verschwunden.»

«Heutzutage können die Kids miteinander schlafen. Sie leben zusammen. Sie heiraten nicht mehr so früh.»

«Wie alt warst du?» fragte ich.

«Zwanzig», sagte Quirk.

«Es ist besser zu freien, denn Brunst zu leiden», sagte ich.

«Bei mir hat's geklappt», sagte Quirk. «Aber viele Leute heiraten, damit sie sechsmal die Woche ficken können. Nach einer Weile wollen sie nur noch einmal die Woche ficken und müssen zwischendurch miteinander reden. Schafft eine Menge Alkoholiker.»

«Meinst du, sie hat ihn verlassen?» fragte ich.

«Ich weiß nicht», sagte Quirk. «Wenn sie ihn verlassen hat, bringt es ihn um. Und wenn sie ihn nicht verlassen hat... Wo, zum Teufel, steckt sie?»

«Schwer zu sagen, wofür man sein soll», sagte ich.

Hinter Quirk sah man durchs Fenster in die Stanhope Street, die eigentlich mehr eine Gasse war. Wenn man aufstand, konnte man Bertucci's Pizza sehen, wo früher das Red Coach Grill war. Eine Taube flog auf den Fenstersims, plusterte sich auf und trippelte vor dem Fenster seitwärts hin und her. Dann drehte sie sich um und beobachtete uns mit einem Auge. Hinter mir im Mannschaftsraum klingelte immer wieder das Telefon, manchmal nur zweimal, manchmal viel zu lange. Ein Anruf bei der Mordkommission bedeutet selten eine gute Nachricht.

Ich stand auf. Die Taube beobachtete mich.

«Wenn ich was höre, sage ich dir Bescheid», sagte Quirk.

Ich machte die Tür auf. Als ich hinausging, flog die Taube weg.

Sie war nicht mehr gefesselt. Und sie war allein. Die Monitore zeigten Bilder von ihm, wie er sorgfältig die verknoteten Seidenschals löste. Als er sie befreit hatte, war ihre Panik ein wenig verebbt. Wenigstens konnte sie sich bewegen. Sie konnte sprechen, obwohl es außer ihm niemanden gab, mit dem sie reden konnte.

«Wir heben uns diese Schals auf, amor mio», sagte er auf den Monitoren. «Sie sind ein Teil unserer Wiedervereinigung.»

Sie saß auf der Bettkante und wartete, bis das Kribbeln und Stechen der wiedererwachenden Blutzirkulation in ihren tauben Gelenken aufhörte. Es war ein riesiges viktorianisches Himmelbett mit Laken aus blaßlila Seide und einem Baldachin aus schwerem Damaststoff. Um das Bett herum waren etwas abgewetzte und vergilbte Theaterkulissen aufgestellt, die ein Guckkastenbild grüner Wiesen und Weidenbäume, archaischer Steinmauern sowie eines englischen Pointers in arg gestreckter Vorstehhaltung darstellten. Im Hintergrund grasten Lämmer unter der Aufsicht eines barfüßigen jungen Schäfers mit Hirtenstab. Durch die Wiese schlängelte sich ein Weg in geometrischer Fluchtpunktperspektive und verschwand schließlich hinter einer Steinmauer. Sie kannte diese Kulissen von einer Theateraufführung für Kinder: Rumpelstilzchen. Wie er sie bekommen hatte, wußte sie nicht. Hinter den Kulissen waren die Fenster zugenagelt. Das Licht kam von einer Reihe Klemmleuchten, die an einem Rohrgewirr dicht unter der schwarzgestrichenen Decke festgemacht waren, sowie von den leuchtenden Monitoren, die auf einer Endlosschleife immer wieder die gleichen Bilderfolgen zeigten. Jetzt schwiegen die Monitore wieder. Den Ton schien er je nach Laune ein- und auszustellen. Abgerissene Gazestreifen hingen wie Spinnweben zwischen den Leuchten und sollten wohl die Illusion eines endlosen Himmels erzeugen. Gegenüber dem Fußende des Betts stand ein großer Kleiderschrank aus Eiche an der Wand. Die Türen waren aufgeklappt. Der Schrank war voller Theaterkostüme. In der Wand rechts vom Bett gab es eine Tür.

Als Lisa endlich aufstehen konnte, ging sie unsicher und mit tauben und kribbelnden Beinen zur Tür. Sie war verschlossen. Das hätte sie sich denken können. Sie drehte sich um und tastete die schwarzen Sperrholzbretter ab, die vor die Fenster genagelt worden waren. Eins der Bretter hatte Schar-

niere auf einer Seite und ein Vorhängeschloß auf der anderen. Ein anderes war ausgeschnitten, um Platz für die Klimaanlage zu lassen.

Sie machte den Mund auf und bewegte ihre Kiefer ein wenig. Ihr Mund war so naß gewesen, als sie geknebelt war. Jetzt war er trocken, die Kieferknochen steif. Sie sagte ein paarmal laut «Hallo», um festzustellen, ob sie noch sprechen konnte. Im abgeschlossenen Raum klang ihre Stimme rostig und klein. Und wieder spürte sie die klaustrophobische Panik hochsteigen. Gefesselt war sie nicht mehr, aber gefangen. Links vom Kleiderschrank war eine angelehnte Tür, dahinter gedämpftes Licht. Ein Badezimmer mit Wänden aus rosa Plastikfliesen. Der Toilettendeckel mit rosa Samtcord überzogen. Eine eingebaute Naßzelle aus Plastik mit einer Tür aus rosagetöntem Glas. Blumen in einer Vase, und auf dem Boden eine dicke Badematte, auch rosa. Kein Fenster. Hinter sich hörte sie das Geräusch der Kamera.

«Du solltest dich duschen, Querida. Es gibt milde französische Seife, Shampoo mit Fliederduft, und im Schrank hängen frische Kleider für dich... Sei nicht schüchtern... Ich will alles auf Band haben... Und wenn wir alt sind, sehen wir uns das zusammen an.»

Regungslos starrte sie ihn an. Sie trug immer noch die schweißgetränkte Bluse und die Jeans, die sie angehabt hatte, als er sie holte.

«Zieh dich aus, Chiquita, du brauchst eine Dusche und neue Sachen.»

Sie starrte ihn immer noch an. Er hatte sie oft nackt gesehen. Sie hatten sich oft geliebt. Aber jetzt war es so, als ob ein Fremder ihr befohlen hätte, sich öffentlich auszuziehen. Ihr fielen keine Worte ein.

«Tu es», sagte er, die Stimme plötzlich voller Haß, «sonst lasse ich dich zwingen.»

Sie starrte ihn immer noch an, die Kamera surrte weiter. Plötzlich spürte sie eine Bodenlosigkeit, ein Gefühl der Schwäche, das ihre Arme durchraste und ihren Magen zusammenzog. Es war ein bekanntes Gefühl. Sie hatte es oft gespürt. Sie wollte es nicht spüren. Sie konnte es nicht ertragen. Aber sie wurde dazu gezwungen. Es gab keinen Ausweg. So standen sie in ihrer Wut erstarrt eine Ewigkeit einander gegenüber. Es gab kein Geräusch, nur das Surren der laufenden Kamera und das leise Keuchen ihrer beider Atemzüge. «Hilflos», dachte sie. «Ich bin wieder hilflos.» Langsam fing sie an, ihre Bluse aufzuknöpfen.

Kapitel 4

Ich saß mit Frank Belson in einem Café an der Columbus Avenue und trank eine Tasse koffeinfreien Kaffee. Es war ein häßlicher Frühlingstag mit grauverhangenem Himmel und einer Spur Schneeregen in der Luft. Seine Frau hatte er immer noch nicht gefunden.

«Hast du sie vor der Scheidung von Kitty getroffen?» fragte ich, hauptsächlich, um überhaupt etwas zu sagen.

«Nein.»

«Sie war also nicht der Scheidungsgrund», sagte ich.

«Die Scheidung machte die Sache bloß amtlich», sagte er. «Die Ehe war schon lange in die Hose gegangen.»

Ich war wieder einmal dabei, das Kaffeetrinken aufzugeben. Mein ständiges Scheitern war entmutigend, aber nicht endgültig. Ich rührte ein bißchen mehr Zucker in das koffeinfreie Gebräu, um den Geschmack zu verdecken.

Belson starrte auf die leicht schimmernde Oberfläche seines echten Kaffees. «Kitty war übel drauf», sagte er. «Hysterisch, nervös – dachte, man fickt nur, wenn man Kinder haben will. Wollte keine Kinder, aber wollte auch nicht, daß irgend jemand vor ihr welche hätte und sie damit aussticht, verstehst du?»

«Ich war nie ein Freund von Kitty», sagte ich.

«Geld», sagte er. «Ich habe noch nie erlebt, wie jemand sich solche Sorgen wegen Geld macht. Wie man es kriegt, wie man es sparen kann, warum wir es nicht ausgeben dürfen, weshalb ich mehr verdienen sollte. Wie wir denn in der Nachbarschaft dastehen, wo doch Trudy Fitzgeralds Mann als Ingenieur bei Sylvania doppelt soviel verdient wie ich. Hätte ich sie dafür bezahlt, hätte sie mich jede Nacht gefickt.»

«Klingt ganz normal», sagte ich.

«Allerdings nach den ersten paar Monaten hätte ich sie wahrscheinlich dafür bezahlt, es nicht zu tun. Aber dann hatten wir das Kind, dann noch ein paar. Kitty wußte immer, wie viele Kinder man haben müßte. Sie wußte die ganzen verdammten Regeln auswendig, verstehst du? Ob man ein Haus am Wasser haben sollte, ob die Mädchen besser in eine konfessionelle Schule gehen, ob man das Wasser vor dem Kochen salzen muß, welche Unterwäsche sich für eine anständige Frau gehört.»

Er schwieg eine Weile. Er hielt die Tasse in der Hand, trank den Kaffee aber nicht. Zwei Polizisten kamen herein und setzten sich an den Tresen. Belson nickte ihnen zu. Die beiden Polizisten bestellten Kaffee. Einer ließ sich außerdem ein Stück Ananastorte kommen.

«Aber du hast dich nicht scheiden lassen», sagte ich.

«Wir waren seit zwanzigtausend gottverdammten Jahren katholisch. Und wir hatten die Kinder, und, ach Scheiße, die Jahre vergingen, und wir waren schon dreiundzwanzig Jahre verheiratet und sprachen kaum noch miteinander. Ich habe viele Überstunden gemacht.»

«Und dann hast du Lisa getroffen», sagte ich.

«Ja. In Cambridge hatten sie einen Typen namens Wozack wegen eines Überfalls aus dem Verkehr gezogen, dachten, es wäre einer, den wir suchten, weil jemand einen unserer Informanten plattgemacht hatte, einen Junkie namens Eddie Navarrone. Um Eddie war es nicht schade, aber die Generallinie bei uns heißt, daß wir Mörder nach Möglichkeit nicht ermutigen, also bin ich hinübergefahren und habe mit Wozak gesprochen. War vielleicht unser Typ, ganz sicher bin ich mir nicht. Jedenfalls haben ihn die Kollegen in Cambridge festgenagelt, also haut er vorerst nicht ab. Jedenfalls so lange, bis ihn irgendein Richter laufenläßt, weil er keine Krankenversicherung hatte.»

«Oder weil sie keinen Platz für ihn haben», sagte ich.

Belson zuckte mit den Achseln und starrte hinaus in den grauen Vorfrühlingstag.

«Der gehört unter die Erde», sagte Belson.

Ich bestellte einen weiteren koffeinfreien. Belsons Kaffee mußte inzwischen kalt geworden sein. Er hielt die Tasse immer noch in der Hand und hatte immer noch nichts getrunken. Er sah hinaus in den leichten Schneeregen.

«Hast du schon irgendwelche Rotkehlchen gesehen?» fragte Belson.

«Nein.»

«Ich auch nicht.»

«Lisa hast du also in Cambridge getroffen», sagte ich.

«Ja.»

«Willst du mir davon erzählen, oder soll ich raten, und du sagst mir, wenn es warm wird?»

Belson nahm einen Schluck Kaffee, schüttelte den Kopf und setzte die Tasse ab.

«Es ist etwa halb sechs. Ich bin an der Bar im Charles Hotel, trinke einen Wodka Tonic. Und sie ist auch an der Bar. Die Bar ist nicht sehr groß, kennst du sie?»

«Ja.»

«Sie hatte ein gelbes Kleid an und einen von diesen Hüten mit aufgeschlagener Krempe, die sich die Frauen ganz tief ins Gesicht ziehen, und sie trinkt dasselbe wie ich. Und sie sagt zu mir: ‹Welche Wodkamarke?› Und ich sage: ‹Stolitschnaja›, und sie lächelt mich an und sagt: ‹Hab ich früher auch getrunken. Seelenverwandtschaft oder was?›»

Die zwei Polizisten an der Theke tranken ihren Kaffee aus, standen auf und gingen zur Tür. Belson sah ihnen nach.

«Kollegen von der B-Schicht», sagte er geistesabwesend.

«So fing es also an», sagte ich.

«Ja. Und sie fragte mich, was ich mache, und ich habe es ihr erzählt, und sie sagte: ‹Trägst du eine Pistole?›, und ich sagte: ‹Ja, bloß mit dem Finger auf die Leute zielen funktioniert nicht›, und sie hat gelacht, und wir haben die ganze Nacht geredet. Und ich bin nicht zu ihr nach Hause gegangen, aber ich ließ mir ihre Nummer geben und hab sie am nächsten Tag angerufen.»

Er hielt wieder inne und sah zu, wie die beiden Polizisten in einen grauen Ford stiegen, den sie im absoluten Halteverbot abgestellt hatten. Dann sprach er weiter, während er dem wegfahrenden Auto nachsah.

«Sie war nicht – ist nicht wie irgend jemand anders. Sie war immer voll da, ganz im Hier und Jetzt, verstehst du? Was sie war, war sie immer ganz, die ganze Zeit. Keine Bedenken, keine Spielchen. Und als wir das erste Mal ins Bett gingen, sagte sie: ‹Ich erzähle dir alles von mir, was du wissen willst, aber wenn es nach mir ginge, würde ich gern so tun, als ob mein Leben in dem Augenblick begann, als wir uns kennenlernten.› Und ich sagte: ‹In Ordnung. Keine Vergangenheit, kein nichts, nur du und ich.› Und so ist es geblieben. Ich weiß nichts von ihr außer der Zeit mit mir.»

Ich wartete und nippte an meinem koffeinfreien Kaffee. Belson saß da und schwieg.

«Meinst du, Kitty könnte etwas damit zu tun haben, daß Lisa weg ist?»

«Nein», sagte Belson langsam. «Ich habe darüber nachgedacht, und – nein. Kitty ist ein übles Arschloch, aber nicht so ein Arschloch. Sie ist bei ihrer Schwester in Florida, schon seit dem 10. Februar.»

Sie hätte die Sache auch von jemand anderem besorgen lassen können, dachte ich mir. Aber das lief auf etwas hinaus, an das Belson lieber nicht denken sollte.

«Meinst du nicht, du solltest Lisas Vergangenheit ein bißchen ausleuchten, jetzt, wo das hier passiert ist?»

«Ja», sagte Belson. «Ich hab's bisher nicht gemacht, aber ich muß wohl.»

Nach einer Weile sagte ich: «Du wirst sie schon finden.»

«Ja», sagte er leise, «das werde ich.»

Die Dusche tat gut. Viel heißes Wasser. Ein ordentlicher Strahl. Wie eine Welle überspülte sie das Wasser, durchtränkte ihre Haare, rann an ihrem Körper herab. Sie wusch sich gründlich, mit viel Seife und Shampoo, um den Schweiß und den Dreck und mit ihnen, so gut es ging, die Angst der Gefangenschaft abzuwaschen. Er war da mit seiner Kamera, wachsam und zugleich passiv. Konnte sie etwas zurückbehalten? Einen Teil von Lisa intakt halten? Die Todesangst ließ sie immer wieder fast erstarren, behinderte wie ein bleiernes Gewicht jede Bewegung – konnte es in dieser Hoffnungslosigkeit einen Teil von ihr geben, der Lisa blieb? Sie stand aufrecht und bemühte sich nicht, ihre Nacktheit zu verbergen. Sie konnte ihn nicht daran hindern, sie anzusehen. Aber sauber konnte sie werden, und sich ängstlich vor dem Scheißkerl zusammenkrümmen, das wollte sie nicht. Sie wußte jedoch, wie wenig Kraft hinter ihrem Willen steckte, wie ängstlich sie war, wie allein. Ich will versuchen, keine Angst zu zeigen, sagte sie sich. Als sie fertig war, stieg sie aus der Dusche und trocknete sich ab, wieder ohne jeden Versuch, sich zu bedecken. Der Kamera blickte sie direkt in das mitleidslose Objektiv. Frank wird mich finden, dachte sie. Sie hängte das Handtuch an den Haken und ging auf die Kamera zu. Er lief rückwärts vor ihr ins Schlafzimmer. Ihre Sachen waren verschwunden. Auf dem Bett lag frische Unterwäsche. Daneben ein Theaterkostüm, ein kurzes schwarzes Kleid im Stil der zwanziger Jahre, mit angenähten Perlen am Rocksaum.

«Du willst, daß ich das anziehe?» fragte Lisa.

Außer den Hallos hatte sie bis dahin nichts gesagt. Ihre Stimme erschreckte sie. Sie klang so normal. Wie die Stimme eines Menschen, der nie gefesselt, aus seinem Haus entführt und irgendwo in einen dunklen Raum gesperrt worden war.

«Jeden Tag werden wir anders sein», sagte er.

«Klar», sagte Lisa.

Sie fing an, sich anzuziehen. Frank wird mich finden. Der Satz war eine Art Mantra. Sie sagte ihn sich immer wieder, wie eine Gebetsformel. Sie zog sich das Kleid über den Kopf. Es paßte. Natürlich. Er kannte ja ihre Größe. Was sollte sie jetzt tun? Was würde Frank sagen? Er würde sagen, daß sie bereit sein sollte. Frank würde sagen, daß sie nicht auf ihn warten sollte. Frank würde sagen, daß sie sich selbst befreien müßte. Ich versuche es, dachte sie. Ich kann es versuchen. Als sie fertig angezogen war, führte er sie zum Tisch. Das Licht einer einzelnen Kerze tanzte auf seinem Gesicht und spiegelte sich in den Gläsern. Der Ton der Fernsehmonitore war abgestellt. Das Zimmer lag im Dunkeln, und die Dunkelheit umfing sie. Er trug einen Stehkragen und hatte die Haare mit Pomade nach hinten gekämmt. Er nahm sein Glas und prostete ihr zu.

«Willkommen zu Hause, mein Engel.»

Sie schüttelte den Kopf. Vielleicht sollte ich es zunächst mit der Vernunft probieren, dachte sie. Selbst die lautlose Stimme ihrer Gedanken schien zu zittern.

«Nein?» sagte er.

«Nein», sagte sie. «Mein Zuhause ist dort, wo mein Mann ist.»

«Das war einmal, mein Engel. Das war ein Fehler. Er wird jetzt berichtigt.»

Er trank etwas von seinem Wein und goß sich nach. Er lächelte sie sanft an, als hätte er einem Kind eine wichtige Frage beantwortet. Sie spürte eine plötzliche Wut.

«Da ist nichts zu berichtigen, Luis. Ich liebe ihn.»

Er verzog einen Moment lang das Gesicht, dann wurden seine Züge wieder glatt. Nachsichtig senkte er den Kopf.

«Ich will nicht sagen, daß ich dich nicht geliebt habe», sagte Lisa. «Ich denke, das habe ich wahrscheinlich schon. Das war echt. Aber es ist vorbei.»

Ihr war, als ob sie bei fast jedem Wort nach Luft ringen mußte. Als ob die Wörter nur zögernd kamen. Vor lauter Angst sprach sie übervorsichtig. Ihm schien das nicht aufzufallen. Er lächelte sie nachsichtig an und zog eine Zigarre aus der Tasche, die er mit einem kleinen silbernen Taschenmesser anschnitt und sorgfältig anzündete. Er hielt die Zigarre von allen Seiten in die Flamme, bis sie gleichmäßig brannte. Dann steckte er das Feuerzeug in die Tasche und paffte ruhig vor sich hin. Auf den stummen Monitoren sah sie sich gefesselt auf dem Boden seines Lieferwagens, geblendet durch das grelle Licht seiner Kamera. Sie blickte weg.

«Es konnte nicht von Dauer sein», sagte sie. Die Wörter entglitten ihr. Sie spürte, wie sie einfach aus ihr heraussprudelten, ohne daß sie darüber nachgedacht hatte. «Weil du mich nie gesehen hast, wenn du mich angeschaut hast. Du hast einen Scheiß-Bowlingpokal gesehen. Ein bißchen

Sex, ein bißchen Spaß, und sonst weg damit in den Trophäenschrank. Wie jetzt. Wie du mich in deiner verdammten Kamera festhältst.»

Er machte einen tiefen Zug und ließ den Rauch langsam wieder heraus. Verträumt lächelte er sie an, lehnte sich in seinen Stuhl zurück und drehte langsam den Stiel seines Weinglases.

«Mein Engel, ich habe dich vom ersten Augenblick an geliebt. Ich bin der Gefangene – gefesselt durch deine Augen, deine Lippen, deinen Körper.»

«Mit genau solch einer blumigen Scheiße hast du mich früher schon zugeschüttet. Und je mehr ich versuchte, ein wirklicher Mensch zu sein, verdammt noch mal, desto mehr hast du mich mit dieser blumigen Scheiße zugeschüttet. Es ging nie um mich. Es geht immer um dich und was du für mich empfindest.»

Die Haut um seine Augen schien sich zu spannen, als ob jemand daran zog. Die Worte überstürzten sich, sie konnte sie nicht aufhalten, sie hatte Angst, sie auszusprechen, aber sie konnte nicht aufhören. Wenn sie nur innehalten, Atem holen, sich wieder in die Gewalt bekommen könnte.

«Frank nimmt mich ernst», sagte sie.

«Und ich...», sagte er entsetzt, «ich... nehme dich... nicht ernst. Ich... der ich fast gestorben bin, als du mich verlassen hast? Der dich jeden Augenblick seitdem gesucht hat? Der ohne dich nichts ist? Ich nehme dich nicht ernst?»

Sie spürte, wie das Zittern von ihrer Magengrube aus durch ihre Arme und Beine schoß und ihr am Rückgrat hochkroch. Und doch begann sich tief in ihrem Innern etwas zu bilden, ein noch ungestalter Kern ihres Selbst, der nicht nachgeben wollte. Der nicht aufhören wollte oder – der Gedanke schlitterte kurz durch ihren Kopf – nicht aufhören konnte, Lisa zu sein. Sie würde gegen ihn kämpfen, so gut sie es konnte, mit den Mitteln, die ihr zur Verfügung standen. Sie war schon so weit gekommen, sie hatte so viel durchgemacht, um Lisa zu werden. Jetzt ging es nicht mehr zurück. Lieber würde sie sterben als noch einmal zurückgehen. Er hatte sich vorgebeugt und blickte ihr ins Gesicht. Sie starrte zurück.

«Nein», sagte sie. «Du nimmst nur dich ernst.»

Sein Gesicht schien zusammenzufallen, dann war es wieder glatt. Er paffte eine Weile an seiner Zigarre. In seinen Augen flackerte etwas, das sie zutiefst ängstigte.

«Das wirst du auch tun müssen», sagte er.

Kapitel 5

Ich war in meinem Büro. Vor meinem Fenster sah es nach einem hellen, knackigen Frühlingstag aus, nicht sehr warm, aber ohne Wind und mit viel Sonne. In den Schaufenstern an der Newbury Street hingen Frühlingskleider, und bei einigen Cafés hatte man schon ein paar Tische herausgestellt. Es war immer noch zu frisch, um draußen zu sitzen, aber es war ein Zeichen, und ich fühlte mich gut. Die Frühstückszeit war um, und ich war gerade dabei, mir wegen des Mittagessens Gedanken zu machen, als Quirk anrief.

«Belson hat gestern abend ein paar Kugeln abbekommen», sagte er. «Ich hol dich in zwei Minuten vor deinem Büro ab.»

«Er lebt?» fragte ich.

«Halb», sagte Quirk und legte auf.

Ich stand draußen mit meiner echt nachgemachten Weltkriegs-Fliegerjacke und klappte den Kragen hoch. Ein schwarzer Ford ohne Polizeikennzeichen und mit einer Peitschenantenne hielt an der Bordsteinkante. Hinten saß Quirk, am Steuer ein Typ von der Mordkommission namens Malone. Ich stieg hinten bei Quirk ein, Malone gab Gas, schaltete die Sirene ein und fuhr bei Rot über die Kreuzung in die Boylston Street.

«Belson kam gestern abend gegen acht nach Hause», sagte Quirk. «Als er die Tür aufmachte, hat ihm jemand drei 9-mm-Kugeln in den Rücken gejagt. Eine hat ihm das linke Schulterblatt zerschmettert, eine hat ihm ein Loch in die rechte Seite gebohrt und ist glatt durchgegangen, eine sitzt noch drin, ziemlich nahe am Rückgrat, unten.»

«Er kommt durch?» fragte ich.

«Wahrscheinlich», sagte Quirk. «Sie wissen nicht, wie lange es dauert, bis er wieder gehen kann.»

«Der Schütze hat seine Kugeln nicht besonders dicht plaziert.»

«Das fiel uns auch auf», sagte Quirk. «Andererseits sieht es so aus, als ob er mit drei Schüssen drei Treffer landete. Wir haben keine weiteren Kugeln gefunden.»

«Also ist er ein guter Schütze», sagte ich, «aber vielleicht aufgeregt.»

«Vielleicht.»

Malone riß das Auto herum, fuhr zwei Blocks die Arlington Street hoch und bog dann links in die St. James Avenue ein.

«Ist er bei Bewußtsein?» sagte ich.

«Ab und an», sagte Quirk. «Als er das letzte Mal da war, sagte er, er wolle dich sehen.»

Mit heulender Sirene fuhren wir über den Copley Square und dann in die Huntington Avenue.

«Welches Krankenhaus?» fragte ich.

«Brigham», sagte Quirk.

«Verdächtige?»

«Keine.»

Wir verließen die Huntington, bogen in die Francis Street, hielten unter dem Portal vor dem Haupteingang des Krankenhauses und stiegen aus. Eine fette Schwarze in der Uniform des Krankenhaussicherheitsdienstes kam auf uns zu und deutete mit einer Handbewegung an, daß wir wegfahren sollten. Malone zeigte ihr kurz seine Erkennungsmarke. Sie nickte und trollte sich.

Belson lag auf der Intensivstation. Ein Laken bedeckte seinen Körper bis zur Brust. An seinem rechten Handrücken war ein Tropf befestigt. Der linke Arm war in Gips. Lee Farrell war da und lehnte mit der Hüfte gegen das Fensterbrett. Neben Belson saß ein weiterer Cop von der Mordkommission, den ich nicht kannte, und bediente ein Tonbandgerät. Es gab aber nichts zum Aufnehmen. Belson schien zu schlafen. Ich nickte Farrell zu.

Der Typ mit dem Tonbandgerät sagte: «Der ist mit Schmerzmitteln vollgepumpt, Lieutenant. Er hat kein Wort gesagt.»

Quirk nickte.

«Frank», sagte er. «Spenser ist da.»

Etwa zwanzig Sekunden lang bewegte sich Belson gar nicht, dann öffnete er die Augen. Er bewegte die Augen langsam in die Richtung, aus der Quirks Stimme kam, dann langsam an Quirk vorbei, bis er mich sah. Der Polizist neben dem Bett schaltete das Tonbandgerät ein.

«Mit... Spenser... reden», sagte er langsam und sehr leise. Alles, was er machte, war langsam, als hätte jemand beim Verdrahten der Stromkreise schlechte Arbeit geleistet.

Ich ging näher an das Bett heran und beugte mich zu ihm herab. «Was brauchst du?» fragte ich.

Seine Augen fixierten immer noch den Platz, wo ich gestanden hatte, dann bewegten sie sich langsam und fanden, noch langsamer, wieder mein Gesicht.

«Du... mußt... sie... finden», sagte er.

«Lisa», sagte ich.

«Kann... jetzt... nicht. Du... mußt... suchen.»

«Ja», sagte ich. «Ich finde sie.»

Belson schwieg eine Weile. Seine Augen waren auf mich gerichtet, aber er schien mich nicht zu sehen. Dann bewegte er sorgfältig die Lippen. Im ersten Augenblick kam kein Laut.

Dann sagte er: «Gut.»

Es war still im Raum. Belsons ausdruckslose Augen fixierten mich immer noch. Dann nickte er schwach, schloß die Augen und bewegte sich nicht. Der Mann mit dem Tonbandgerät schaltete es wieder aus.

Auf dem Flur sagte Quirk: «Du suchst die Frau, wir suchen den Schützen. Wenn es sich herausstellt, daß sie etwas miteinander zu tun haben, können wir gemeinsame Sache machen.»

«Hat er etwas gesagt, das ich gebrauchen könnte?»

«Er hat überhaupt nichts gesagt, was irgend jemand gebrauchen könnte. Selbst wenn er klar wäre, glaube ich nicht, daß er überhaupt weiß, was ihn erwischt hat. Es war von hinten, er hat nicht einmal seine Kanone gezogen.»

«Ein echter Profi hätte ganze Arbeit geleistet», sagte ich.

«Ein echter Amateur hätte nicht mit allen drei Schüssen getroffen», sagte Quirk. «Vielleicht hat ihn etwas verscheucht.»

«Wenn ja, wäre es nett, dieses Etwas zu finden und sich mit ihm zu unterhalten.»

«Wir suchen», sagte Quirk.

«Haben die Ärzte angedeutet, wie lange es dauern wird, bis er mehr reden kann?»

«Nein. Sie setzen ihm einen Schuß nach dem anderen, und sie meinen, er braucht das Zeug noch eine Weile.»

«Also bin ich allein», sagte ich.

«Das bist du doch immer, oder?» sagte Quirk.

Wir gingen langsam durch die Krankenhausflure zum Fahrstuhl.

«Willst du dir Franks Haus mal vornehmen?» sagte Quirk. Er gab mir einen neuen Schlüssel, an dem ein Anhänger mit Bindfaden festgemacht war. Auf dem Anhänger war «Belson, F. D.» mit blauer Tinte geschrieben.

«Muß ich wohl», sagte ich.

«Werd bloß nicht überempfindlich», sagte Quirk. «Es handelt sich jetzt um einen Fall.»

Kapitel 6

Belson und seine Braut hatten sich in eine Wohnanlage an der Perkins Street eingekauft, im Vorort Jamaica Plain bei Brookline. Die Anlage bestand aus gutaussehenden, grau und weiß gestrichenen Haushälften im Cape-Cod-Landhausstil, die ineinander verschachtelt und scheinbar zufällig verstreut waren, als hätte sich hier eine Wohngegend auf natürliche Weise entwickelt. Hinter mir, am Fuß eines leichten Abhangs auf der anderen Straßenseite, glänzte der Jamaica Pond im Licht eines späten Märznachmittags, unberührt wie zu den Zeiten, als sich hier am Teich die Wampanoag-Indianer versammelten. Auf der anderen Seite des Wassers fuhren die Autos zu schnell auf dem Jamaica Way, und in der Ferne erhoben sich die Türme der City sauber und angenehm aussehend in den blaßblauen Himmel des beginnenden Frühlings.

Jemand hatte etwa in Hüfthöhe eine Kugel aus dem Türrahmen herausgepult. Ich schloß die Tür auf und ging hinein. Wohl war mir nicht dabei. Es war mir unangenehm, im Privatbereich eines Menschen herumzuschnüffeln, den ich seit zwanzig Jahren kannte. Ein paarmal hatte ich Belson und seine erste Frau in ihrem häßlichen Holzhaus in Roslindale besucht. Nach der Hochzeit war ich einmal in Belsons neuem Wohnzimmer gewesen. Jetzt kam ich mir aber wie ein Eindringling vor. Andererseits mußte ich irgendwo anfangen. Ich wußte nicht, was Belson unternommen hatte, um seine Frau zu finden. Hatte er ihren Anrufbeantworter abgehört? Ihre Briefe gelesen? Nachgesehen, welche Kleidungsstücke fehlten? Ihre Handtasche durchsucht? Ich mußte von vorn anfangen.

Ich stand im kleinen Eingangsbereich. Links war eine Frühstücksnische, das Wohnzimmer geradeaus. Rechts ging eine Treppe hinauf in den ersten Stock, unter der Treppe war eine Toilette. Die Küche lag zwischen der Eßecke und dem Wohnzimmer. Nichts war besonders groß. Alles war sehr neu. In einer Ecke des Wohnzimmers gab es einen Kamin. Die Einbauküche war mit Markengeräten ausgestattet, Tiefkühltruhe, Umluftherd, Spülmaschine, Abfallzerkleinerer, Mikrowelle, Fliesen aus gebranntem Ton, Nüsse und Körner in durchsichtigen Plastikbehältern, die so aussahen, als wären sie nie geöffnet worden. Ich hatte viele solcher Wohnanlagen gesehen, wo die Baukosten durch Massenproduktion gesenkt werden und der Bauherr das Geld in Schnickschnack steckt, der den Käufern das Schöner-Wohnen-Gefühl vermittelt.

Oben war das Schlafzimmer mit einem riesigen Himmelbett ausgefüllt. Im Badezimmer gab es einen Whirlpool. Das dritte Zimmer war klein und diente dazu, wenigstens die Möglichkeit eines Kindes oder eines Gastes anzudeuten. Es war jetzt ein Arbeitszimmer, das offensichtlich Lisa gehörte.

An der Wand hing ein gerahmtes Bild von ihr und Frank. Kurze, blonde Haare, breiter Mund, große Augen. Sie war schon ziemlich gutaussehend, erst recht, wenn man ihr begegnete, mit ihrem athletischen und doch elastischen Körper. Als ausgebildeter Detektiv hatte ich mir diesen Körper bei der Hochzeit genau angesehen. Neben dem Bild hing eine gerahmte Urkunde, aus der hervorging, daß Lisa St. Claire vom Sender WPOM-FM Ehrenvorsitzende der Medienabteilung des Proctor United Fund gewesen war. Unter der Urkunde, auf dem Schreibtisch, standen ein Macintosh-Computer, eine schnurlose Telefonanlage und ein Anrufbeantworter. Die Digitalanzeige meldete vier Anrufe. Ich drückte auf den Abspielknopf.

«Hi, St. Claire, hier ist deine Freundin Tiffany. Ich hole dich heute abend um sieben zum Kurs ab, damit wir vorher Zeit für'n Kaffee haben... Lisa, hier ist das Büro von Dr. Wilson, wir bestätigen den Termin für die Zahnsteinbehandlung Dienstag um vierzehn Uhr fünfundvierzig... Lisa, wie schön, deine Stimme zu hören. Wir sehen uns bald... Liebling, heute ist um sieben Dienstschluß. Ich hole auf dem Nachhauseweg etwas vom Chinesen. Ich liebe dich.»

Das Telefon hatte eine Wahlwiederholungstaste. Ich drückte sie. Am anderen Ende sagte eine Stimme: «Mordkommission.» Ich legte auf. Ihr letzter Anruf war an ihren Mann gegangen. Wollte wahrscheinlich eine Extraportion Hühnchen Mu Schu und ich liebe dich auch... oder vielleicht nur Mu Schu.

Der erste Anrufer war leicht herauszukriegen, wenn ich wußte, um welchen Kurs es sich handelte und wer Tiffany war. Ich wußte es nicht. Tiffany benutzte Lisas Mädchennamen. Vielleicht hatte das etwas zu bedeuten. Ich überlegte kurz, ob der Begriff «Mädchenname» noch akzeptabel war. Wie wäre der politisch korrekte Ausdruck? Geburtsname? Vorehelicher Name? Ehepartnerunabhängige Bezeichnung?

Der zweite Anruf kam von einer Zahnarztpraxis, es sei denn, es handelte sich um eine verschlüsselte Botschaft. Der dritte Anrufer war ein Mann, der vielleicht, genau konnte ich es nicht erkennen, mit einem leichten Akzent sprach. Der vierte war Belson. Ich blickte mich im Arbeitszimmer um. Es gab ein Vorlesungsverzeichnis der Merrimack State University. Das würde den Kurs erklären. Ich öffnete das Schubfach im Schreibtisch und fand drei Bic-Kugelschreiber, schwarz, einige rotweiß gestreifte Büroklammern, einige Gummibänder, eine Bedienungsanleitung für den Anrufbeantworter, ein abgewetztes Holzlineal, einen Brieföffner, eine Rolle Briefmarken und Rechnungen von drei Kreditkartengesellschaften. Die Rechnungen steckte ich mir in die Tasche. Es gab kein Adreßbuch; wahrscheinlich war es in ihrer Handtasche. Auf dem Kopf ihres Tischkalenders, ohne Bezug zu irgendeinem bestimmten Datum, war der Name *Vaughn* mehrmals in Schönschrift gemalt worden, als hätte jemand ihn bei einem Telefongespräch aufgeschrieben und ausgeschmückt. Sonst gab es nichts. Ich ging in das Schlafzimmer und suchte dort ein wenig. Von ihrer Handtasche keine Spur. Ich öffnete einen Schrank. Er gehörte ihr. Der Geruch ihres Parfums war stark. Es gab keine Handtasche im Schrank. Ich öffnete den zweiten Schrank. Er gehörte Belson. Ich machte ihn wieder zu. Ich sah zu ihrem Nachttisch herüber und schüttelte den Kopf. Ich weigerte mich, weiter im Schlafzimmer herumzuschnüffeln.

Unten ging ich durch die Räume, suchte in Schränken und Schubladen. Keine Spur einer Handtasche. Wenn sie ihre Handtasche nicht mitgenommen hätte, könnte man ziemlich sicher davon ausgehen, daß sie nicht freiwillig gegangen war. Keine Tasche bedeutete zwar nicht, daß sie freiwillig gegangen war. Aber es war ein hoffnungsvolles Zeichen. Oder auch nicht. Ich wußte nicht genau, was ich hoffen sollte. Wenn sie ihn einfach ohne ein Wort sitzengelassen hatte, das wäre ziemlich furchtbar. Wenn jemand sie gezwungen hatte wegzugehen, das wäre ziemlich furchtbar. Am besten war es wahrscheinlich, sie einfach zu finden, und dann würde ich es ja wissen.

Ich nahm den Tischkalender mit und ging zu meinem Wagen zurück. An schattigen Stellen lag noch etwas Schnee, und dort, wo die Schneepflüge im Winter vorbeigefahren waren, lagen häßliche Haufen von Schnee und Salz und Streusand und Umweltschmutz herum. Aber der Boden taute auf, die Vögel sangen, und zweifellos rannte irgendwo einer bocksbeinig und panflötend mit bunten Luftballons durch den totgesagten Park. Ich fuhr mit heruntergekurbelten Fenstern zum Büro zurück.

Diesmal hatte er sie wie eine Südstaatenschönheit eingekleidet, Scarlett O'Hara. Er selbst gefiel sich als Riverboat-Glücksspieler, mit Rüschenhemd und Kordelkrawatte. Es gab Salat und Baguettebrot und Champagner. Er goß ein und reichte ihr das Glas.

«Ich trinke nicht mehr, Luis.»

«Nicht einmal einen Schluck Champagner?»

«Ich bin alkoholkrank, Luis. Ich darf nicht trinken.»

«Als wir früher zusammen waren, hast du aber getrunken.»

«Ich hatte einen Rückfall», sagte sie, «in mehr als nur einer Beziehung.»

«Was soll das bedeuten?»

«Es bedeutet, daß ich nicht trinken kann.»

«Ich könnte dich dazu zwingen», sagte er.

«Das weiß ich.»

«Aber ich tue es nicht.»

«Danke», sagte sie und haßte sich sofort dafür.

«Um so mehr gibt es für mich», sagte er.

Er trank. Sie stand in ihrem absurden Kleid herum und dachte, jetzt könnte sie einen Drink gebrauchen, er würde ihr Mut geben, und wußte gleichzeitig, daß sie sich selbst damit belog. Ich gehe nicht zurück, sagte sie sich, ich will nicht wieder zu diesem Etwas werden. Auf den Monitoren spielten Szenen ihrer Gefangenschaft und ihrer früheren Romanze. Jetzt waren die Bilder mit Streichermusik unterlegt. Sie klang wie das Zeug, das in Fahrstühlen gespielt wird. Was für ein Wichser, dachte sie.

«Luis, mein Mann ist Polizist», sagte sie. «Früher oder später wird er mich finden.»

«Er wird dich nicht finden», sagte Luis.

«Er findet mich, Luis, und dann steckst du gewaltig in der Scheiße.»

Luis war beinahe heiter.

«Er wird dich nicht finden», sagte er.

Kapitel 7

Proctor lag ziemlich weit im Norden, landeinwärts, an der Grenze zu New Hampshire, in einer Biegung des Merrimack River. Im neunzehnten Jahrhundert hatten die Stromschnellen und Wasserfälle des Merrimack die Textilindustrie mit Energie versorgt, und die Textilindustrie hatte die Stadt geschaffen. Vor dem Krieg gehörte die Stadt den Yankees, die dort ihre Fabriken hatten, und den frankokanadischen und irischen Einwanderern, die in den Fabriken arbeiteten. Die Yankees hatten nie in Proctor gelebt. Die höheren Angestellten wohnten meistenteils in firmeneigenen Siedlungen außerhalb der Stadt. Inzwischen erinnerte nur noch der Name der Stadt an ihre Yankee-Ursprünge. Nach dem Krieg folgte die Textilindustrie dem Zug der Arbeitskräfte in den Sonnengürtel. Die Yankees blieben in ihren Vororten, pilgerten aber jetzt täglich entlang der Route 128 in die neuen Tempel der Transistorkultur. Die Stadtverwaltung war inzwischen in irischer Hand, die Kanadier hatten sich aus dem Staub gemacht, und ansonsten gehörte Proctor einem Mischmasch aus mittel- und südamerikanischen Einwanderern.

Ich fuhr von Süden über eine Brücke in die Stadt hinein. Unter mir schoß das dreckige Wasser des Merrimack über eine Stromschnelle und wühlte gelblichen Schaum auf. Die Fabriken standen noch. Roter Klinker, Eisenzäune, imposant, dauerhaft und größtenteils leer. In manchen gab es Discountgeschäfte für Kleidung, in anderen Möbelsonderangebote.

Überall wirbelten Graffiti – ornamentreich, gerundet, farbenfroh und herausfordernd, auf dem Klinker, auf den Bussen, auf dem Sperrholz, mit dem die Fenster zugenagelt waren, auf den Briefkästen und Plakatwänden, auf den vielen Autoleichen, die am Straßenrand verrotteten, die meisten von ihnen zerfleddert, manche ausgebrannt. In den Straßen sah man nur Latino-Gesichter. An den Straßenecken und in Hofeinfahrten lungerten einige alte und viele sehr junge Männer ziellos und feindselig herum. Die Geschäfte hatten spanische Namen. Die gesamte Straßenwerbung war auf spanisch. Die einzigen englischen Wörter, die ich entdeckte, waren auf einem Plakat: «Wählt Tim Harrington – Bürgermeister für ganz Proctor.» Ich fragte mich, wieviel Tim Harrington an den Stimmen der Hispanics gelegen war.

Nach Osten hin gab es am Fluß weniger Fabrikgebäude, dafür dreistöckige Wohnblocks mit abblätternder Farbe und ohne Gärten. Nach den Wohnblocks kamen große, quadratische, häßliche Holzhäuser, viele von ihnen mit Asbestplatten oder Aluminium verkleidet. Der Sender WPOM saß in einem niedrigen Klinkerbau mit einem Zaun aus Eisenketten etwa einen Kilometer stadtauswärts neben einer Autowerkstatt, Spezialität Auspuffservice. Hinter dem Gebäude ragte eine zehn Stockwerke hohe Antenne auf, zur Straße hin erklärte ein großes Schild, hier wäre die Stimme des Merrimack-Tals beheimatet. Das Tor war auf, und ich fuhr hinein und parkte auf dem schlammigen Platz rechts neben dem Sender. Ein Rezeptionsfräulein ließ mich per Summer durch die Tür in die Empfangshalle, wo ein Mann vom Sicherheitsdienst mit einer Pistole Wache schob. Durch Lautsprecher wurde gnadenlos das Programm des Senders in den Empfangsbereich gepumpt. WPOM war ein Rocksender, und die Musik war ein mir unbekannter Lärm.

Das Empfangsfräulein hatte blonde Haare, die in geradezu sadistischer Manier hochtoupiert waren, und lindgrüne Turnschuhe. Ansonsten bestand ihr Outfit anscheinend aus einem großen schwarzen Sack, den sie wie ein Kleid trug. Sie hatte einen goldenen Ring in der Nase und sechs sehr kleine Ringe im rechten Ohr. Als ich an ihren Schalter kam, las sie in ihrem Horoskop und kaute Kaugummi. Gleichzeitig. Ich lächelte sie an, etwa halbe Wattzahl. Bei voller Wattzahl reißen sie sich meistens die Kleider vom Leib, und bei dieser wollte ich das nicht. Sie legte die Horoskopzeitschrift beiseite, sah mich an und kaute ihren Kaugummi. Immer noch alles gleichzeitig. Vielleicht hatte ich sie unterschätzt.

«Mein Name ist Spenser», sagte ich. «Ich möchte gern mit dem Geschäftsführer sprechen.»

«In welcher Angelegenheit?» Sie hatte eine Stimme wie ein loser Keilriemen.

«Ich bin Detektiv», sagte ich. «Ich suche jemanden.»

«Wie bitte?»

«Ich bin Detektiv, Spürhund, Schnüffler.»

Ich nahm meine Brieftasche heraus und zeigte ihr meine Zulassung. Sie starrte darauf, ohne die Miene zu verziehen. Da hätte auch «Jungfrauenschänder» stehen können, und es hätte wahrscheinlich genausowenig Eindruck auf sie gemacht.

«Haben Sie einen Termin?»

«Noch nicht», sagte ich. «Wie heißt der Geschäftsführer?»

«Mr. Antonelli.»

«Könnten Sie bitte Mr. Antonelli mitteilen, daß ich da bin.»

Sie starrte mich an und kaute ihren Kaugummi. Zwei Dinge gleichzeitig. Ich ahnte, daß eine dritte Sache, zum Beispiel Mr. Antonelli anzuwählen, eine Sache zuviel wäre. Also wartete ich und hoffte, daß sie nach einer Weile mit dem Starren fertig sein würde. Es geschah nichts. Ich zeigte auf das Telefon und setzte ein ermunterndes Lächeln auf.

«In welcher Angelegenheit sind Sie gekommen?»

«Lisa St. Claire», sagte ich.

«Lisa ist nicht da», sagte sie.

«Und ich möchte wissen, warum», sagte ich.

«Da müßten Sie Mr. Antonelli fragen», sagte sie. «Ich bin hier nur angestellt.»

«Okay», sagte ich. «Klingeln Sie ihn doch an.»

Sie nickte und hob den Hörer ab.

«Hier ist ein Herr, der Sie sprechen will, Mr. Antonelli... Nein, keine Ahnung... hat er nicht gesagt. Er ist sauer, weil Lisa nicht da ist... Ja, in Ordnung.»

Sie legte auf.

«Mr. Antonelli wird gleich da sein.»

«Vielen Dank für Ihre Hilfe.»

Das Empfangsfräulein lächelte, als ob sie sagen wollte, keine Ursache, ich bitte Sie, und kehrte zu ihrem Horoskop zurück. Ich wartete auf Mr. Antonelli und beobachtete sie dabei. Nach einer Weile hörte sie auf, ihren Kaugummi zu kauen. Mußte sich wahrscheinlich konzentrieren.

Ein kleiner, übergewichtiger Kerl kam durch die Eingangshalle auf mich zu. Er trug eine schwarzweiß karierte Jacke über einem weißen Hemd, das er bis oben zugeknöpft hatte. Außerdem schwarze Jeans und graue Cowboystiefel aus Schlangenleder. Am kleinen Finger seiner linken Hand blitzte ein Diamantring, der mehr gekostet hätte als der ganze Sender, wäre er echt gewesen.

«Sie sind der Mann wegen Lisa St. Claire?» sagte er.

«Ja, Spenser. Ich bin Privatdetektiv.»

«John Antonelli. Ich bin der Geschäftsführer. Was ist nun mit Lisa?»

«Können wir irgendwo hingehen?»

«Oh, klar doch, kommen Sie mit in mein Büro.»

Ich folgte ihm ins Büro – beigefarbener Teppich, Wände elfenbeinweiß, Möbel aus Walnußholz, Anerkennungsplaketten an der Wand. Ich war noch nie bei einem Sender, wo es keine Plaketten an der Wand gab. Man könnte wahrscheinlich ein Programm mit Hotline für die Wiedereinführung der Sklaverei machen, irgend jemand würde einem immer noch eine Plakette geben.

Antonelli setzte sich in seinen Drehstuhl, stellte einen Fuß auf ein geöffnetes Schubfach und lehnte sich zurück. Durch ein großes Fenster hinter ihm hatte ich einen Panoramablick auf die Reparaturwerkstatt. Das aktuelle Programm krächzte auch hier durch die Lautsprecher, allerdings nicht so laut wie beim Empfang.

«Also, wo steckt Lisa?» sagte er. «Die anderen DJs machen Extraschichten, um sie zu vertreten. Wir sind kein großer Sender. Wir haben eine Menge Hörer, aber nicht viele Leute, die einspringen können, verstehen Sie?»

Antonelli lächelte mich ohne Freundlichkeit an.

«Gibt es eine Möglichkeit, den Lärm abzustellen?» sagte ich.

«Nicht Ihr Fall? Das sind Rat Free, Mann, Gruppe des Jahres.»

«Wow, man hat also endlich die Mills Brothers vom Sockel geholt?»

Antonelli lächelte wieder. Es war wie das Licht im Kühlschrank. An. Aus.

«Die Kids lieben Rat Free», sagte er. «Haben drei Jahre hintereinander Platin gekriegt.»

«Toll für sie», sagte ich. «Könnten wir ihnen für ein paar Minuten einen Break geben, während wir uns unterhalten?»

Antonelli zuckte mit den Achseln. Er beugte sich vor, drehte an einem Knopf auf seinem Schreibtisch, und die Musik erstarb.

«Also was ist?» sagte er.

«Lisa ist vor drei Tagen von zu Hause weggegangen, und ihr gegenwärtiger Aufenthaltsort ist nicht bekannt.»

«Hat sie ihren Alten sitzenlassen?»

«Ich weiß nicht. Hat sie darüber gesprochen?»

«Lisa? Nein. Lisa war eine sehr verschlossene Person, wissen Sie. Sie hat nie viel über ihr Privatleben erzählt.»

«Ihnen also auch nicht», sagte ich. «Warum glauben Sie denn, sie hätte ihren Alten sitzengelassen?»

«Das nimmt man normalerweise an, nicht? Eine Frau wie Lisa? Richtig knackig, gutaussehend. Sie haben sie gesehen?»

«Ja.»

«So'n Mädchen, Mann. Beim Rundfunk sind die meisten Weiber aussehensmäßig keine große Nummer, deshalb sind sie ja hier. Aber Lisa, so wie sie aussieht, die ist Material fürs Fernsehen. Innerhalb von einem Jahr ist die beim Fernsehen gelandet.»

«Wow!» sagte ich. «Wissen Sie irgend etwas darüber, wo sie vorher gearbeitet hat?»

«Nicht aus dem Kopf, aber ich muß irgendwo ihren Lebenslauf haben, sie muß einen eingereicht haben, als sie sich hier bewarb.»

«Das wäre schön», sagte ich.

Er wartete. Ich wartete.

«Sie wollen ihn jetzt gleich?» fragte er.

«Ja.»

«Könnte eine Weile dauern.»

«Ich habe eine Weile Zeit.»

«Oh, klar doch.»

Er nahm das Telefon ab und wählte drei Ziffern.

«Vickie? John. Du, könntest du Lisa St. Claires Personalakte raussuchen und bei mir im Büro vorbeibringen? So schnell es geht. Danke, Püppchen.»

Während er seinen Anruf machte, überlegte ich, wie schade es war, daß die Mode gerade den zugeknöpften Hemdkragen vorschrieb. Sein Hals quoll rötlich daraus hervor, und es sah unbequem aus, selbst wenn er es nicht so empfand. Er legte auf und nickte mir kurz zu. Seine Haare waren glatt zurückgekämmt und lagen dicht am Schädel und glänzten von dem Zeug, mit dem er sie glatt machte.

«Kam sie gut mit den anderen Leuten vom Sender aus?»

«Unfreundlich war sie nicht», sagte Antonelli. «Aber sie haben nicht so viel miteinander zu tun. Jeder hat seine eigene Schicht. Sie laufen im Flur aneinander vorbei, verstehen Sie. Manchmal freunden sie sich mit einem Toningenieur an oder so was, aber Lisa war nicht besonders gesellig. Um ehrlich zu sein, ich glaube, das hier war in ihren Augen bloß eine Stufe auf der Karriereleiter. Sie war hier von zehn bis zwei und dann weg.»

«Was hat sie die restliche Zeit gemacht? Ihre Musik für den nächsten Tag zusammengestellt?»

Antonelli lächelte.

«Nicht doch. Wir arbeiten mit einem Top-40-Programmierdienst zusammen. Die Musik kommt fix und fertig aus der Konserve. Die meisten Werbespots sind auf Band. Lisa mußte zwischendurch nur ein bißchen quatschen, ab und zu etwas Werbung live oder vielleicht eine Verkehrsdurchsage, dann zu jeder vollen Stunde die Nachrichten einblenden und zack. Sie konnte zehn vor zehn hier sein, mehr Vorbereitung brauchte sie nicht.»

«Eine richtige Herausforderung», sagte ich. «Was bekam sie für eine solche Arbeit?»

«Gehälter behandeln wir als vertrauliche Angelegenheit», sagte Antonelli.

«Klar doch», sagte ich. «Sie sollen mir nur eine ungefähre Vorstellung davon geben, was ein Moderator in der Mittagsschicht von so einem Sender bekommt.»

Antonelli zuckte mit den Achseln. «In diesem Marktsegment dreißig bis fünfunddreißig Mille.»

«Danke schön.»

Eine schlanke schwarze Frau mit einer Frisur wie ein abgeerntetes Maisfeld kam mit einem Aktendeckel herein. Sie lächelte mir zu, legte den Aktendeckel auf Antonellis Schreibtisch und ging wieder hinaus. Sie hatte ein nettes Parfum. Antonelli blätterte mit dem Daumen in den Papieren, zog ein Blatt heraus und reichte es mir. Es war Lisas Lebenslauf aus dem Jahr 1992.

«Darf ich das behalten?» fragte ich.

«Ich ziehe Ihnen eine Kopie», sagte Antonelli. Er stand auf, nahm mir den Lebenslauf wieder aus der Hand, legte ihn auf einen älteren Bürokopierer, der hinter seinem Schreibtisch stand, und reichte mir das fotokopierte Blatt.

«Bitte schön», sagte er und setzte sich wieder.

«Wenn sie ihren Mann verlassen hat, wo würde sie Ihrer Meinung nach hingehen?» fragte ich.

«Keine Ahnung. Sie könnte überall sein. Lisa war dabei, groß herauszukommen, verstehen Sie? Sie könnte hier in der Gegend sein, sie könnte in Vegas sein. Ich weiß, daß sie ein paar Kurse drüben am College belegt hat.»

«Merrimack State?»

«Yep.»

«Sagt Ihnen der Name Tiffany etwas?»

«Nein, außer Frühstück bei.»

«Hatte sie Freunde, einer vielleicht mit einem Akzent?»

«Davon gibt's in Proctor weiß Gott genug. Aber nein, mir sind keine bekannt.»

«Arbeitet hier einer, der Vaughn heißt?»

«Nee.»

«Kennen Sie jemanden namens Vaughn?»

«Nicht daß ich wüßte.»

«Wenn sie ihren Mann nicht verlassen hat, welche Erklärung könnte es sonst für ihr Verschwinden geben?» fragte ich.

«Sie meinen, ihr könnte was zugestoßen sein?»

«Ich meine, haben Sie irgendwelche Ideen, weshalb sie nicht da ist?»

«Ich? Scheiße, nein. Sie war hier bloß angestellt. Ich kannte sie gar nicht richtig. Sie meinen, ihr könnte irgendwas zugestoßen sein?»

«Ich weiß nicht.»

«Ich sitze hier in der Klemme», sagte Antonelli. «Wenn sie nicht zurückkommt, muß ich jemanden neu anstellen. Ich weiß nicht, ob ich anfangen soll zu suchen oder nicht.»

«Wie schrecklich für Sie», sagte ich.

«Nein, ich meine es doch gar nicht so, daß es mir egal wäre, was mit ihr passiert. Aber ich muß hier einen Sender leiten, Mann. Und sie bringt mir alles durcheinander.»

Ich stand auf, nahm eine meiner Visitenkarten heraus und legte sie ihm auf den Schreibtisch.

«Wenn Ihnen etwas zu Ohren kommt oder einfällt, rufen Sie mich an.»

Er nahm die Karte, ohne sie anzusehen.

«Ja», sagte er. «Klare Sache.»

«Weitermachen», sagte ich und ging hinaus.

Sie starrte ihn über den kleinen Tisch hinweg an. Kerzenschein und das Leuchten der stummen Monitore. Sie starrte ihn an. Sein Gesicht war so vertraut, seine Stimme so wie immer, sein Tonfall leicht, angenehm, etwas spöttisch, wie immer, aber ruhig und liebevoll, wie sie ihn in Erinnerung hatte. Sie wußte, daß er nicht ruhig war. Sie wußte, daß er unberechenbar und verrückt war. Deshalb hatte sie ihn verlassen, war vielmehr vor ihm geflohen. Aber außer daß er sie entführt hatte und gefangenhielt, schien er völlig normal zu sein. Diese Vertrautheit half ihr, die Panik im Zaum zu halten, gegen die sie so verzweifelt ankämpfen mußte. Er war schließlich immer noch derselbe Mann, den sie einmal geliebt hatte. Der Mann, der sie geliebt hatte, der immer noch glaubte, sie zu lieben, obwohl sie wußte, in dem kleinen, inneren Teil von ihr, der noch denken konnte, daß es nicht Liebe war, vielleicht nie Liebe gewesen war. Mein Gott, dachte sie, aber ein schöner Mann ist er doch. Darin habe ich mich damals nicht getäuscht.

«Jeden Tag werden wir Spaß haben, Chiquita», sagte er. «Jeden Tag denken wir uns ein neues Spiel aus.»

«Und was ist das hier für ein Spiel?» sagte Lisa. «Mich fesseln und auf einem verdammten Karren hierherschleppen, wie ein Schwein zum Grillfest?»

Er lachte.

«Ein Schwein zum Grillfest? Dich, meine schöne Angelina? Nein, so sehe ich das nicht.»

Sie stemmte die Hände in die Hüften und blickte im Zimmer umher.

«Und das hier ist vielleicht ein Spaß», sagte sie. «Diese albernen Kulissen, diese albernen Kostüme.»

Der Tisch war mit erlesenem Porzellan gedeckt. Es gab Wein in einer Karaffe, etwas Käse, Obst, Brot, genau wie beim Strandpicknick in Crane's Beach. Er deutete auf den Tisch.

«Wir sollten essen, mein Engel, und über unsere Zukunft reden.»

«Zukunft? Zukunft? Wir haben eine Vergangenheit», sagte sie, «aber wir haben keine Zukunft, verdammt noch mal, Luis. Mein Mann wird mich finden, und er wird dich finden, und wenn er dich findet, wird er dich umbringen.»

«Nein», sagte er. «Das glaube ich nicht.»

«Du hast keine Ahnung», sagte sie. «Mein Mann...»

Er schüttelte den Kopf.

«Schluß jetzt», sagte er wie zu einem vorlauten Kind. «Er wird nicht kommen. Ich will von diesem Mann nichts mehr hören. Setz dich zu Tisch.»

Lisa setzte sich. «Eines Tages taucht dieser Mann auf und bringt dich um», sagte sie. Luis lächelte wie ein nachsichtiger Vater. Frank wird kommen. Sie hatte keinen Hunger, wußte aber, daß sie essen sollte. Ich gebe mir Mühe, Frank, ich versuche bereit zu sein. Sie nahm etwas Brot und eine Scheibe Käse. Sie brach von jedem ein kleines Stück ab und aß. Während sie daran kaute, sah sie ihn ruhig an. Das Brot schmeckte wie Styropor. Der Käse wie Wachs. Das Schlucken fiel ihr schwer. Ihr Mund war trocken, ihre Kehle wie zugeschnürt. Muß essen, dachte sie und brach sich noch etwas Brot ab. Sie nahm sich einige Weintrauben. Er goß ihr etwas Wein aus der Karaffe ein. Sie ließ ihn stehen. Die Vorspiegelung einer anderen Zeit. Diese vorgetäuschte Intimität war entsetzlich. Sie spürte, wie sich hinter ihren Augen Tränen bildeten. Ich will zu Hause sein bei meinem Mann, dachte sie. Ich will in meinem Haus sein. Sie zwang sich, nicht zu weinen. Nur nicht weinen! Widerwillig nahm sie eine Weintraube in den Mund, kaute und schluckte sie, zwängte sie durch ihre verengte Kehle, kämpfte gegen den Drang, sie mit dem Wein herunterzuspülen.

«Gut so, mein Engel. Es ist schön, dich essen zu sehen. Ein guter Anfang.»

Ich will dich töten, dachte sie.

Kapitel 8

Die Merrimack State University bestand aus einem kleinen Haufen nicht zueinander passender Gebäude am westlichen Rand Proctors, wo die Verbrechensrate noch etwas aufzuholen hatte. Das Ganze sah eher wie eine Grundschule mit Anbauten aus als wie eine Hochschule. Das Verwaltungsgebäude war früher wohl ein Zweifamilienhaus gewesen. Es war mal weiß angestrichen worden, aber das war schon ziemlich lange her, und der Parkplatz war voller Dreck. Ich stellte meinen Wagen dort ab, wo «Besucher» stand, und ging hinein. Am Schalter der Registratur stellte ich eine Frage und wurde ungefähr eine halbe Stunde kreuz und quer geschickt, bis ich schließlich beim Dekan landete.

«Ich habe durchaus Verständnis für Ihre Ungeduld, Mr. Spenser, aber wir müssen im Hinblick auf unsere Studenten ihr Recht auf den Schutz persönlicher Daten respektieren.»

«Wie steht's mit ihrem Recht, gefunden zu werden, wenn sie verlorengehen?» sagte ich.

Der Dekan lächelte höflich.

«Können Sie mir bitte eine Vollmacht zeigen?»

Ich dachte daran, ihm meine Pistole zu zeigen, verwarf die Idee wieder und hielt ihm meine Zulassung hin.

«Und Sie arbeiten im Auftrag des Ehemanns?»

«Ja.»

«Dann brauche ich leider eine Vollmacht von ihm.»

«Natürlich. Schließlich frage ich Sie, ob die Frau hier eingeschrieben ist und welche Kurse sie belegt. Heiße Informationen. So etwas muß diskret behandelt werden.»

«Sie können sich darüber mokieren, Mr. Spenser, aber es geht nicht um Ihre Fragen. Hier geht es um eine prinzipielle Angelegenheit.»

«Und die heißt übertriebene Geltungssucht.»

«Ich muß doch sehr bitten.»

Der Dekan hieß Fogarty. Er war ein kleiner Mann mit gepflegtem Kinnbart und wenigen Haaren. Er trug einen Business-Anzug. Wahrscheinlich hatte er irgendwo als Grundschulrektor angefangen und war dann aufgestiegen, oder abgestiegen, je nachdem, wie man es betrachtete. Die staatlichen Hochschulen waren nicht gerade Brutstätten der Gelehrsamkeit.

«Es geht hier um gar nichts. Ich bitte Sie ja nicht darum, irgend etwas preiszugeben, das in irgendeiner Weise privat ist. Sie bilden sich bloß ein, daß alles, was hier vorgeht, äußerst gewichtig und bedeutend ist.»

«Hätten Sie etwas dagegen einzuwenden, wenn ich den Mann von Mrs. St. Claire anrufe?»

«Der Mann von Mrs. St. Claire liegt mit Schußverletzungen im Krankenhaus. Es wird seiner Genesung nicht gerade förderlich sein, mit einem aufgeblasenen Arschloch zu sprechen.»

«Das tut mir leid. Sie brauchen nicht ausfallend zu werden.»

«Sie halten mich für ausfallend? Ich werde Ihnen sagen, was ausfallend ist. Der Mann von Mrs. St. Claire ist Cop. Cops passen aufeinander auf. Wenn ich muß, kann ich ein paar richtig ungeduldige Leute von der Staatsanwaltschaft in Essex County bitten, herzukommen und Ihnen die gleichen Fragen zu stellen, die ich jetzt stelle. Ich könnte sie wahrscheinlich dazu kriegen, massenhaft mit Sirenen und Blaulicht hier aufzutauchen und Sie nach Salem mitzunehmen, um Ihnen in einer Zelle des Untersuchungsgefängnisses die gleichen Fragen zu stellen, die ich Ihnen hier stelle.»

Typen wie Fogarty haben die Gewalt über einen Haufen Kids, und nach einer Weile glauben sie, sie hätten wirklich Macht, und sie halten sich dann für richtig harte Burschen. Fogarty brauchte etwa eine Minute, um mit der Tatsache zurechtzukommen, daß seine diesbezüglichen Vorstellungen fehlgingen. Er starrte mich mit halboffenem Mund an und brachte nichts heraus.

Schließlich sagte er: «Also!»

«Also», sagte ich.

«Ich möchte Ihnen schon entgegenkommen.»

«Gut.»

Wir saßen da und sahen einander an. Keiner von uns sagte etwas.

«Also», sagte er wieder.

Ich blickte auf meine Uhr. Fogarty nahm einen Hörer ab.

«Clara, könnten Sie bitte nachsehen, ob wir eine Studentin namens Lisa St. Claire haben. Wahrscheinlich Erwachsenenbildung. Ja. Wenn ja, könnte ich bitte ihre Akte haben? Danke schön.»

Er legte auf, blickte mich an und blickte wieder weg.

«Deshalb bin ich wohl Lehrer, Mr. Spenser. Die Studenten gehen mich persönlich etwas an. Vielleicht manchmal zu sehr.»

«Sicher», sagte ich. «Das wird's wahrscheinlich sein.»

Er freute sich, daß ich ihm zustimmte. Er lehnte sich in seinem Sessel zurück und legte die Fingerspitzen leicht zusammen.

«Junge Leben», sagte er. «Junge Leben.»

Eine sehr kleine Frau, die vielleicht 125 Jahre alt sein mochte, kam mit einem Ordner in der Hand hereingeschlurft. Sie schlurfte durchs Zimmer, legt den Ordner auf Fogartys Schreibtisch und schlurfte rückwärts aus dem Zimmer. Sie sagte nichts. Sie küßte nicht den Saum seines Gewands.

Fogarty nahm den Ordner in die Hand und betrachtete ihn einen Augenblick andächtig, als studierte er ein Buch altnordischer Runen. Dann riß er die Augen davon los und blickte mich an.

«Ja, Mrs. St. Claire hat sich bei unserem Weiterbildungsprogramm eingeschrieben.»

«Was ich in meiner jugendlichen Unschuld Abendschule genannt hätte.»

Fogarty lächelte höflich.

«Also, eine Abendschule ist es eigentlich nicht. Die Kurse finden sowohl am Nachmittag wie auch am frühen Abend statt.»

«Welchen Kurs hat sie belegt?»

«ME31-6», sagte er. «Selbstaktualisierung: Die Perspektive des analytischen Feminismus.»

«Uff», sagte ich. «Was bedeutet ME?»

«Menschliche Entwicklung.»

«Wann findet der Kurs statt?»

Schon wieder bat ich ihn, das Gesetz des Schweigens zu brechen. Es paßte ihm gar nicht, doch er riß sich zusammen.

«Dienstag und Donnerstag zwanzig Uhr bis einundzwanzig Uhr fünfundvierzig. Im Bradford-Gebäude.»

«Wer gibt den Kurs?»

«Professor Leighton.»

«Und wo finde ich ihn?»

Fogarty zögerte wieder.

«Tun Sie so, als wäre ich ein Student und wollte mich bei seinem Kurs einschreiben: Stelle ich mich draußen hin und brülle: ‹He, Leighton›?»

«*Ihr* Büro befindet sich im Bradford-Gebäude, erster Stock.»

«Ich danke Ihnen sehr», sagte ich. «Gibt es irgend etwas in der Akte von Mrs. St. Claire, das ein Licht darauf werfen könnte, wo sie jetzt ist?»

Fogarty zögerte keinen Augenblick.

«Absolut nichts», sagte er.

Das hätte er wahrscheinlich auch dann gesagt, wenn er dort eine Lösegeldforderung gefunden hätte.

«Und Sie selbst haben keine Meinung dazu?»

Er zuckte die Achseln, ganz Mann von Welt.

«Ehen scheitern zuweilen», sagte er.

Ich machte ein nachdenkliches Gesicht und nickte.

Sie lag auf dem Bett im Dunkeln und dachte über ihre Situation nach. Trotz der intensiven Angst, die an ihr fraß, war sie noch in Ordnung. Er hatte sie nicht angerührt. Und außer beim Fesseln, als er sie geholt hatte, hatte er ihr nicht weh getan. Sie war nicht zu Hause. Die normalen Lebensrhythmen, die sie, vielleicht zum ersten Mal in ihrem Leben, aufgebaut hatte, waren unterbrochen, sie war ins Chaos gestürzt worden, aber sie war noch ganz. Sie war noch Lisa St. Claire. Sie dachte an ihren Mann. Sie wußte, daß er sie finden würde. Früher oder später, egal was passierte, würde Frank kommen. Sie sehnte sich danach, ihn zu sehen, mehr als sie sich je nach irgend etwas gesehnt hatte. Zu sehen, wie die Tür dieses schwarzen Zimmers aufging und Frank hereinkam. Sie war sich nie ganz sicher gewesen, ob sie ihn liebte. Der Sex mit ihm gefiel ihr. Aber der Sex gefiel ihr, Punkt. Wenn sie ganz objektiv sein sollte, würde sie wahrscheinlich sagen, daß der Sex mit Frank nicht besser war als mit anderen. Vorher, mit Luis, gab es diese Wildheit, dieses Abenteuer, und das hatte den Sex mit Luis vielleicht ein bißchen besser gemacht als mit irgendeinem anderen. Zu Frank war sie geflohen, nach Luis. Nachdem sie nicht nur vor Luis, sondern vor all dem geflohen war, was sie selbst gewesen war. Frank hatte für sie Ruhe und Stabilität und vielleicht vor allem Sicherheit bedeutet. Ein harter Cop. Er würde ihr Sicherheit bieten. Er würde dafür sorgen, daß sie ganz blieb. Er würde sie davor bewahren, das zu werden, was sie einmal gewesen war und immer wieder zu werden fürchtete. Mit seiner Ruhe und Klarheit und seiner Kraft bildete er eine Stütze gegen die drohende Selbstauflösung. Wenn sie Abstand von ihrer Situation gewann, fand sie es ironisch, daß erst diese Entführung die romantische Aura, mit der sie Luis im Rückblick ausgestattet hatte, endgültig zerstört hatte. Gelegentlich, beim Frühstück in ihrer schicken Küche, wenn sie sich in Ruhe zur Arbeit fertig machte, hatte sie an Luis gedacht und sich gefragt, ob es da etwas gäbe, das sie nicht hätte aufgeben sollen – das Gefühl, daß alles möglich war vielleicht, Musik vom fernen Gestade, so ähnlich. Luis hatte eine erregende Was-kostet-die-Welt-Haltung gehabt, an die Lisa manchmal wehmütig denken mußte, wenn sie zusah, wie ihr Mann tagein, tagaus das gleiche Frühstück zu sich nahm. Sie mochte ihn. Er tat ihr gut. Aber sie hatte sich manchmal beim Nachdenken über ihr Leben gefragt, ob sie einen

Fehler gemacht hatte. Sie wußte zwar, daß sie keinen Fehler gemacht hatte. Sie wußte, was für ein Mensch Luis war und, wichtiger noch, was er für sie darstellte. Aber irgendwie vom Bauch her phantasierte sie manchmal über Luis. Jetzt nicht mehr, dachte sie. Jetzt will ich mehr, als ich jemals irgend etwas gewollt habe, daß mich Frank findet und nach Hause bringt. Sie sehnte sich nicht nur wegen der seelenzerfressenden Angst nach ihrem Mann. Es ging auch darum, was er war, was er für sie darstellte – ein Leben, das sich zu leben lohnte, eine Beziehung, die zu pflegen war, eine Chance, ganz Lisa St. Claire zu sein. Er wird kommen, dachte sie. Er findet mich. Allein im Dunkeln auf dem fremden Bett gab sie zum ersten Mal, seit Luis sie geholt hatte, den Tränen nach.

Kapitel 9

Rowena Leighton war klein und schlank und dunkel. Ihre dunklen Haare waren nach hinten gekämmt und zu einem Dutt zusammengebunden, ihre dunklen Augen wirkten durch den Lidschatten noch dunkler und durch die großen runden Brillengläser noch größer. Das Brillengestell war in Blau und Gold gehalten. Sie trug einen losen gelben Hosenanzug mit einem breiten schwarzen Gürtel und schwarze Schnürstiefelchen mit dicken Absätzen, wie sie früher die Böse Westhexe im *Zauberer von Oz* anhatte. An den meisten Fingern hatte sie Ringe und große Klunker an den Ohren. Ihr Gesicht war schmal, mit einem festen Kinn. Sie trug etwas zuviel von einem sehr roten Lippenstift auf ihrem Mund, der im Naturzustand wohl etwas dünn gewesen wäre. Es war ein ernsthaftes, intelligentes Gesicht, und als ich eintrat, war es in ein Buch mit dem Titel *Daseinsweisen: Taktische Identitäten von Männern und Frauen in der modernen Welt* vertieft. Professor Leighton war damit beschäftigt, diverse Stellen mit einem gelben Textmarker hervorzuheben. Ich wartete. Sie arbeitete weiter mit dem Marker.

Ich lächelte höflich und sagte: «Mein Name ist Spenser. Ich bin Detektiv, und ich suche Lisa St. Claire, die anscheinend verschwunden ist.» Sie hantierte immer noch mit dem Marker, und ich ließ das höfliche Lächeln stehen, bis sie endlich aufblickte und es wahrnahm.

Vom Lächeln überwältigt, sagte sie: «Der Dekan hat angerufen, um mir zu sagen, daß Sie hereinschauen könnten. Was ist mit Lisa?»

«Sie ist eine Ihrer Studentinnen», sagte ich.

«Ja. Sehr begabt.»

Das Büro war mit den Abfallprodukten der Gelehrsamkeit übersät. Überall waren Bücher gestapelt, und auf einem langen Eichentisch unterhalb der Fenster lagen haufenweise Aktendeckel, aus denen sich beschriebene Blätter ergossen. Ein Macintosh stand auf einer Ecke ihres Schreibtisches, auf einem Beistelltisch daneben ein Laserdrucker.

«Und bei Ihrem Kurs geht es um Selbstaktualisierung?» sagte ich.

«Es handelt sich genaugenommen um einen Workshop für Frauen, die bestimmte Lernprozesse durchmachen», sagte Professor Leighton. «Ich gehe dabei von den transaktionalen Theorien aus, die ich in meinen bisherigen Arbeiten entwickelt habe.»

Sie deutete mit ihrem Kopf auf eine Gruppe von fünf Büchern auf einem Brett in ihrem Regal. Sie standen ein wenig abseits von den anderen Büchern und wurden durch zwei alte Mauersteine aufrecht gehalten. Auf jedem Buchrücken konnte ich ihren Namen erkennen. Die Titel konnte ich nicht lesen, ohne meinen Kopf parallel zum Fußboden zu drehen. In dieser Haltung sehe ich nie besonders gut aus, also verzichtete ich auf die Titel.

«Erzählen Sie mir von Lisa», sagte ich.

«Sie sind Detektiv?»

«Ja.»

«Bei der Polizei?»

«Nein, selbständig.»

«Wirklich? Wie faszinierend. Sind Sie schon immer Privatdetektiv gewesen?»

«Nein, früher einmal war ich bei der Polizei.»

«Und Sie wurden entlassen?»

«Ja.»

«Unehrenhaft?»

«Nein, sie meinten, ich wäre rebellisch.»

Sie lehnte sich in ihren Stuhl zurück und lachte. Es war ein echtes Lachen.

«Ich wußte nicht, daß Intellektuelle so etwas machen», sagte ich.

«Lachen? Ach, ich glaube, echte Intellektuelle machen das schon. Sehen Sie: Das Leben ist eine Tragödie für den Fühlenden, für den Denkenden aber eine Komödie.»

«Horace Walpole?» sagte ich.

«Meine Güte, ein gelehrter Detektiv», sagte sie. «Hatten Sie viel Spaß mit unserem Dekan?»

«Schwer ruht das Haupt, das eine Krone drückt», sagte ich.

Sie lachte wieder.

«Also, Sie sind wirklich entzückend. Tja, Dekan Fogy, wie wir ihn nennen, nimmt sich selbst immer sehr wichtig.»

«War es Horace Walpole?» fragte ich.

«Scheiße, was weiß ich? Ich glaube schon. Im richtigen Jahrhundert sind Sie auf jeden Fall. Wie kann ich Ihnen mit Lisa helfen?»

«Hatte sie eine Freundin in Ihrem Kurs namens Tiffany?»

«Ja.» Professor Leighton lächelte. «Typhanie Hall. Sie schreibt ihren Vornamen T-y-p-h-a-n-i-e. Sie möchte Schauspielerin werden.»

«Erzählen Sie mir von Lisa, wie sie war, welche Freunde sie hatte.»

«Also, natürlich bildet die Beziehung zwischen Dozentin und Studentin da eine Barriere. Aber sie ist offensichtlich eine intelligente Frau. Sie hatte ein verdammt großes Wissen über menschliche Interaktionsprozesse – hat vielleicht eine Psychotherapie gemacht. Und sie ist ganz offensichtlich nicht sehr gebildet. Sie ist irgendeine Art Rundfunkpersönlichkeit, also konnte sie gut reden, und sie ist gewandt, charmant, attraktiv, was einen zunächst täuschen kann, aber es wurde bald klar, daß sie wenig formale Schulbildung genossen hatte.»

Professor Leighton lächelte mich an.

«Sie hätten das sofort bemerkt», sagte sie.

«Das habe ich», sagte ich.

«In mancher Beziehung, würde ich sagen, ist sie das genaue Gegenteil von Ihnen. Sie reden wie ein Halbstarker, aber Sie wissen eine ganze Menge.»

«Ich bin ein Halbstarker», sagte ich. «Ich lese eine Menge.»

«Offensichtlich. Befürchten Sie einen, äh, mir fällt kein besseres Wort ein, verbrecherischen Hintergrund? Oder handelt es sich bloß um eine ausgebrochene Ehefrau?»

«Sie wußten, daß sie verheiratet war?»

«Sie trug einen Ehering.»

«Aber sie behielt ihren, wie immer es jetzt korrekt heißt, also den Namen, den sie hatte, als sie unverheiratet war», sagte ich.

«Entspannen Sie sich, Mr. Spenser. Ich gehöre nicht zu den feministischen Theoretikerinnen der stacheligen Sorte. Ich akzeptiere den Begriff ‹Mädchenname› als eine nützliche Bezeichnung. Ich habe immer meinen Mädchennamen behalten.»

«Sie sind verheiratet?»

«Ich war. Dreimal», sagte sie lächelnd. «Zur Zeit gerade nicht. Ich bin wohl auch etwas rebellisch.»

«Gut, daß Sie Ihren Mädchennamen behielten», sagte ich. «Wäre ein ziemlicher Aufwand gewesen, ihn jedesmal zu ändern.»

«Immer vorausdenken», sagte sie. «Ist sie also in Gefahr oder einfach auf Abenteuer aus?»

«Ich weiß es nicht», sagte ich. «Ein paar Tage nachdem sie verschwunden war, hat jemand auf ihren Mann geschossen.»

«Er hat überlebt?» fragte Professor Leighton.

«Ja.»

«Wird sie verdächtigt?»

«Nicht von mir. Aber ich bin nicht hinter dem Schützen her. Ich will Lisa finden.»

«War es Luis?»

«War was Luis?» Geschickte Frage.

«Hat sie Luis Deleon geheiratet?»

«Nein. Sie hat einen Bostoner Polizisten namens Frank Belson geheiratet. Wer ist Luis Deleon?»

«Er war bei mir Student, letztes Jahr, in meinem Abendseminar über Medien und Identität. Lisa St. Claire hat den Kurs auch besucht. Ich glaube, sie haben sich zusammen eingeschrieben. Sie waren sehr gut befreundet. Intim sogar.»

«Das wissen Sie?»

«Ich kann es nicht beweisen. Ich weiß es.»

«Durch Beobachtung?»

«Durch Beobachtung. Sie saßen zusammen, sie kicherten zusammen herum, als wären sie viel jünger. In den Pausen hingen sie wie die Kletten aneinander. Sie hielten Händchen. Sie flüsterten miteinander. Ich bin oft verliebt gewesen, oder verknallt, oder beides. Ich weiß, wie so etwas aussieht.»

«Erzählen Sie mir etwas über Luis», sagte ich. «Ist er ein Hispanic?»

«Ja, aus Proctor, und wie viele der Hispanics in Proctor ist er sehr arm, fürchte ich. Die Hochschule hat ein Förderprogramm für sozial Benachteiligte, wie man diese Menschen gern nennt. Eine bestimmte Anzahl Stipendien wird für sie reserviert, und Luis hat eins davon bekommen.»

«Wie alt?»

«Luis? Etwas jünger als Lisa vielleicht, sagen wir sechsundzwanzig, siebenundzwanzig.»

«Spricht er mit einem Akzent?»

«Kein starker Akzent, bemerkbar schon, aber nicht so, daß die Kommunikation behindert wird.»

«Was noch?» fragte ich.

«Luis war wie Lisa sehr intelligent, aber sehr ungebildet. Was er wußte, soweit es für mein Seminar relevant war, hatte er größtenteils aus dem Kino und dem Fernsehen. Ich bin mir nicht sicher, ob er wußte, wo der Film aufhört und das Leben beginnt.»

«‹Für mein Seminar relevant›?» sagte ich. «Warum diese Einschränkung?»

«Weil ich mir denken kann, daß er viele Dinge über das Leben im Barrio von Proctor weiß, von denen ich nicht einmal träumen kann.»

«Ist er dieses Semester in irgendeinem Ihrer Kurse?»

«Nein. Ich mache hier eine Gastprofessur, damit ich in Brandeis ein bißchen Postgraduiertenforschung treiben kann. Dieses Semester habe ich nur den einen Kurs.»

«Ist er noch an der Hochschule eingeschrieben?»

«Ich weiß nicht. Das könnte Dekan Fogy Ihnen sagen. Ich glaube nicht, daß Luis sich besonders wohl in einer akademischen Anglo-Umgebung fühlte, selbst in dieser.»

«Ist er jemals vorbeigekommen, um Lisa zu besuchen, vor dem Kurs oder danach?»

«Dieses Jahr nicht.»

«Sonst irgendwelche Beobachtungen über Luis, die Sie mir gern mitteilen möchten?»

«In mancher Hinsicht war er ziemlich imponierend. Sehr groß. Athletischer Körperbau.»

«Wie groß?»

«Ungewöhnlich groß. Einige Zentimeter größer als Sie. Vielleicht nicht ganz so breit. Wie groß sind Sie?»

«Einsfünfundachtzig.»

Sie sah mich einen Augenblick mit einem abschätzenden Blick an.

«Er war wahrscheinlich einsfünfundneunzig, -sechsundneunzig», sagte sie. «Sehr gefühlsbetont, voller Machismo. Ich weiß, das sagt man vielen Latino-Männern nach, aber Luis hatte wirklich eine Tendenz zum Stolzieren.»

Sie lehnte sich ein wenig zurück, schloß ihre großen Augen hinter den riesigen Brillengläsern und dachte eine Weile nach.

«Und doch war er auch sehr unschuldig», sagte sie. «Er glaubte an das Absolute, an die Welt, die es in Fernsehfilmen gibt. Das Gute ist immer gut. Das Böse immer böse. Nichts ist sehr kompliziert, und was einmal galt, gilt immer. Er phantasierte sich ein Leben zurecht, wie es einer tun würde, der als Kind nur auf den Bildschirm starrte. Keine reale Erfahrung schien diese Phantasiewelt erschüttern zu können.»

«Sie wissen nicht zufällig, wo er wohnt?»

«Nein, tut mir leid. Da muß ich Sie wohl wieder an unseren lieben Dekan Fogy verweisen. Die Hochschule muß eine Adresse haben.»

«Gab es jemanden namens Vaughn in Lisas Kurs?»

«Nicht, soweit ich mich erinnere.»

«Kennen Sie jemanden namens Vaughn?»

Sie lächelte.

«Es gab einen Baseballspieler namens Arky Vaughn», sagte sie.

«Stimmt», sagte ich. «Pirates oder Dodgers. Vermutlich nicht unser Mann.»

«Horace Walpole *und* Arky Vaughn», sagte sie. «Da bin ich aber wirklich beeindruckt.»

Ich gab ihr meine Karte.

«Wenn Ihnen noch etwas einfällt, so unbedeutend es sein mag, rufen Sie mich bitte an.»

«Es wird mir ein Vergnügen sein», sagte sie.

Ich ging zur Tür, blieb stehen und drehte mich um.

«Ich habe eine ganze Anzahl Professoren kennengelernt», sagte ich. «Und keiner von ihnen ist mir als besonders ehrlich, humorvoll und unprätentiös oder als besonders scharfer Beobachter aufgefallen. Was zum Teufel tun Sie hier?»

Sie lächelte mich einen Augenblick an, dann sagte sie: «Ich bin wegen der Heilquellen gekommen.»

«Hier gibt es keine Heilquellen», sagte ich.

«Man hat mich falsch informiert», sagte sie.

Kapitel 10

Der Dekan hatte mir – anfangs etwas unwillig – Typhanie Halls Adresse gegeben, in Cambridge, und außerdem eine Adresse von Luis Deleon im Nobelvorort Marblehead, was mir unwahrscheinlich vorkam. Cambridge lag näher, und ich hatte den Verdacht, daß ein Besuch in Marblehead ohnehin Zeitverschwendung wäre, also fuhr ich an einem hellen Frühlingsmorgen zu meiner Verabredung mit Typhanie. Die ersten Krokusse zeigten sich, und die Harvard-Studenten in ihrer ganzen bunten Vielfalt auch. Ich saß in meinem Auto fest, während zwei protestantische Frauen mit großen Hüten und Nike-Turnschuhen mitten auf der Brattle Street über Menschenrechtsfragen diskutierten. Ich hätte sie am liebsten überfahren. Cambridge ist die Welthauptstadt selbstmordversessener Fußgänger, und die einzige Möglichkeit, der Situation Herr zu werden, bestand meiner Meinung nach darin, ein paar umzulegen. Ich hatte jedoch einen gewissen Respekt vor der Polizei in Cambridge, also drückte ich statt dessen auf die Hupe. Die Damen unterbrachen ihre Unterhaltung und warfen mir einen dreckigen Blick zu. Eine andere, mit lila Strümpfen und Sandalen, zeigte mir den Finger.

Mir gefiel die Richtung nicht, in die mich die Sache mit Lisa St. Claire führte, aber ich hatte die Richtung nicht zu bestimmen. Als die Damen schließlich doch noch Platz machten, fuhr ich also bis zum Longfellow Park, stellte den Wagen unter einem Schild ab, auf dem «Nur für Anwohner» zu lesen war, und fand schließlich die Seitenstraße in der Nähe von Mount Auburn, wo Typhanie Hall wohnte.

In Typhanies Hochparterrewohnung gelangte man über den Nebeneingang eines großen viktorianischen Hauses aus gelbem Klinker. Als sie mir aufmachte, trug sie Leggings aus aquamarinblauem Stretch und ein übergroßes, dunkelblaues T-Shirt. Ihr knallgelbes Haar war nach hinten gekämmt und durch eines dieser rüschenbesetzten elastischen Dingsbumse zusammengebunden, die eben dafür da sind, so daß sich ein langer Pferdeschwanz über ihren Rücken ergoß. Sie hatte eine Menge Lidschatten und lange, äußerst rote Fingernägel. Irgendwie: Wow!

«Haben Sie etwas von Lisa gehört?» fragte sie, als ich eingetreten war und mich auf einem großen Sitzkissen in ihrem Wohnzimmer – Kiefer, Klarlack – niedergelassen hatte.

«Nein, eigentlich nichts», sagte ich. «Und Sie?»

«Vielleicht ihr Vater», sagte Typhanie. «Sie sprach immer davon, ihren Vater zu besuchen.»

«Wissen Sie vielleicht, wo dieser Vater sein könnte?»

«Nein.»

«Wissen Sie, wie er heißt?»

«Nein.»

«Ist sein Familienname St. Claire?»

«Keine Ahnung. Sie hat immer gesagt, daß sie ihn finden wollte, aber von ihm erzählt hat sie nie. Möchten Sie Kaffee? Oder Tee?»

«Nein danke.»

Ein großer gelber Kater kam um die Ecke, roch an meinem Fuß und begann sich an meinem Bein zu reiben.

«Das ist Tschechow», sagte sie. «Normalerweise ist er nicht so freundlich zu fremden Leuten. Sie müssen was Besonderes sein. Es macht Ihnen nichts aus, wenn ich mir einen Kaffee mache, oder?»

Ich schüttelte den Kopf.

«Morgens bin ich einfach nicht zu gebrauchen, wenn ich nicht ein paar Tassen trinke, um meinen Motor auf Touren zu bringen.»

Mir schien sie schon ganz schön auf Touren zu sein, aber ich hatte sie gerade erst kennengelernt und wußte nicht, was für Reserven noch in ihrem Motor steckten. Ich wartete, während sie in die Küche lief und mit ihrem Kaffee zurückkam. Sie trank ihn aus einem großen weißen Becher mit einem Bild von Einstein auf der Seite.

«Sie kennen Lisa schon lange?» fragte ich.

Der gelbe Kater lag neben meinem Fuß auf dem Rücken und sah mich aus seinen halbgeschlossenen, ovalen gelben Augen an. Ich rieb ihm die Rippen ein wenig mit der Schuhspitze, und er schnurrte.

«O ja, wir haben uns letzten Herbst kennengelernt, beim Erwachsenenbildungsprogramm hier im Cambridge Center. Wir sind beide lebenslustige Typen, und es hat gleich gefunkt. Möchten Sie Perrier oder stilles Wasser?»

«Nein danke. Hat sie viele Männerbekanntschaften gehabt?»

«O ja. Haben wir beide. Ich bin keine von diesen verbissenen Feministinnen. Ich liebe Männer.»

«Tatsächlich?» sagte ich.

Typhanie schenkte mir ein blendendes Lächeln.

«Hatte sie einen, den sie besonders mochte?»

«Also, sie ging mit Luis. Aber Lisa war damals noch nicht soweit, sich fest zu binden. Sie wollte ihren Spaß haben.»

«Bis sie Belson kennenlernte», sagte ich.

«Ja, dann war es soweit.»

«Warum?»

«Warum?»

Mir wurde klar, daß ich bei Typhanie nicht zu schnell vorpreschen durfte.

«Ja, warum war es dann soweit?» sagte ich.

«Wer weiß? Alles hat seine Zeit, verstehen Sie? Vorher war noch nicht die Zeit. Dann ja.»

«Leuchtet ein», sagte ich.

«Daran glaube ich wirklich», sagte Typhanie. «Sie nicht auch? Daß die Zeit so ziemlich alles bedeutet im Leben? Und Frank tauchte auf, als es gerade die richtige Zeit war für Lisa, und peng!»

Der Kater hatte sich auf die Seite gelegt und sich so lang hingestreckt, wie es nur ging. Mit einer Pfote langte er nach meinem Hosenbein.

«Weshalb war es gerade die richtige Zeit?» fragte ich.

«Wer kann das schon sagen? Die Beziehung zu Luis lief nicht so, wie sie sich das vorstellte, und da kam dieser ältere Mann, verstehen Sie? Ein sicherer Hafen.»

«Luis Deleon?» fragte ich.

«Ja.» Typhanie lächelte mich an. Es sollte wohl verrucht aussehen. «Ihr Latin Lover.»

«Sie ging noch mit ihm, als sie Belson kennenlernte?»

«Ja.»

«Erzählen Sie mir von ihm.»

«Also, er ist ein wunderschöner Mann. Ein Hispanic aus Proctor. Sie hat ihn bei einem Abendseminar an der Merrimack State kennengelernt. Lisa hat dort Kurse belegt, Abendschule, wissen Sie? Sie wollte nicht den Rest ihres Lebens Platten auflegen.»

«Und sie waren, äh, ein Liebespaar?»

«O Mann, das kann man wohl sagen. Sie waren eine einzige Explosion. Alles war leidenschaftlich, wie man es sich erträumt, wissen Sie, wie im Kino. Blumen und Konfekt und Champagner und Diners um Mitternacht und, also, ich sollte eigentlich nicht aus der Schule plaudern, aber Junge, die waren heiß.»

«Sex?»

«Überall und immer, meinte Lisa.»

«Wie schön», sagte ich. «Also, was ist passiert? Wieso landete sie bei Frank Belson?»

«Ich weiß nicht. Es war verdammt plötzlich. Ich weiß, daß Luis sie gedrängt hatte, ihn zu heiraten.»

«Und sie wollte nicht?»

Typhanie schüttelte den Kopf.

«Ich weiß es wirklich nicht. Ich meine, er war jünger als sie, und er war halt ein Hispanic, und ich weiß nicht, was er gearbeitet hat. Aber Junge, der war schon eine Wucht. Aussehen. Charme.»

Sie zuckte mit den Achseln.

«Allerdings ist ein schöner Junge eine Sache», sagte sie. «Ein Ehemann ist eine total andere Kiste.»

«Sie sind verheiratet?» fragte ich.

«Im Augenblick gerade nicht», sagte Typhanie. «Sie?»

«Nein.»

«Waren Sie schon mal verheiratet?»

«Nein.»

«Schwul?»

«Nein.»

«Mit jemandem zusammen?»

«Ja.»

«Ich hätte bei meinem zweiten Mann bleiben sollen. Jetzt ist es so, immer wenn ich einen interessanten Typen kennenlerne, ist er entweder besetzt oder schwul. Sind Sie manchmal für Seitensprünge zu haben?»

«Nein. Aber wenn ja, rufe ich Sie als erste an. Sagt Ihnen der Name Vaughn etwas?»

«Stevie Ray Vaughn», sagte sie hoffnungsvoll.

«Mhm», sagte ich. «Wissen Sie, wo sich Luis Deleon jetzt aufhält?»

«Proctor, nehme ich an.»

«Wissen Sie, was er macht?»

«Sie meinen, was er arbeitet?»

«Mhm.»

«Nein. Das habe ich nie gewußt. Ich habe mich auch immer irgendwie darüber gewundert.»

«Warum?»

«Er schien immer Geld zu haben, hat aber nie etwas über seine Arbeit gesagt.»

«Worüber hat er gesprochen, wenn Sie ihn getroffen haben?»

«Lisa, Theater, Kino. Er liebte Filme. Er hatte eine Videokamera. Immer eine Videokamera dabei.»

«Sie haben nicht vielleicht ein Foto?»

«Von Luis? Nein, ich glaube nicht. Ich stehe nicht groß drauf, Sachen zu behalten, Bilder und das alles. Ich bleibe immer in Bewegung, verstehen Sie?»

«Wie spricht Luis Englisch? Mit einem Akzent?»

«Er spricht sehr gut, eigentlich nur mit der Andeutung eines Akzents.»

Der gelbe Kater rollte sich auf die Füße, tapste zu einem Schaukelstuhl mit Plaiddecke auf der anderen Seite des Zimmers, sprang hinauf, machte es sich bequem und schlief ein.

«Danke», sagte ich.

Ich nahm eine Karte aus der Tasche und gab sie ihr.

«Wenn Ihnen etwas zu Ohren kommt oder einfällt, rufen Sie mich bitte an.»

«Sie glauben doch nicht, daß etwas Schlimmes passiert ist, oder?»

«Ich weiß nicht, was passiert ist», sagte ich.

«Was machen Sie jetzt?»

«Jetzt werde ich Luis Deleon finden», sagte ich.

Typhanies Augen weiteten sich.

«Wegen dem, was ich Ihnen erzählt habe?»

«Wegen der Dinge, die mir einige Leute erzählt haben», sagte ich.

«Sagen Sie ihm nicht, daß ich etwas gesagt habe.»

«Okay.»

«Luis ist, äh, etwas unheimlich», sagte Typhanie.

«Unheimlich? Wie?» fragte ich.

«Er ist so leidenschaftlich, so... schnell. Ich möchte nicht, daß er sauer auf mich wird.»

«Ich auch nicht», sagte ich. «Aber man weiß ja nie.»

Er hatte sie noch nicht angerührt. Sie wußte nicht, ob er es versuchen würde. Er konnte sie zwingen. Warum sollte er nicht? Was er für sie empfand, war nicht Liebe. Das wußte sie. Aber vielleicht war etwas Liebe dabei. Vielleicht hielt diese Liebe ihn davon ab, sie zu zwingen. Und doch zwang er sie. Er zwang sie hierzusein. Zwang sie, seine dummen Kostüme zu tragen und in diesem albernen Kulissenzimmer zu leben. Aber er hatte sie nicht sexuell belästigt. Und er hatte ihr nicht körperlich weh getan. Die Klimaanlage summte, die Monitore liefen. Der Ton war eingeschaltet, und sie hörte immer wieder ihr Kichern am Strand, ihren vergeblichen Kampf hinten auf der Ladefläche des Lieferwagens. Sie hatte keine Möglichkeit, die Tageszeit festzustellen. Kein Hell und Dunkel, außer wenn er das Licht an- und ausmachte, kein Fernsehen außer den erniedrigenden Bildern ihrer Gefangenschaft, kein Radio, keine Uhr. Sie sah nur ihn, und ab und zu eine schweigende Dienerin mit einem jungen Gesicht. Das Essen gab ihr auch keine Hinweise. Was ihr geboten wurde, war nie eine bestimmte Mahlzeit. Sie fragte sich, ob das zu seiner Absicht gehörte, eine Art Gehirnwäsche an ihr vorzunehmen. Es unterstrich jedenfalls, wie vollkommen sie in seiner Gewalt war. Sie konnte nicht essen, wann sie wollte. Sie mußte warten, bis sie gefüttert wurde. Oder gehörte das einfach zu der Phantasiewelt, in der er ständig lebte, zur Künstlichkeit dieser Umgebung, in der er sich als Banditenprinz und Liebhaber inszenierte? Sie empfand ihre Lage als beschämend. Sie schämte sich auch, daß sie damals freiwillig diesen Mann in ihr Leben gelassen, so sorglos alles beiseite geschoben hatte, was sie in Kalifornien unter so vielen Schmerzen hatte lernen müssen. Und doch wußte sie in ihrer Scham, daß es nicht um die Scham ging, daß sie von noch unbeherrschten Bedürfnissen zu ihm getrieben worden war, genauso wie sie mit ihm getrunken hatte, bevor sie auch das wieder in den Griff bekam. Und das hier würde sie auch in den Griff bekommen. Ihm würde es nicht gelingen, sie wieder herunterzuziehen. Sie war schon zu weit unten gewesen. Es hatte zu viele Schmerzen gekostet, sich wieder nach oben zu kämpfen. Sie war wieder abgerutscht und war wieder entkommen, und jetzt würde sie auch entkommen. Sie war nicht bereit zurückzugehen. Sie wollte Lisa St. Claire sein. Sie war Lisa St. Claire, und deshalb war sie auch die Frau von Frank Belson. Frank würde sie finden.

Kapitel 11

Ich begann mit der Suche im Polizeipräsidium von Proctor. Es war gleich neben dem Rathaus. Beide Gebäude waren aus grauem Granit. Beide waren im britisch-imperialen Stil des neunzehnten Jahrhunderts gebaut worden, als eine ganze Menge öffentliche Gebäude in Amerika von Menschen voller Stolz und Schicksalsdrang errichtet wurden. Das Gebäude hatte einmal blitzblank und neu ausgesehen, als die WASPs die Stadt beherrschten und die Fabriken die Taschen der Leute mit Geld vollpumpten. Jetzt aber war es buckelig und verfallen wie die Stadt, geduckt vom schieren Gewicht der Verarmung. Die Mauern waren voller Graffiti, und um die grauen Steine des Gebäudesockels trieb der Abfall. Die Fenster waren mit Maschendraht verdeckt, und eine der Glasscheiben in der Eingangstür war zerbrochen und durch eine ungestrichene Sperrholzplatte ersetzt worden. Es war anscheinend nicht einmal wetterfestes Sperrholz, denn es fing an, sich in der feuchten Frühlingsluft zu verwerfen und an den Enden auseinanderzugehen.

Auf dem Tisch des wachhabenden Beamten in der hohen Eingangshalle stand ein Schild. Darauf stand der Name McDonogh. Hinter dem Schild saß ein fetter Polizist und las die Zeitung. Er hatte seinen Krawattenknoten gelockert und den Kragen seines Uniformhemdes aufgeknöpft. Obwohl es nicht heiß war, schien er viel zu schwitzen und hatte sich ein weißes Taschentuch um den Hals gebunden. Eine dünne blaue Rauchsäule wand sich Richtung Decke von der Zigarette, die am Rand des Schreibtisches zwischen lauter Brandflecken abgelegt war.

Ich sagte: «Sind Sie McDonogh?»

Er sah von seiner Zeitung auf, starrte mich eine Weile an, als hätte ich eine schwierige Frage gestellt, und schüttelte den Kopf.

«Nee. Das Schild ist seit dem Krieg da. Was wollen Sie?»

«Ist Bill Kiley noch Chef der Ermittlungsabteilung?» fragte ich.

«Nee, Kiley ist vor drei, vier Jahren in den Ruhestand gegangen. Delaney ist jetzt der Chef. Sie kennen Kiley?»

Er nahm die Zigarette, ließ etwas Asche auf seinen Bauch fallen und nahm einen Zug.

«Früher», sagte ich, «als ich für die Staatsanwaltschaft in Middlesex County gearbeitet habe.»

«Jedenfalls ist er weg. Wollen Sie mit Delaney reden?»

«Ja.» Der fette Polizist zeigte mit dem Kopf auf den Korridor hinter sich. «Letzte Tür», sagte er und langte nach dem Telefon, während ich den Korridor hinunterging.

Früher einmal war der Gang mit Marmor verkleidet gewesen, der hier und dort hinter den grün gestrichenen Rigipsplatten zum Vorschein kam, die wie eine häßliche Täfelung auf die untere Hälfte der Wände geklatscht worden waren. Der Fußboden war mit einem abgewetzten braunen Läufer ausgelegt. Der Korridor war lang, und zu beiden Seiten gingen Türen mit Milchglas ab, auf das die Namen der Insassen mit Schablone gemalt worden waren. Gerichtsmedizin und Identifizierung. Verkehr. Jugend. Delaneys Büro war am Ende des Gangs. Es war groß, mit einer hohen Decke und hohen Fenstern im Stil Palladios auf zwei Seiten. Rechts an der Wand standen zwei Registraturschränke aus hellem Eichenholz. Nahe der linken Wand stand ein Konferenztisch. Er war mit zusammengedrückten Coladosen, umgekippten Kaffeetassen aus Styropor und Aschenbechern voller Kippen übersät. Eine Spur Puderzucker zeigte, wo jemand einen Donut verdrückt hatte. Hinter dem Konferenztisch führte eine halboffene Tür in einen privaten Waschraum. Ich lächelte, als ich ihn sah. Solche Büros gibt es heute gar nicht mehr. Delaney legte gerade auf, als ich hereinkam. Er sah etwas überrascht aus, als ob er nicht sehr oft Besuch bekam.

«Ich heiße Spenser», sagte ich.

«Also, was will die Staatsanwaltschaft in Middlesex von mir?» fragte Delaney. Er war ein ziemlich großer Mann, aufgedunsen, mit vielen geplatzten Äderchen in den Wangen und einem häßlichen roten Haarteil auf dem Kopf. Das Haarteil paßte nicht zu seinen Koteletten, aber es hätte zu überhaupt keinen Koteletten gepaßt, außer vielleicht zu den Koteletten von Plastic Man. Entweder er oder der Typ am Eingang hatten das mit früher-habe-ich-für-die-Staatsanwaltschaft-in-Middlesex-gearbeitet durcheinandergebracht. Ich beschloß, ihn nicht aufzuklären.

«Ich brauche ein paar Informationen über einen Typen namens Luis Deleon.»

«Haben Sie es bei der Telefonauskunft probiert?» Delaney lächelte. Er hatte große gelbe Zähne, wie ein Pferd.

«Er steht nicht im Telefonbuch», sagte ich.

«Warum interessieren Sie sich für ihn?»

«Vermißtensache, die ich bearbeite», sagte ich. «Eine Frau namens Lisa St. Claire. Ich dachte, Deleon könnte etwas über sie wissen.»

«Wieso glauben Sie das?»

«Sie ist jetzt mit einem anderen verheiratet, aber sie war früher mit ihm zusammen.»

«Der ist ein Cha-Cha?»

«Ja.»

«Sie Anglo?»

«Mhm.»

Delaney schüttelte den Kopf. Er blickte zum Waschraum und dann zu mir.

«Sie glauben also, sie ist bei ihm?»

«Ich weiß nicht», sagte ich. «Ich dachte bloß, ich könnte mich mit ihm unterhalten. Mal sehen, was er weiß. Haben Sie schon von ihm gehört?»

«Deleon, das klingt nicht einmal richtig spanisch, oder? Egal. Die Scheiß-Cucarachas hier in der Gegend ändern ihren Namen jeden zweiten Tag.»

Er sah wieder zum Waschraum hinüber und leckte sich die Lippen.

«Sie müssen mich kurz entschuldigen», sagte er. «Muß mal kurz die sanitären Anlagen benutzen.»

«Klar.»

Er stand auf, lief zum Waschraum und schloß die Tür hinter sich. Ich hörte, wie er hustete, ein tiefes, häßliches Geräusch, dann Schweigen. Dann die Toilettenspülung. Die Tür ging auf, und Delaney kam heraus. Er sah ruhiger aus, und als er an mir vorbeiging, roch ich seine Fahne. Mit hellen Augen setzte er sich wieder an den Schreibtisch. Er war wegen des Alkohols zur Toilette gegangen. Die Spülung war bloß eine Täuschung gewesen.

«Sie glauben also, irgendein Knoblauchfresser hat Ihr Mädchen», sagte er.

Ich schüttelte den Kopf.

«Ich weiß nicht, ob überhaupt jemand die Frau hat», sagte ich. «Sie könnte genausogut irgendwo in Georgia sitzen und sich gerade ihre Ray Charles-Platten anhören. Haben Sie irgendwelche Unterlagen über diesen Deleon?»

«Unterlagen? Sie meinen, so was wie aus der Verbrecherkartei? Wie ein Registerauszug?»

Delaney lachte, und aus dem Lachen wurde ein Husten, und er hustete, bis er in sein Taschentuch spucken mußte. Er preßte das Taschentusch an den Mund, stand auf und lief, immer noch hustend, zum Klo. Als er nach ein paar Minuten zurückkam, hatte er eine Flasche Bushmill's Irish Whiskey dabei. Er setzte sich und stellte die Whiskeyflasche auf den Schreibtisch.

«Scheißhusten», sagte er, als er wieder atmen konnte. «Whiskey ist das einzige Zeug, mit dem ich ihn wegkriege. Möchten Sie einen Schluck?»

«Nein danke», sagte ich.

Delaney nahm eine Styroportasse vom Beistelltisch, pustete hinein, um sie vom Staub zu befreien, und goß sich reichliche sieben Zentimeter ein. Er trank ein wenig. Er kippte etwa die Hälfte und leckte sich die Lippen. Seine Augen glänzten, und sein durch die geplatzten Äderchen gerötetes Gesicht wurde noch röter.

«Aah», sagte Delaney. «Muttermilch.»

Ich kannte das Gefühl. Ich war nie ein Säufer gewesen, aber ich hatte genug getrunken, um das Gefühl des Wohlbefindens zu kennen, wenn der Whiskey sanft durch den ganzen Körper rinnt. Es ist ein Gefühl, das schwer unter Kontrolle zu halten ist, und Delaney sah wie ein Mann aus, für den es täglich schwerer wurde. Den Schwips behalten, ohne so betrunken zu werden, daß man nicht mehr funktionieren konnte. Es war zu schaffen, und Delaney schaffte es fast, nie ganz betrunken und nie ganz nüchtern, mit seiner versteckten Flasche und den kleinen Schlucken, bis er den Punkt erreichte, wo er die Schlucke und die Flasche nicht mehr verstecken konnte. Für ihn war es kein Vergnügen mehr. Es war ein Zwang. Der Alkohol war kein Entspannungsmittel. Er war seine Medizin.

«Wo war ich stehengeblieben?» sagte Delaney.

«Ich fragte, ob Sie irgendwelche Unterlagen über Luis Deleon haben, und Sie haben so sehr gelacht, daß Sie angefangen haben zu husten, und Sie haben so sehr gehustet, daß Sie angefangen haben zu spucken, und dann haben Sie Ihre Flasche geholt, und jetzt sind Sie glücklich. Haben Sie irgendwelche Unterlagen über Luis Deleon?»

«Wo sind wir hier, im Scheiß-Knoblauchfresser-Zentralregister oder was? Die haben alle ein Vorstrafenregister, und die haben alle zwanzig Namen und fünfzig Adressen. Wenn man irgend etwas rauskriegen will über einen Knoblauchfresser in Proctor, redet man mit Freddie Santiago oder geht rüber nach San Juan Hill. Dort spielt die Musik für die ganzen Cha-Chas in dieser Gegend, Mann, Freddie oder San Juan Hill. Dort ist Knoblauch-City, mein Freund.»

Er trank den Rest seines Whiskeys. Und goß sich etwas nach.

«Erzählen Sie mir etwas über San Juan Hill», sagte ich.

Der Whiskey machte ihn leutselig. Er lehnte sich in seinen Sessel zurück. Die Flasche offen auf dem Tisch. Er behielt sie im Auge. Sie war neu, fast voll. Er konnte sich entspannen. Er wußte, wo der nächste Drink herkam.

«Die Cucarachas sind in zwei Fraktionen geteilt. Eine ist San Juan Hill. Die andere ist Freddie Santiago.»

«San Juan Hill ist ein Ort?»

«Ja, am nördlichen Ende der Stadt. Früher war es ein irisches Viertel, und damals haben wir es Galway Bay genannt. Meine Mutter wurde dort geboren. Dann kamen die Cha-Chas, und wir zogen weg, und jetzt heißt es San Juan Hill.»

«Und Freddie Santiago?»

«Der Typ hat einen Schuppen namens Club del Aguadillano am Südende der Stadt. Er ist das Establishment, wenn Sie verstehen, was ich meine, eine Art Pate für die Knoblauchfresser. Vor vielleicht fünf, sechs Jahren haben die Kids in San Juan Hill mit ihm gebrochen. Wir wissen zwar nicht, wie gut organisiert sie sind, aber wenn du in San Juan Hill bist, gehörst du automatisch zur anderen Seite, wenn Freddie mit irgend jemandem Zoff hat.»

Er nahm noch etwas Whiskey, behielt ihn in seinem Mund,

kippte dann den Kopf nach hinten und ließ den Whiskey die Kehle hinuntersickern.

«Haben Sie jemanden da drin?»

«Da drin wo?»

«Da drin bei den Leuten von San Juan Hill, da drin bei Freddie Santiago.»

«Scheiße, nein, Mann, ein Anglo könnte keine zehn Minuten in so einer Knoblauchfirma überleben, die Dreckschweine sprechen nicht mal Englisch, die meisten jedenfalls.»

«Ich dachte, Sie hätten vielleicht ein paar Hispanics bei der Polizei.»

Delaney lachte, fing an zu husten und schluckte etwas Whiskey. Der Whiskey beruhigte den Husten.

«His-pan-ics bei der Polizei?» Er fing wieder an zu lachen, beherrschte sich und trank noch einen Schluck. «Meinen Sie, wir geben einem von diesen Arschlöchern eine Marke und eine Pistole? Sie würden die Marke versetzen, um Stoff zu kaufen, und anschließend mit der Pistole das Pfandhaus überfallen.»

«Gibt es Beamte, die Spanisch sprechen?»

«Scheiße, nein. Freddie spricht Englisch. Mit Freddie kommen wir gut aus.»

«Das kann ich mir denken», sagte ich.

Delaney achtete nicht auf mich.

«Freddie ist ein Geschäftsmann», sagte er. «Bei ihm herrscht Ordnung.»

In Delaneys Stimme schwang Bewunderung mit.

«Von Andover kommen die Privatschulkids rüber, wollen ein bißchen Koks und ein bißchen Möse, die will er nicht abschrecken. Gehen Sie mal im Norden spazieren, die Straßen sind sauber, die Straßenbeleuchtung funktioniert. In Freddies Gebiet gibt's null Straßenkriminalität.»

«Und wie ist es mit San Juan Hill?»

Delaney schüttelte den Kopf.

«Dodge City», sagte er. «Ein Haufen vollgekokster Gewalttäter, die in Gangs rumlaufen. Das einzige, was wir tun können, ist, sie im Hill einzusperren, damit sich das nicht ausweitet.»

«Glauben Sie, Deleon könnte etwas mit Santiago zu tun haben?»

«Deleon.» Delaney schüttelte den Kopf, griff unsicher nach der Flasche und goß sich etwas in seine Styroportasse ein.

«Was ist das überhaupt für ein spanischer Name? De-Scheiß-Leon?»

«Wahrscheinlich ein Nachkomme von Ponce De Leon», sagte ich.

«Den kenne ich nicht.»

«Könnte er in San Juan Hill sein?»

«Klar könnte er dort sein, Freundchen. Scheiße, vielleicht ist Elvis dort oben und singt ‹You ain't nothing but a hound dog›, verstehen Sie?»

«Meinen Sie, Freddie Santiago würde das wissen?»

«Das kann man nicht sagen, mein Freund. Warum fragen Sie ihn nicht selber?»

«Das mache ich wahrscheinlich auch», sagte ich.

«Aber fragen Sie schön höflich, Staatsanwaltschaft hin, Polizei her.»

«Ich bin kein Bulle.»

«Sie sagten...»

«Ich sagte, früher hätte ich für die Staatsanwaltschaft in Middlesex gearbeitet. Jetzt nicht mehr. Ich bin Privatdetektiv.»

«Privat? Ein Scheißschnüffler? Machen Sie, daß Sie Ihren Arsch durch die Tür kriegen, bevor ich Sie einsperren lasse, weil Sie sich als Beamter ausgegeben haben.»

«Oder umgekehrt», sagte ich.

«Raus», sagte er.

Ich nahm seinen Ratschlag an. Als ich durch die Tür ging, drehte ich mich um, setzte ein freundliches Lächeln auf und sagte: «Skol!» Dann schloß ich die Tür hinter mir.

Der fette Polizist am Eingang schwitzte immer noch.

«Wie geht es ihm?» sagte er.

«Voll», sagte ich.

Der Polizist nickte.

«Er war kein schlechter Cop, früher», sagte der Polizist.

«Jetzt ist er ein schlechter Cop», sagte ich.

Der fette Polizist zuckte mit den Achseln.

«Sein Bruder ist Stadtrat», sagte er.

Kapitel 12

San Juan Hill war einer von den Orten, die einen denken lassen, Gott habe eine Schwäche für *cinéma noir*. Von beiden Seiten wurden die engen Straßen von dreistöckigen Mietshäusern bedrängt. Die Häuser waren alle schief und krumm, als hätten das Alter und der stete Kreislauf der Armut alle Kraft aus ihrem Holzgerippe gesogen. Es gab keine Vorgärten, kein Gras, keine Bäume, nicht einmal ein bißchen Unkraut dort, wo der Asphalt bröckelte. Zwischen den Häusern standen Autos auf den geteerten Einfahrten herum. Einige waren neu, andere waren verrostete Wracks, die dort abgestellt worden waren, als San Juan Hill noch Galway Bay hieß. Fast alle Flächen waren mit leuchtenden, eindringlichen Graffiti bemalt – ein wütender, aggressiver, greller Aufschrei in Farbe. Seht mich! Sieh mich an, irgend jemand! Aus einer Einfahrt kam ein Schwarm Kinder auf Mountainbikes geschossen. Als sie wie Raubvögel an mir vorbeirauschten, ritzte einer mit einem scharfen Gegenstand, einem Stahlnagel wahrscheinlich, den Lack meines Autos von einem Ende zum anderen auf. Ich dachte daran, ihn zu erschießen, überlegte aber, daß mir das als Überreaktion ausgelegt werden könnte, und beschloß daher, die Provokation würdevoll zu ignorieren. Ich fragte mich, wie sich diese verarmten Kinder brandneue Mountainbikes leisten konnten. Es war wohl eine Frage der Prioritäten im Leben. An jeder Ecke waren die Mülleimer herausgestellt worden, aber es sah nicht so aus, als wären die Müllmänner vorbeigekommen, um sie zu leeren. Viele waren umgekippt, wahrscheinlich von den lustigen Kids auf ihren Mountainbikes, und der Abfall lag überall auf den Gehwegen und der Straße verstreut, und in dem Abfall schnüffelten Hunde herum. Die Hunde waren Exemplare jener Allerweltsmischlingsrasse, die sich zum Ursprung der Spezies zurückgebildet zu haben scheint, zwanzig bis dreißig Pfund schwer, graubraun, mit einem über dem Rücken nach oben geringelten Schwanz. Sie sahen einander so ähnlich, als wären sie eine besondere Züchtung, und sie hatten alle die geduckte, fluchtbereite

Haltung wilder Tiere. Keiner von ihnen wirkte besonders freundlich. Die meisten sahen aus, als ob sie nicht regelmäßig zu fressen bekämen. Und wenn sie etwas bekamen, so war es wahrscheinlich gestohlen. Hinter den Fenstern schienen die Vorhänge alle geschlossen zu sein. Auf den Straßen waren viele Kinder zu sehen, aber kaum jemand über zwanzig. Hier und dort gab es einen Laden mit einem handgemalten Schild in spanischer Sprache. Comidas, cervezas. Die meisten Kids trugen farbenfrohe Trainingsjacken, weite Jeans und teure Turnschuhe. Wahrscheinlich tauschten sie bei Eintritt der Pubertät die Mountainbikes gegen die Turnschuhe ein. In der blassen Frühlingssonne leuchteten die Graffiti, die Trainingsanzüge und die Turnschuhe als einzige Farbkleckse in San Juan Hill. Was sonst da war, hatte die gleiche Farbe wie die Hunde.

Ziemlich in der Mitte von San Juan Hill stand ein häßlicher Haufen grauer Steine, die über die Jahre schwarz geworden waren, lauter Ecken und Kanten. Es war eine katholische Kirche. Die breite Holztür war rot gestrichen und, wie die meisten Mauerflächen, mit Graffiti verziert. Vor der Straßenfront stand ein Schild, das die Kirche als Eigentum des heiligen Sebastian auswies und die Messen auflistete. Das Schild war auch mit Graffiti übersät. Ich parkte das Auto direkt davor. In San Juan Hill konnte man überall parken.

In der Kirche, ganz hinten, saßen drei alte Frauen mit schwarzen Kopftüchern. Irgendwo hatte ich gelesen, daß die katholische Kirche nicht mehr von den Frauen verlangt, ihren Kopf beim Eintritt in die Kirche zu bedecken, aber diese drei sahen nicht so aus, als ob sie jede neue Mode gleich mitmachen würden. Lautlos bewegten die Frauen beim Aufsagen des Rosenkranzes ihre Lippen, lautlos schoben ihre Finger nach jedem Gebet eine Perle weiter. Ganz vorn saß ein einsamer alter Mann im schwarzen Anzug und mit einem bis zum Hals zugeknöpften weißen Hemd in der ersten Stuhlreihe. Er sah nicht aus, als ob er betete. Er schlief nicht. Er starrte nur geradeaus.

Ich lief den Mittelgang der Kirche entlang. Aus der Sakristei kam ein Priester mittleren Alters im schwarzen Rock und trat kurz vor dem Altar zu mir.

«Kann ich Ihnen behilflich sein?» fragte er leise.

Der Mann war eher klein, drahtig und schlank, mit weißen Haaren und einem rötlichen Gesicht.

«Können wir irgendwo reden, Vater?»

Der Priester nickte.

«Vielleicht gehen wir hinaus zur Treppe am Eingang», sagte er, «damit wir die Andacht dieser Menschen nicht stören.»

Wir liefen den Mittelgang wieder zurück durch die dunkle, nach Kerzen riechende Kirche und traten hinaus in das helle, dünne Licht des beginnenden Frühlings. Am Fuß der Treppe stand mein Auto mit dem frisch glänzenden Kratzer über die ganze Länge der Beifahrerseite. Der Priester betrachtete es.

«Ihr Auto?» sagte er.

«Ja.»

«Willkommen in San Juan Hill», sagte der Priester. «Kinder auf Fahrrädern?»

«Ja.»

«Das machen sie gern», sagte der Priester. «Besonders gern umringen sie die Autos von Anglo-Frauen. Wenn das Auto anhält, schlagen sie die Frauen zusammen.»

«Weil es ihnen Spaß macht?»

«Weil es ihnen Spaß macht.»

«Ja», sagte ich. «Ich suche einen jungen Mann namens Luis Deleon. Er könnte hier in San Juan Hill sein.»

«Warum suchen Sie ihn?»

«Als Mittel zum Zweck», sagte ich. «Eine Frau wird vermißt. Ich suche sie. Es heißt, sie wäre früher mit Deleon zusammengewesen.»

«Es handelt sich um eine Anglo-Frau?»

«Ja.»

«Wenn es eine lateinamerikanische Frau wäre, würden Sie sich die Mühe nicht machen.»

«Ich suche jeden, wenn ich dafür bezahlt werde.»

«Sie sind also kein Polizist?»

«Nein. Ich bin Privatdetektiv.»

«Und Sie tragen eine Pistole unter Ihrer Jacke», sagte der Priester.

«Sie sind ein aufmerksamer Beobachter, Vater.»

«Ich habe schon viele Pistolen gesehen, mein Freund», sagte der Priester.

«Ja, das kann ich mir vorstellen», sagte ich.

Der Priester ließ seinen Blick über das Grau und die Graffiti von Proctor streifen. Irgendwo quietschten die Reifen eines Autos, das zu schnell um eine Ecke fuhr. Auf dem Asphalt-und-Maschendraht-Spielplatz gegenüber der Kirche saßen drei Kinder mit dem Rücken an eine Mauer gelehnt, rauchten und tranken aus einer Weinflasche in einer Papiertüte. Aus einer Einfahrt neben der Kirche schlich eine riesige graue Katze, so tief geduckt, daß ihr Bauch über den Boden schleifte. Im Maul hielt sie eine tote Ratte.

«So habe ich es mir nicht vorgestellt, als ich vor dreißig Jahren das Seminar verließ», sagte der Priester. «Frischgewaschene Kinder mit hellen Augen, die zu mir aufsehen und das Wort Gottes vernehmen. Grüner Rasen vor der Kirche, geselliges Eintopfessen im Keller, junge Paare, die sich trauen lassen, ernste Begräbnisse für wohlhabende Leute, die friedlich entschlafen waren.»

Der Priester sah mich an.

«Ich habe mir meine Lebensarbeit als ehrwürdige Tätigkeit vorgestellt», sagte er. «Ich würde Krankenhäuser im Vorort besuchen, wo mich die Mitarbeiter kennen und bewundern und Kinder mit Blumenmustern auf dem Nachthemd und Schleifen im Haar die Kommunion empfangen. So hätte es sein sollen.»

«Die Wege des Herrn sind oft dunkel und nie bequem, Vater.»

«Wer hat das gesagt?»

«Außer mir? Ein Typ namens Reich, glaube ich.»

«Kenne ich nicht. Ich hoffe, daß er nicht recht hat.»

«Sie kennen Deleon?» sagte ich.

«Ja.»

«Und wissen Sie, wo ich ihn finden kann?»

«Nein, ich habe ihn nicht mehr gesehen, seit er ein kleiner Junge war. Seine Mutter hat ihn damals immer mitgebracht, aber sie war eine verzweifelte Frau und hat sich eines Tages umgebracht, möge Gott ihrer Seele gnädig sein. Ich habe Luis nie wieder gesehen. Aber ich höre dies und das. Wie ich höre, ist er eine wichtige Person in San Juan Hill geworden.»

Der Priester hielt inne und sah mich an.

«Und wie ich höre, ist er sehr gefährlich geworden.»

Ich nickte.

«Wenn Sie vorhaben, sich mit ihm in Verbindung zu setzen, sollten Sie sehr vorsichtig sein», sagte der Priester.

«Ich bin selbst nicht ganz ungefährlich, Vater.»

«Ja, so sehen Sie aus. Ich habe diesen Blick zu oft gesehen, um ihn nicht zu erkennen.»

«Wo würden Sie an meiner Stelle nach Deleon suchen, Vater?»

«Ich weiß es nicht.»

«Könnte es in Ihrer Gemeinde Menschen geben, die das wissen?»

«Wenn ja, würden sie es mir nicht sagen.»

«Sie sind ihr Seelsorger.»

«Hier bin ich nicht ihr Seelsorger. Hier bin ich ein Gringo.»

Ick nickte. Der Priester schwieg. Irgendwo spielte ein Ghettoblaster.

«Wenn Sie kein Spanisch können, wird niemand in San Juan Hill mit Ihnen reden.»

«Auch wenn sie Englisch können?»

«Auch dann.»

«Wie wäre es mit Freddie Santiago?»

«Er würde vielleicht mit Ihnen reden, wenn er glaubte, daß es für ihn von Vorteil wäre. Aber er ist nicht in San Juan Hill.»

«Was wäre für Santiago von Vorteil?» fragte ich.

Der Priester dachte über meine Frage nach.

«Darauf gibt es keine einfache Antwort», sagte er. «Santiago ist ein böser Mensch, ohne Zweifel. Ein Krimineller, ja fast mit Sicherheit ein Mörder. Er hat mit Drogen, Prostitution, Glücksspiel zu tun. Er verkauft Green Cards. Er kontrolliert fast alle Lebensbereiche der Hispanics, und das heißt fast ganz Proctor.»

«Außer San Juan Hill», sagte ich.

«Außer San Juan Hill.»

«Wann kommen wir also zum nicht so einfachen Teil?»

«Er ist, glaube ich, nicht ganz und gar böse. Ein armer Mensch kann von Santiago Geld bekommen, oder Arbeit. Er schlichtet manche Bandenkriege zwischen Jugendlichen. Sorgt in vielen Fällen dafür, daß Unterhalt und Alimente von den Männern auch wirklich gezahlt werden. Bei jeder Wahl gibt er sich große Mühe, möglichst viele Hispanics in das Wählerverzeichnis zu bekommen.»

«Wahrscheinlich spendet er auch großzügig für die Pensionskasse der Polizei», sagte ich.

Der Priester lächelte kurz.

«Ich halte es für ausgemacht, daß Freddie sehr großzügig für die Polizei spendet», sagte er. «Haben Sie mit der Polizei gesprochen?»

«Ich habe mit dem Chef der Ermittlungsabteilung gesprochen», sagte ich.

«Er war Ire?» fragte der Priester.

«Ja, Delaney.»

«Sie sind alle Iren», sagte der Priester. «Die Polizei, die Schulaufsicht, der Bürgermeister, die gesamte Machtstruktur. Sie sind Iren und sprechen Englisch. Und die Stadt ist spanisch und spricht Spanisch.»

«Sprechen Sie Spanisch, Vater?»

«Nur stockend, wenn überhaupt», sagte der Priester. «Die Messe kann ich noch auf Latein zelebrieren, aber mit der Sprache meiner Herde hapert es auch bei mir. Ich kann mir denken, daß Ihnen die Polizei nicht viel geholfen hat.»

«Nein.»

«Wenn sie bei Deleon ist... eine Anglo-Frau mit einem Hispanic... in den Augen der hiesigen Polizei hätte sie sich damit ein für allemal beschmutzt.»

Sechs Teenagerburschen in weiten Jeans und Trainingsjacken der San Antonio Spurs schlenderten auf dem Bürgersteig an uns vorbei. Sie blickten zu uns herauf. Es war kein freundlicher Blick. Einer sagte etwas auf Spanisch, und alle lachten.

«Haben Sie verstanden, was er gesagt hat?» fragte ich den Priester.

«Er sagte so etwas wie: Seht euch den Eunuchen an mit seinem Kleidchen», sagte der Priester. Sein rotes Gesicht war ausdruckslos. «Das habe ich schon oft gehört.»

«Wenn die Leute doch mit mir reden würden – wird hier so viel Englisch gesprochen, daß ich Fragen stellen und ihre Antworten verstehen könnte?» fragte ich.

«Sie werden mit Ihnen nicht reden, und selbst wenn sie es wollten, könnten sie es nicht», sagte der Priester.

«Aber Freddie Santiago spricht Englisch», sagte ich.

«Sehr gut sogar, heißt es. Wenn Sie sich mit ihm unterhalten, sehen Sie sich vor und lassen Sie es nicht am nötigen Respekt fehlen. Als Gegner ist er tödlich.»

«Er soll mich erst mal kennenlernen», sagte ich. «Wie halten Sie es hier aus, Vater, im zweiten Hinterhof der Hölle?»

«Ein Priester hat dem Herrn dort zu dienen, wo Gott ihn hinstellt», sagte er.

Er sah dabei zum trostlosen Asphaltspielplatz hinüber, wo die Kinder immer noch an der mit Graffiti besprühten Mauer saßen, ihren Wein tranken und ihr Dope rauchten.

«Und außerdem ... trinke ich», sagte er.

Kapitel 13

Quirk betrat mein Büro, wie er es immer tut, als gehörte ihm der Laden, und wenn's dir nicht paßt, kannst du ja gehen. Er trug einen hellbraunen Anzug zu einem blaugestreiften Hemd mit khakifarbener Strickkrawatte, frühlingsmäßig wie das Wetter. Durch das offene Fenster wehte eine daunenleichte, weiche Brise. Er zog sich einen meiner Klientenstühle heran, setzte sich und stellte einen Fuß auf meinen Schreibtisch.

«Was hast du rausgekriegt?» fragte Quirk.

«Es gibt einen Typen namens Luis Deleon», sagte ich.

«Ja.»

«Er ist ein Hispanic aus Proctor, der Lisa bei einem Kurs an der Merrimack State kennengelernt hat.»

«Mhm.»

«Anscheinend hatte Lisa eine Liebesbeziehung mit ihm, bevor sie Belson kennenlernte.»

«Mhm.»

«Hast du dir ihren Anrufbeantworter angehört?» fragte ich.

«Ja. Da ist ein Typ auf dem Band, hat vielleicht einen leichten spanischen Akzent. Sagt, daß er vorbeikommen wird.»

«Könnte Deleon sein», sagte ich.

«Und?»

«Er wohnt in Proctor, in einem Stadtteil namens San Juan Hill», sagte ich. «Ich habe mit ein paar Menschen dort gesprochen. Deleon stellt schon was dar. Steht sich wohl nicht so gut mit der Polizei. Und, wie ich höre, auch nicht mit dem örtlichen Paten, Freddie Santiago.»

«Santiago hat in Proctor eine Menge Einfluß», sagte Quirk. «Kannst du Spanisch?»

«Nein», sagte ich.

«Weißt du, wo sich dieser Deleon aufhält?»

«Nein. Irgendwo in San Juan Hill, aber seine Adresse habe ich noch nicht.»

«Die sollten wir uns wohl besorgen», sagte Quirk.

«Lisa ist vielleicht gar nicht bei ihm.»

«Vielleicht», sagte Quirk. «Aber eine bessere Spur hast du nicht. Worauf wartest du?»

«Wenn sie bei Deleon ist, freiwillig oder unfreiwillig, müssen wir ein bißchen vorsichtig auftreten.»

«Ja.»

Wir schwiegen. Durch das Fenster kam ein Hauch Frühlingsluft und spielte mit den Papieren auf meinem Schreibtisch.

«Ich seh mal nach, was wir über Deleon haben», sagte Quirk. «Wenn wir überhaupt etwas haben.»

«Vielleicht solltet ihr auch Lisas Vergangenheit ein bißchen ausleuchten.»

«Das haben wir ein bißchen getan», sagte Quirk.

«Und?»

«Wir haben sie ein paar Jahre zurückverfolgt», sagte Quirk. «Nichts Ungewöhnliches. Und dann – nichts. Es ist so, als ob sie vor 1990 gar nicht existierte.»

«Wie intensiv habt ihr gesucht?»

«Ganz schön intensiv. Wir haben ein paar Fingerabdrücke aus dem Haus mitgenommen, die wahrscheinlich ihr gehören. Auf die Ergebnisse warten wir noch.»

«Wie war's mit ihren Referenzen und so beim Sender?»

«Überprüft», sagte Quirk. «Überall unbekannt.»

«Frühere Arbeitgeber, das alles?»

«Gefälscht.»

«Schulzeugnisse beim Einschreiben an der Merrimack State?»

«Wurden nicht verlangt. Es ist Erwachsenenfortbildung, offen für alle.»

«Das wäre vielleicht eine Erklärung für ihre Alles-begann-in-der-Nacht-als-wir-uns-kennenlernten-Abmachung mit Belson», sagte ich.

«Vielleicht», sagte Quirk.

«Ist der Name Vaughn bei euren Nachforschungen irgendwo aufgetaucht?»

«Ja, das auf dem Tischkalender habe ich auch gesehen. Wer das auch immer sein mag, gefunden habe ich ihn nicht.»

«Irgendwas über den Anschlag auf Belson?»

«Eine Nachbarin, Krankenschwester. Der Mann ist Facharzt für innere Medizin am Brigham. Sie kam gerade von der Schicht am Faulkner Hospital nach Hause, sagt, daß sie kurz vor der Schießerei einen gelben Lieferwagen gesehen hat, der am Teich parkte. Sagt, er wäre ihr aufgefallen, weil er irgendwie zu häßlich für die Gegend war.»

«Das Nummernschild hat sie sich nicht gemerkt.»

«Natürlich nicht. Weiß nicht, welche Marke, welches Baujahr. Ein häßlicher gelber Lieferwagen eben.»

«Die Kugeln?»

«9-mm-Remington, die Hülsen haben wir.»

«Das engt das Feld schon ein bißchen ein», sagte ich.

«Ja», sagte Quirk. «Die gibt's in Proctor im Automaten zu kaufen.»

«Meinst du, das hängt mit Lisa zusammen?»

«Ja.»

«Muß aber nicht.»

«Richtig. Womit hängt es deiner Meinung nach zusammen?»

«Mit Lisa», sagte ich. «Sag mir Bescheid, wenn ihr was über die Fingerabdrücke bekommt.»

«Klar», sagte Quirk.

Die schlanke, grauhaarige Frau mit dem jungen Gesicht kam ins Zimmer und nahm das Geschirr mit. In ihren Haaren gab es einen einzelnen silbernen Streifen. Sie trug Jeans und ein pinkfarbenes Sweatshirt. Weder sah sie Lisa an, noch sprach sie mit ihr. Mit Bedacht hielt sie ihr Gesicht von den leuchtenden Monitoren mit ihren endlos spulenden Bändern abgewandt. Als die Frau hinausging, konnte Lisa durch die Tür an ihr vorbeisehen. Im Flur lehnte ein Mann an der Wand. Über dem Unterhemd trug er ein offenes Hemd mit Blumenmuster. In seinem Gürtel, rechts von der Schnalle, erkannte sie den Griff einer Pistole. Die Tür wurde zugemacht, sie hörte, wie sich der Schlüssel im Schloß drehte. Dann war alles still, bis auf das leise elektrische Summen der Monitore. Sie ging im Zimmer umher. Sie lief ins Badezimmer und sah sich im Spiegel an. Heute trug sie Safarikleidung, wie Deborah Kerr in König Salomons Diamanten. *Er hatte dieses Outfit ausgesucht, und sie hatte sich nicht dagegen gewehrt. Schon bald nach ihrer Gefangennahme hatte sie beschlossen, sich nicht auf die kleinen Gefechte einzulassen. Er wollte, daß sie sich wie in einem Film verkleidete. Ihr schadete es nicht. Sie wartete auf die Entscheidungsschlacht. Dann würde sie nur eine Chance haben, und diese Chance durfte nicht vertan werden. Jetzt konnte sie es nicht tun. Es würde nichts nützen, ihn zu schlagen und wegzurennen, wenn draußen vor der Tür ein bewaffneter Mann Wache schob. Je weniger Ärger sie machte, desto eher könnte es passieren, daß er leichtsinnig würde. Vielleicht würde einmal die Tür nicht abgeschlossen sein. Vielleicht würde einmal kein bewaffneter Mann davor stehen. Und wenn die Tür immer verschlossen bliebe, und wenn der Mann mit der Waffe immer da wäre und sich die Chance nie ergab? ... Frank würde kommen, früher oder später würde er auftauchen. Das wußte sie. Und diese eine Gewißheit war ein fester Halt, der sie vor dem Absturz in den Wahnsinn rettete. Sie strich sich die Haare aus der Stirn und betrachtete sich im Spiegel. Sie sah aus wie immer. Es ist wohl so, dachte sie, daß die Menschen inmitten einer Tragödie ziemlich genauso aussehen wie vorher, als die Tragödie noch nicht stattgefunden hat. Sie wandte sich vom Spiegel ab und ging zurück ins Schlafzimmer. Auf den Monitoren spielten sich in Endlosschleifen die Szenen ihrer Gefangennahme ab, gefesselt lag sie auf dem Fußboden seines Lieferwagens. Sie achtete nicht darauf. Die Monitore* waren ein so selbstverständlicher Bestandteil ihres beschränkten Lebensraums geworden, daß Lisa sie kaum noch wahrnahm.

Hinter ihr drehte sich der Schlüssel im Schloß, und er kam ins Zimmer.

«Chiquita», sagte er. «Du siehst genauso aus, wie ich es mir erhofft hatte. Dreh dich bitte um. Nein, ganz um. Jetzt komm auf mich zu. Ja. Genau so, wie ich es mir erhofft hatte.»

Er trug ein loses weißes Hemd mit weiten Ärmeln. Das Hemd war ohne Kragen und bis zur Mitte seines Bauchs aufgeknöpft. Er trug eine hellbraune Reithose und hohe Reitstiefel aus spanischem Leder. Sie versuchte, sich an das Filmplakat zu erinnern, das ihm als Vorlage gedient hatte. Elefantenpfad mit Elizabeth Taylor? Bengali? Sie konnte sich nicht erinnern. Aber sie wußte, daß er seine Kleidung mit den Sachen abstimmte, die er sie anziehen ließ. Er legte ihr die Kleidung heraus, bevor er sie abends verließ – wenn es überhaupt abends war. Die Tageszeit wußte sie ja nie. Am nächsten Tag – wenn es der nächste Tag war – kam er in einem passenden Kostüm zu ihr. Ich bin seine private, bis ins letzte anatomische Detail realistische Schaufensterpuppe, dachte sie, während sie ihm ihr Outfit vorführte. Er lächelte ihr zu und streckte ihr den Arm entgegen, leicht angewinkelt, als wollte er sie zum Flanieren einladen.

«Komm, Querida, ich habe mir etwas Schönes für dich ausgedacht.»

Sie blieb unbeweglich stehen, wußte nicht, was er wollte.

«Komm, komm», sagte er. «Wir machen einen kleinen Spaziergang. Es wird Zeit, daß die Königin ihr Reich besichtigt.»

Langsam ging sie auf ihn zu, legte ihre Hand leicht auf seinen Arm. Dann drehten sie sich um und spazierten zur Tür hinaus.

Kapitel 14

Ich nahm den Werkzeuggürtel ab und hängte ihn an einen Nagel, der in einer der Holztüren im Wohnzimmer des alten Bauernhauses steckte. Wir hatten alles herausgerissen und waren dabei, das Haus wieder bewohnbar zu machen. Es stand in Concord, Massachusetts, etwa fünf Kilometer entfernt von der Brücke aus rauhem Stein, die sich über den Fluß wölbte. Zum Mittagessen hatte Susan uns ein paar Sandwiches von Sally Ann's geholt, geräucherte Putenbrust auf selbstgebackenem Haferbrot. Wir setzten uns an den Picknicktisch in dem von der Schneeschmelze noch matschigen Garten und aßen die Sandwiches und tranken Sally Anns frisch gebrühten koffeinfreien Kaffee aus großen Papptassen.

«Ich verstehe nicht, warum du so einen Aufstand machst wegen koffeinfreiem Kaffee», sagte Susan. «Mir schmeckt er prima.»

Der Wunderhund Pearl sprang auf den Picknicktisch und fixierte mein Sandwich aus nächster Nähe. Ich brach ein Stück ab und gab es dem Tier. Der Bissen verschwand sofort. Pearl starrte weiterhin auf mein Sandwich.

«Deine Meinung ist unmaßgeblich, Suze», sagte ich. «Du könntest von lauter Luft und Liebe leben.»

Susan schenkte Pearl die Hälfte ihres Essens.

«Das ist wahr», sagte Susan. «Aber ich schmecke trotzdem keinen Unterschied.»

Pearl starrte wieder auf mein Sandwich. Sie verfolgte mit den Augen, wie ich es zum Mund führte.

«Als ich ein kleiner Junge war, weißt du», sagte ich, «hätten weder mein Vater noch meine Onkel einen Hund auf dem Tisch im Speisezimmer geduldet. Nicht einmal zu Weihnachten.»

«Wie altmodisch», sagte Susan.

Es war einer der ersten warmen Tage des Jahres, und es war sehr befriedigend, wie die Sonne durch mein T-Shirt sickerte. Ich nahm einen letzten Bissen vom Sandwich und gab den Rest Pearl. Das Stück war groß genug, um damit irgendwo hinzugehen, also sprang Pearl vom Tisch und lief damit ins Haus. Susan sah mich mit einem Lächeln an, das ich bei einer Frau weniger großartigen Charakters als hämisch empfunden hätte.

«Es ist dieser Geierblick», sagte ich. «Er zermürbt mich.»

«Das geht allen so», sagte sie. «Wie geht es Frank?»

«Er wird wohl durchkommen, aber er ist immer noch auf der Intensivstation, immer noch vollgepumpt, immer noch am Driften, mal da, mal nicht. Und sie wissen immer noch nicht, ob und wann er wieder gehen kann.»

«Machst du Fortschritte bei der Suche nach Lisa St. Claire?»

«Ich habe einen ehemaligen Lover gefunden», sagte ich.

«Cherchez l'homme», sagte Susan.

«Vielleicht. Er ist ein Hispanic aus Proctor, ein Typ namens Luis Deleon. Vielleicht ist er der Kerl auf ihrem Anrufbeantworter, der vielleicht einen spanischen Akzent hat und sagt, daß er später vorbeikommen wird. Ich habe das Band Lisas Freundin Typhanie – mit *y* und *ph* – vorgespielt, und sie konnte es nicht genau sagen, meinte aber, daß er es sein könnte. Er ist wohl der Typ, mit dem Lisa vor Belson zusammen war.»

«Und du meinst, sie könnte bei ihm sein?»

«Ich weiß nicht. Verdammt viel ‹könnte› und ‹vielleicht› dabei. Aber wo soll ich sonst suchen? Also suche ich dort.»

«Ich hoffe, sie ist nicht bei jemandem», sagte Susan.

«Ja. Aber andererseits, wenn sie es doch ist, wird Belson wissen, daß sie nicht tot ist und wogegen er kämpfen muß.»

«Die Stimme der Erfahrung.»

«Das Verschwinden macht angst», sagte ich. «Er oder ich, das tut zwar weh, aber es ist wenigstens klar.»

«Und darüber hast du mit Frank nicht gesprochen?»

«Die meiste Zeit weiß er nicht einmal, was für ein Tag heute ist», sagte ich. «Aber selbst wenn, was gäb's da zu reden?»

«Man könnte annehmen, wenn du nach der Frau eines Mannes suchst, daß du gern mit ihm darüber sprechen würdest. Und wenn es nur deshalb wäre, um ihn emotional zu stützen.»

«Er wird darüber nicht reden wollen. Höchstens als Fall.»

«Vielleicht solltest du ihm dabei helfen, sobald er dazu in der Lage ist.»

«Manche Leute», sagte ich, hielt inne und biß bedeutungsvoll in mein zweites Sandwich, «selbst sehr intelligente Leute, ab und zu sogar manche sehr intelligenten Seelenklempner, halten es für ein emotionales Handicap, wenn man über bestimmte Sachen nicht redet. Für die Menschen aber, die über diese Sachen nicht reden, stellt das eine Möglichkeit dar, die Gefühle zu beherrschen, damit man nicht ständig darüber stolpert, wenn man versucht, etwas Nützliches zu tun. Eindämmung bedeutet nicht Beschränkung. Sie ist die Alternative dazu, daß man von seinen Gefühlen beherrscht wird.»

Susan lächelte.

«Wie geschickt», sagte sie. «Du redest über Männer und Frauen, ohne dich darauf festzulegen.»

«Ich glaube nicht, daß es unbedingt geschlechtsspezifisch ist», sagte ich. «Viele Frauen kritisieren viele Männer deshalb, und viele Männer glauben, daß die Frauen das einfach nicht begreifen. Aber ich hasse Verallgemeinerungen. Du zum Beispiel bist ausgesprochen beherrscht.»

«Und es gibt Augenblicke, wo du es nicht bist.»

Pearl kam aus dem Haus getrabt, in Richtung auf mein zweites Sandwich. In ihren Augen lag ein stummer Vorwurf, aber vielleicht war das nur eine Projektion meinerseits. Bevor sie mich erreichen konnte, nahm ich noch einen großen Bissen.

«Zum Beispiel wann?» sagte ich durch den Bissen hindurch.

«Du weißt schon», sagte Susan. «Ich möchte nicht vor dem Kind davon reden.»

«Irgendwann muß sie es doch wissen», sagte ich.

Pearl ließ ihre Schnauze auf meinem Knie ruhen und sah mich aus großen Augen an. Ich gab ihr, was von meinem Sandwich übriggeblieben war.

«Ich denke, sie weiß alles, was sie wissen muß», sagte Susan. Pearl schluckte den Rest meines Mittagessens herunter und wedelte mit dem Schwanz.

«Du sagst es den anderen Typen aber nicht, okay?» sagte ich. «Daß mich der Hund herumkommandiert?»

«Nein», sagte Susan. «Und auch nicht, daß du mich ab und zu deine Gefühle sehen läßt.»

«Na, ein Glück.»

«Hast du diesen Deleon ausfindig machen können?»

«Nein. Ich habe mit den Bullen geredet und mit einem Priester. Er steckt irgendwo in Proctor. Montag rede ich mit einem Typen namens Freddie Santiago, der ist so was wie der Bürgermeister des hispanischen Teils von Proctor.»

«Also des größten Teils von Proctor?»

«Ja, das ist fast die ganze Stadt.»

«Aber er ist nicht der wirkliche Bürgermeister.»

«Er ist vielleicht der wirkliche Bürgermeister. Aber der offizielle Bürgermeister ist ein Kerl namens Harrington.»

«Hilft dir Hawk bei dieser Sache?»

«Hawk ist gerade in Burma», sagte ich. «Im Augenblick brauche ich jemanden, der Spanisch spricht.»

«Burma? Was macht Hawk denn in Burma?»

«Es ist besser, wenn wir das nicht wissen», sagte ich. «So können wir alles abstreiten.»

Kapitel 15

Quirk sah aus wie immer: breit gebaut, sauber, frisch rasiert, Haare frisch geschnitten, Hände wie ein Maurer. Heute trug er einen blauen Anzug und ein blauweiß gestreiftes Hemd. Wir hatten uns im Café des Park Plaza verabredet. Quirk setzte sich mir gegenüber und bestellte Kaffee.

«Deleon hat Dreck am Stecken», sagte er.

«Überrascht mich nicht», sagte ich. «Wieviel?»

«Ziemlich viel», sagte Quirk. «Zwei Festnahmen wegen gefährlicher Körperverletzung, eine wegen illegalen Waffenbesitzes... eine wegen Vergewaltigung. Keine Verurteilung wegen Körperverletzung, weil die Opfer beide Male nicht zur Gerichtsverhandlung erschienen. Keine Verurteilung wegen Vergewaltigung, weil das Opfer die Aussage widerrief. Drei Jahre auf Bewährung wegen Waffenbesitz.»

«Die Mühlen der Justiz mahlen aber trefflich langsam», sagte ich.

«Nicht wahr?» sagte Quirk. «Man verdächtigt ihn einiger Morde im Zusammenhang mit dem Drogenhandel und einiger weiterer Tötungsdelikte, die mit einem sporadischen Kleinkrieg zu tun haben, den er dort oben gegen Freddie Santiago führt. Keine formelle Anklage. Freddie hat viel mehr Leute, heißt es, ihm gehört ja fast die ganze Stadt. Aber Deleon und seine Typen sind so ausgekocht und gewalttätig und schlicht und einfach verrückt, daß Freddie nie den Mumm gehabt hat, nach San Juan Hill zu gehen und ihn dort auszuräuchern.»

Ich nickte. Eine Serviererin kam und goß Quirk etwas Kaffee ein.

«Hätten Sie gern die Speisekarte?» fragte sie.

«Nein», sagte Quirk. «Haben Sie ein paar Donuts ohne alles?»

Die Serviererin sagte ja und ging sie holen.

«Habt ihr Unterlagen über ihn?» fragte ich.

«Mehr als du lesen willst», sagte Quirk. «Das Erziehungsministerium hat Einstufungsergebnisse. Jugend und Familie hat Sozialarbeiterprotokolle. Es gibt Akten bei den Arbeitsbeschaffungsprogrammen, den Bewährungshelfern, dem Sozialamt, der Gesundheitsbehörde, wahrscheinlich auch bei der historischen Kommission des Staates Massachusetts. Wenn es irgendwo eine staatliche Einrichtung gab, dieser Typ war dabei.»

«Wie alt ist er?»

«Sechsundzwanzig. Geboren in Puerto Rico, als Baby hierhergekommen. Mutter Hure, Vater unbekannt. Die Mutter war auf Crack, hat sich vor zehn Jahren umgebracht. Nach den Akten zu urteilen hat er keinen Schulabschluß. Eine Zeitlang hat er Fortbildungskurse an der Merrimack State besucht. Dort hat er wahrscheinlich Lisa kennengelernt. 1990 hat er angefangen. Zu der Zeit war Lisa auch dort.»

Die Bedienung kehrte mit den Donuts zurück. Sie goß Quirk echten Kaffee nach, mir gab sie noch etwas vom koffeinfreien.

«Hast du ein Bild dabei?» fragte ich.

Quirk nickte und reichte mir ein Polizeifoto, Gesicht von vorn und im Profil. Mir fiel sofort auf, daß Frauen ihn für gutaussehend halten würden, die meisten Männer nicht. Er hatte ein dünnes Gesicht mit großen dunklen Augen und einer kräftigen Nase. Die Haare trug er lang, und auf dem Festnahmefoto sah er aus wie einundzwanzig, zweiundzwanzig. Hinten las ich seine Körpermaße. Einsfünfundneunzig, hundertachtzig Pfund. Wir waren in der gleichen Gewichtsklasse, aber er hätte den längeren Arm.

«In einem psychologischen Gutachten von Jugend und Familie heißt es, er zeige Anzeichen einer beginnenden paranoiden Schizophrenie und könne bei plötzlichen Wutausbrüchen gewalttätig werden.»

«Klingt wie du», sagte ich.

«Ja, ich hätte wahrscheinlich auch eine beginnende paranoide Schizophrenie, wenn ich wüßte, was das ist. Interessieren dich eigentlich die Fingerabdrücke, die wir von Lisa gekriegt haben?»

«Du bist vielleicht witzig. Ja, Lieutenant, ich interessiere mich brennend dafür.»

«Nett, daß du mich für witzig hältst», sagte Quirk. «Die Fingerabdrücke gehören einer gewissen Angela Richard.» Er sprach den Namen französisch aus. «Sie wurde in L.A. 1982, 1983 und noch einmal 1985 festgenommen wegen öffentlicher Prostitution.»

«Keine Verwechslung möglich?» fragte ich.

«Nein, sie haben uns ihre Fotos geschickt. Es ist Lisa.»

«Gott im Himmel», sagte ich. «Weiß es Belson schon?»

«Noch nicht.»

«Sagst du es ihm?»

«Nein, du?»

«Noch nicht», sagte ich.

Quirk nahm seinen zweiten Donut, lehnte sich in seinem Stuhl zurück und sah an mir vorbei durch die große Fensterscheibe auf den Platz vor dem Hotel, wo die gelben Taxis Schlange standen. Die Portiers öffneten die Türen mit Grandezza und steckten sich schnell die Trinkgelder ein.

Quirk sagte: «Du hast doch ein paar Beziehungen nach L.A., oder?»

«Ein Bulle namens Samuelson», sagte ich. «Beim Los Angeles Police Department.»

Quirk nickte.

«Wenn du soweit bist, das Haus in Proctor hochzunehmen, sag's mir.»

«Klar», sagte ich.

Quirk verputzte seinen Donut und ging. Ich sah ihm durch das Fenster nach: ein großer, harter Kerl, auf dessen Wort Verlaß war. Er ging auf die St. James Avenue zu. Dabei stolzierte er ein wenig, wie es Cops nun einmal tun.

Kapitel 16

American Airlines Flug Nummer 11 hob ohne Zwischenfälle um neun Uhr früh ab. Susan und ich waren an Bord. Wir aßen das Flugzeugfrühstück und diskutierten die Frage, woraus es gemacht worden war. Dann stülpte sich Susan die Kopfhörer über, um den Film zu sehen. Ich widmete mich meinem Buch, *Die Straßen von Laredo*, und meiner Flugangst. Während wir so vor uns hinflogen, war die Angst nicht so stark. Normalerweise fallen sie nicht aus heiterem Himmel herunter.

«Es ist einfach eine Frage der Selbstbeherrschung», sagte Susan. «Die Fahrt zum Flughafen ist wahrscheinlich gefährlicher.»

«Was meinst du, ist es zu früh, mit dem Alkohol anzufangen?»

«Also...» Susan sah auf ihre Uhr. «In Los Angeles ist es ungefähr sieben Uhr morgens.»

«In Ordnung», sagte ich. «Ist der Film gut?»

«Himmel, nein», sagte Susan. «Er ist entsetzlich.»

«Wieso siehst du ihn dir an?»

«Damit ich nicht daran denken muß, wie hoch wir sind», sagte sie.

«Du hast also auch Angst.»

«Natürlich», sagte Susan und lächelte mich an. «Aber ich bin ein Mädchen.»

Als wir Flagstaff überflogen, nahm Susan die Kopfhörer ab und sagte: «Warum fliegen wir eigentlich nach Los Angeles?»

«Wir nehmen uns ein Zimmer im Westwood Marquis und gehen zusammen ins Bett.»

Susan nickte.

«Wir nehmen uns ein Zimmer, *packen aus* und gehen zusammen ins Bett», sagte sie.

«Meine ich ja.»

«Hast du nicht gesagt, da wäre etwas mit Franks Frau?»

«Quirk hat ihre Fingerabdrücke überprüfen lassen», sagte ich.

«Die Polizei in L.A. hat sie wegen Prostitution festgenommen. Mehrmals. Damals hieß sie Angela Richard.»

«Mein Gott, weiß Frank davon?»

«Wenn ja, hat er die Klappe gehalten. Wir haben ihm nichts davon erzählt.»

Wir flogen gerade über die San Gabriel-Gebirgskette. Die Gipfel waren so nahe, daß es aussah, als könnte man einfach auf einer der Bergspitzen aussteigen.

«Und du willst sehen, ob du hier im Westen irgendwelche Informationen bekommen kannst, die dir bei der Suche helfen.»

«Yep.»

«Wie soll das funktionieren?» fragte Susan.

«Keine Ahnung. Vielleicht funktioniert es auch nicht. Ich habe keinen Plan, ich taste mich halt voran.»

«Warum sollst du auch anders sein als alle anderen?» sagte Susan.

Wir glitten über die San Gabriel-Berge, begannen über dem San-Fernando-Tal unseren Landeanflug, erreichten L.A., ohne abzustürzen, holten unseren Mietwagen ab und fuhren auf dem Highway 405 in die Stadt.

«Wissen wir, wie alt Lisa ist?» fragte Susan.

«1982 gab sie ihr Alter mit neunzehn Jahren an», sagte ich. «Wenn sie nicht gelogen hat, wäre sie jetzt einunddreißig.»

«Ich hätte mir das schon selber ausrechnen können», sagte Susan. «Wenn du mir Zeit gelassen hättest.»

«Ja, aber wir sind nur ein paar Tage hier.»

Das Westwood Marquis ist kurz hinter Westwood Village, gegenüber der Universitätsklinik. Es hat zwei Schwimmbäder, ein Fitneßzentrum, ein spektakuläres Brunch-Buffet und eine große Gartenanlage. Wir hatten ein kleines Wohnzimmer, ein Bad und ein Schlafzimmer mit einem großen Bett und Spiegeln an den Schranktüren. Die Zimmer waren blau gestrichen. Susan sah auf die Spiegelgalerie und dann zum Bett.

«Willst du spannen?» sagte sie.

«Worauf du Gift nehmen kannst», sagte sie.

«Graf Porno», sagte Susan und fing an auszupacken. Susan beim Auspacken zuzusehen heißt einem Vorgang beiwohnen, der so sorgfältig und umständlich ist wie das Weben eines Spinnennetzes.

Während sie jedes einzelne Kleidungsstück behutsam auseinanderfaltete, ausschüttelte und an einen Kleiderbügel hinter die Spiegeltüren hängte, duschte ich und zog mir einen der weißen Flanellbademäntel an, die das Hotel seinen Gästen zur Verfügung stellt. Er paßte wie ein Minibrötchen zu einer Riesenbratwurst. Susan hatte den Auspackvorgang beendet, ließ sich Badewasser ein und verschwand, um sich «frisch zu machen». Ich schloß die ganzen Spiegeltüren, die sie offengelassen hatte, und überprüfte die Ein- und Ausfallwinkel. Nach einer Weile erschien Susan wieder in den voluminösen Falten des weißen Flanellbademantels.

«Zuerst müssen wir uns darauf einigen, daß keiner in den Spiegel guckt», sagte sie.

«Aber klar doch», sagte ich. Meine Stimme triefte vor Aufrichtigkeit.

«Kriegst du deine Arme überhaupt wieder aus den Ärmeln raus?» fragte sie mich.

«Ich denke schon», sagte ich.

«Und warum machst du es nicht?»

Später am Nachmittag lagen wir ruhig beieinander. Susans Kopf lag auf meiner Schulter.

«Was sind deine Pläne?» sagte sie.

«Ich kenne einen Polizisten hier namens Samuelson», sagte ich. «Ich habe ihn kennengelernt, als ich mit Candy Sloan hier war, vor langer, langer Zeit.»

«Ich erinnere mich.»

«Ich habe ihn vor ein paar Tagen angerufen. Er sagte, er würde Angela Richards Akte ausgraben, und ich habe versprochen, ihm ein Mittagessen bei Lucy's zu spendieren.»

«Und dann?»

«Und dann sehen wir weiter», sagte ich.

Wir schwiegen lange, lauschten dem leisen Summen der Klimaanlage und betrachteten das Sonnenlicht auf den blauen Wänden. Susan drehte ihren Kopf auf meiner Schulter und sah mir aus etwa zehn Zentimetern Entfernung direkt ins Gesicht. In ihren großen Augen tanzte etwas wie Belustigung, und dann noch etwas, ein Aufflackern von Verderbtheit, oder Freude, oder Erregung, oder alles auf einmal, das ich nie ganz entziffern konnte.

«Hast du gespannt?» fragte Susan.
«Aber nicht doch», sagte ich.
«Lügst du?» fragte sie.
«Aber ja», sagte ich.

Sie gingen hinaus in den Flur. Dort stand eine Wache. Es war nicht derselbe Mann, den sie neulich gesehen hatte; wahrscheinlich lösten sie einander häufig ab. Der Fußboden im Flur war aus Linoleum, das einmal mit glänzendem dunkelrotem Fußbodenlack gestrichen worden war. Inzwischen aber hatte sich das Linoleum gewellt, spinnwebartig zogen sich Risse über die lackierte, stumpf gewordene Oberfläche. Es machte sie fast schwindelig, aus dem Zimmer ins Tageslicht zu treten. Wie wenn sie nach einer Nachmittagsvorstellung aus dem Kino herauskam. Seit er sie hierhergebracht hatte, hatte sie kein Tageslicht gesehen. Vor ihnen lief ein zart gebauter junger Mann mit schwarzen Haaren, die zu zwei langen Zöpfen gebunden waren, und einem blauen Kopftuch, das er wie Willie Nelson zu einem Stirnband geknotet hatte, rückwärts den Flur entlang und filmte sie mit der leise surrenden Videokamera. Die Wände waren bis zur halben Höhe mit dünnen Paneelhölzern aus Eiche verkleidet, die früher einmal rot lackiert, inzwischen aber vor Dreck und Alter fast schwarz waren. Oberhalb der Täfelung war der Putz weiß getüncht und durch den gleichen Alterungsprozeß grau geworden. «Gehen wir die Treppe hinunter, Lisa mia, deine Leute warten darauf, dich zu begrüßen.»

Meine Leute, ich habe keine Leute, verflucht noch mal. Meine Leute, das ist Frank. Ihre Miene verriet nichts. Wenigstens sah sie in dem Safari-Outfit nicht so lächerlich aus, als wenn er es sich in den Kopf gesetzt hätte, sie in dem Moll Flanders-Kleid vorzuführen. Sie gingen eine schmale Treppe hinab. Auf jeder Stufe gab es ausgetretene Gummimatten, die verhindern sollten, daß man ausrutschte. Unten war eine Küche mit einem riesigen Gasherd auf schwarzen O-Beinen. Die Spüle war aus Speckstein, an der linken Wand standen zwei dreckig aussehende Kühlschränke nebeneinander. Auf einem der Kühlschränke lag der Kondensationsapparat. In der Mitte des Raums stand ein großer Tisch, wie ihn Hotels zum Ausrichten von Buffets benutzen, eine Art großer Tapeziertisch aus splitterigem Sperrholz mit zusammenklappbaren Metallbeinen. In einer Kaffeedose in der Mitte des Tisches steckten ein paar Blumen, und um den Tisch herum standen fünf oder sechs verschiedene Stühle mit geraden Rückenlehnen. Auf dem Fußboden unter dem Tisch spielten fünf kleine Kinder, drei Mädchen und zwei Jungen. Sie trugen Windeln und sonst kaum etwas. Die schlanke Frau im pinkfarbenen Sweatshirt, die Lisa das Essen gebracht hatte, war da, und außerdem eine dicke Frau in einem zu engen lila Trainingsanzug. Sie saßen am Tisch und paßten auf die Kinder auf. Ab und zu aßen sie ein paar Kartoffelchips aus einer großen Tüte, die auf dem Tisch lag.

Luis sagte etwas auf spanisch. Sie starrten auf Lisa und nickten.

«Lisa», sagte Luis, «darf ich dir meine Cousine Evangelista vorstellen und meine Freundin Chita.»

«Wissen Sie, daß er mich gekidnappt hat?» sagte Lisa.

Die beiden Frauen sahen sie mit ausdruckslosen Gesichtern an.

«Das ist ein böses Wort, Lisa, das solltest du hier nicht benutzen», sagte Luis. «Ich habe lediglich zurückgeholt, was mir gehört. Und außerdem sprechen sie kein Englisch.»

Hinter den Frauen am Tisch führte eine Tür in den Hinterhof. Durch die Tür konnte sie einige kleine Kinder sehen, etwas älter als die Babys in der Küche, die zwischen den umgebenden Mauern der Mietshäuser spielten. Er ging mit ihr zur Tür. Sie ließ sich willenlos führen und stand mit ihm auf der Schwelle. Auf einer Seite des Hofs hatte jemand eine verbogene und rostige Kinderschaukel hingestellt, auf der anderen lag ein Sandhaufen. Das Gras war längst zertreten worden, und die blanke Erde war vom Regen aufgeweicht und schlammig. Zur Hofseite hin hatte jede Wohnung einen Balkon, zusammen machten sie den Eindruck aufsteigender Logen in einem heruntergekommenen Theater. Ihr direkt gegenüber saßen auf einem Balkon zwei kaum der Pubertät entwachsene Mädchen unter den Wäschestücken, die an einer schlaffen Leine hingen, und paßten auf die Kinder auf.

«Wir benutzen den Hof für die Kinder», sagte er. «Hier sind sie sicher.»

Sie haben es gut, dachte Lisa.

Kapitel 17

Lucy's El Adobe ist ein ausgesprochen unauffälliges Restaurant direkt gegenüber dem Paramount Gate. Als wir ankamen, hatte sich Samuelson schon eine Ecknische ausgesucht, trank Kaffee, schaute nirgendwohin und sah doch alles. Er war ein dürrer Kerl mit einem eckigen Gesicht und sehr wenig Haaren. Er trug eine getönte Brille und einen Schnurrbart, der bei unserem letzten Treffen länger gewesen war. Er nickte mir zu und stand auf, um Susan zu begrüßen. Ich machte sie miteinander bekannt.

«Ihretwegen ist er also damals nach Hause zurückgekehrt», sagte Samuelson.

«Ich glaube schon», sagte Susan.

«Kann ich nachempfinden», sagte Samuelson.

Susan bestellte sich eine Frozen Margarita, mit Salz. Ich blickte sie von der Seite an, sie lächelte ruhig. Samuelson ließ sich noch einen Kaffee kommen, ich bestellte koffeinfreien. Samuelson machte ein angewidertes Gesicht.

Die Serviererin brachte die Getränke, nahm unsere Essensbestellung entgegen und ging.

«Mal wieder was von Jill Joyce gehört?» fragte Samuelson.

«Nein. Existiert Vincent del Rio noch?»

«Wie der Tod und das Finanzamt», sagte Samuelson. «Ich werde nie verstehen, wie du es geschafft hast, ihm nicht auf die Nerven zu gehen.»

«Genauso wie ich es geschafft habe, dir nicht auf die Nerven zu gehen.»

«Du bist mir auf die Nerven gegangen», sagte Samuelson. «Aber bei mir hat das nicht so ernste Folgen.»

Die Serviererin brachte das Essen. Samuelson hatte einen Taco mit Salat, ich hatte Fajitas mit Huhn. Susan hatte den Spezialteller des Hauses: Rellenos, Enchiladas, einen Burrito mit Rinderhackfleisch, Bohnen, Käse, saure Sahne, Guacamole. Ich starrte sie an.

Susan sah auf ihren Teller und sagte: «Schmatz.»

«Kommst du mit dem ganzen Zeug auch zu Rande, Püppchen?» sagte ich.

«Ich glaube schon», sagte Susan. Sie grinste mich an. «Aber danke für die Nachfrage, Herr Spannermann.»

«Warum fragst du nach del Rio?» sagte Samuelson.

«Der soll mir einen Gefallen tun.»

«Na, dann viel Glück», sagte Samuelson. Er reichte mir einen braunen Umschlag, der neben ihm auf der Bank gelegen hatte.

«Angela Richard», sagte er. «Die Sitte hat sie zweimal hoppgenommen, in Hollywood 1982 und 1983, das Sheriff's Department einmal, '85. Nachdem die sie geschnappt hatten, wurde sie zum Entzug nach Pomona geschickt.»

«Pomona?» sagte ich.

Samuelson nickte.

«Ihren Luden haben sie auch drangekriegt», sagte er.

«Das ist ungewöhnlich», sagte ich. «Waren es die Leute von der Stadtpolizei oder vom Sheriff?»

«Vom Sheriff», sagte Samuelson. «Der Typ wird sie angemacht haben, als sie das Mädchen hochnahmen, also haben sie ihn gleich mitgenommen.»

«Wie heißt er?»

«Elwood Pontevecchio», sagte Samuelson. «Wie viele Spaghettis kennst du, die Elwood heißen?»

«War irgend jemand namens Vaughn in die Sache verwickelt?»

«Taucht nicht in den Akten auf», sagte Samuelson.

«Wurde Elwood eingelocht?» fragte ich.

Samuelson lächelte mich an.

«Klar doch», sagte er. «Und in Indianapolis regnet es im Sommer nie.»

«Hab nur so gefragt», sagte ich.

«Mhm», sagte Samuelson. «Es ist reine Beschäftigungstherapie, du weißt es, ich weiß es, und jeder, der mal bei der Sitte gearbeitet hat, weiß das auch. Hol sie aufs Revier, stell die Personalien fest, laß sie wieder laufen. Das gefällt den aufrechten Bürgersleuten und hält eine Menge Typen von der Sitte davon ab, sich woanders unbeliebt zu machen. Wieso interessierst du dich für die Nutte?»

«Sie ist verschwunden», sagte ich. «Irgendwann hat sie aufgehört, eine Nutte zu sein, hat ihren Namen geändert und kam an die Ostküste, wo sie einen Cop geheiratet hat, den ich kenne.»

«Und du gehst ein paar Festnahmen wegen Prostitution nach, die zehn, zwölf Jahre zurückliegen? Hier an der Westküste?»

«Daran kannst du sehen, wieviel ich bisher erreicht habe.»

Samuelson zuckte mit den Achseln.

«Irgendwo muß man ja anfangen», sagte er.

«Wenn ich nach Pomona rausfahre und ein paar Fragen stelle, bekomme ich eine freundliche Antwort?»

«Ich rufe die Leute vorher an», sagte Samuelson.

Er zögerte, als ob ihn diese Geste verlegen machte. Dann sagte er zu Susan: «Die Frau eines Polizisten, wissen Sie. Ich kenne ihn nicht, aber Cop ist Cop.»

Susan lächelte ihm zu.

«Ihm würde man bestimmt keinen Gefallen tun wollen», sagte sie und deutete mit dem Kopf auf mich. «Oder?»

Samuelson grinste zurück. Susan hätte einen Haifisch zum Lächeln bringen können.

«Mr. Spannermann?» sagte Samuelson. «Der ist so aalglatt, der braucht niemanden, der ihm einen Gefallen tut.»

Susan sah mich an, und wieder blitzte dieses Etwas in ihren Augen auf, das ich nie genau definieren konnte.

«Vielleicht», sagte sie, «braucht er das schon. Ab und zu.»

Kapitel 18

Nach Pomona fährt man von L.A. aus etwa fünfzig Kilometer auf der Route 10 in östlicher Richtung, durch einen Korridor aus niedrig gebauten Einkaufszentren und Gewerbeparks, in denen Bürogebäude mit schwarzen Fenstern und großen Klimaanlagen auf dem Dach herumstehen. Ich war allein. Susan hatte beschlossen, es sich am Pool des Hotels bequem zu machen und ein Buch von Alice Miller zu lesen, *Das Drama des begabten Kindes.* Mir war das recht. Ich bin es gewohnt, allein zu sein. Ich mag es sogar, außer wenn es zu lang dauert und ich sie vermisse.

Der Schuppen hieß nicht etwa Entzugsanstalt Pomona, sondern Staatliches Krankenhaus für Alkoholismus und Drogenabhängigkeit Pomona. Der Leiter war ein Psychiater namens Steve Ito. Er empfing mich in seinem unordentlichen Büro mit Blick auf den Personalparkplatz.

«Mein Name ist Spenser», sagte ich. «Ich bin Privatdetektiv aus Boston, und ich bin auf der Suche nach einer vermißten Person, die Lisa St. Claire heißt und Mitte der achtziger Jahre unter dem Namen Angela Richard bei Ihnen in Behandlung gewesen sein soll.»

«Ich habe einen Anruf von der Polizei in L.A. erhalten», sagte Ito. «Man hat mich gebeten, Ihnen behilflich zu sein.»

Er war ein gutgebauter Mann japanischer Abstammung, mit kurzen schwarzen Haaren und kräftigen Händen. Über dem blauen Hemd mit geblümter Krawatte trug er einen weißen Kittel.

«Bin halt an beiden Küsten beliebt», sagte ich.

«Verdientermaßen, davon bin ich überzeugt», sagte Ito. «Was kann ich für Sie tun?»

«Haben Sie Unterlagen über Angela Richards Aufenthalt in Ihrer Anstalt?»

«Ja», sagte Ito. «Als ich hörte, daß Sie uns besuchen wollten, habe ich mir die Akte kommen lassen. Sie war in der Tat 1985 bei uns. Wir haben sie drei Monate hierbehalten.»

«Drogen oder Alkohol?» fragte ich.

«Alkohol», sagte Ito. «Womit ich nicht sagen will, Alkohol sei keine Droge.»

«Klar», sagte ich. «Koffein auch. War sie trocken, als sie ging?»

«Sie hatte jeden Tag ein Gespräch mit einer Sozialarbeiterin, nahm an allen ihren Gruppensitzungen teil, und als sie uns verließ, war sie, denke ich, trocken.»

«Darf ich die Akte sehen?» fragte ich.

«Nein», sagte Ito.

«Ist die Sozialarbeiterin noch da?»

«Nein. Mrs. Eaton war mit einem Air Force-Offizier verheiratet, er war, glaube ich, Bomberpilot drüben auf dem Stützpunkt March Field. Er wurde 1990 nach Deutschland versetzt, und sie ging mit.»

«Sie hat bei der Einlieferung einen Wohnsitz angegeben?»

«Ja, die Adresse schreibe ich Ihnen auf. In Venice.»

Er schrieb etwas auf einen Rezeptblock, riß das Blatt ab und gab es mir. Ich steckte die Adresse in meine Hemdtasche.

«Haben Sie das Mädchen gekannt?» fragte ich.

«Nein. Ich bin erst 1987 hierhergekommen.»

«Gibt es irgend jemanden hier, der sie gekannt haben könnte?»

«Ich kann es mir nicht vorstellen. Wir haben eine starke Fluktuation beim Personal. Und selbst diejenigen, die bei uns geblieben sind, hätten keinen Grund, sich an sie zu erinnern. Hier kommen sehr viele Menschen durch.»

«Wie viele Beschäftigte haben Sie?»

«Einhundertdreiundfünfzig», sagte Ito. «Drei Schichten.»

«Gibt es einen Mitarbeiterrundbrief?»

Ito nickte.

«Ja», sagte er. «Ich könnte eine kleine Anzeige aufnehmen lassen und fragen, ob sich jemand an sie erinnert. Haben Sie eine Geschäftskarte?»

Ich gab ihm die seriöse Karte, wo unter meinem Namen und meiner Adresse das Wort *Nachforschungen* steht. Die Karte mit dem Bild von mir ohne Hemd und mit einem Buschmesser zwischen den Zähnen hebe ich mir für die üblen Typen auf. Ito steckte die Karte in seine Schreibtischschublade und blätterte die Akte noch einmal durch.

«Sie wäre inzwischen wie alt, einunddreißig?» sagte er.

«Ja. Es sah so aus, als ob sie ein neues Leben angefangen hatte, bevor sie verschwand.»

«Im Bericht der Sozialarbeiterin steht, daß sie eifrig – Mrs. Eaton schreibt sogar ‹verzweifelt› – bemüht war, ihre Lage zu verbessern. Wäre es nicht denkbar, daß sie ihren Mann einfach im Zuge ihrer weiteren Selbstverwirklichung verlassen hat?»

«Der Ehemann ist ein ziemlich guter Kerl», sagte ich. «Aber denkbar ist das schon. Andererseits wurde er wenige Tage nach ihrem Verschwinden angeschossen und schwer verwundet.»

«Und Sie gehen davon aus, daß das kein Zufall war.»

«Es ist jedenfalls eine nützliche Annahme», sagte ich. «Sie liefert mir eine Theorie, mit der ich arbeiten kann.»

«Ja», sagte Ito. Er blätterte wieder, hielt inne und sah sich eine Eintragung näher an.

«Das hier könnte Ihnen weiterhelfen», sagte er. «Miss Richard hatte Gespräche mit einer Psychotherapeutin aus Beverly Hills namens Madeleine St. Claire.»

«St. Claire?» sagte ich.

«Ja. Sie ist eine ziemlich bekannte Ärztin aus Los Angeles. Einmal die Woche kommt sie zu uns heraus und arbeitet mit unseren Patienten. Ohne Honorar.»

«Den Namen hat Lisa angenommen, als sie an die Ostküste ging.»

«Wie Sie schon sagten: der Zufall ist keine nützliche Annahme.»

«Sie haben ihre Adresse?»

«Ja.»

Er schrieb wieder auf seinem Rezeptblock.

«Und wenn Sie wollen, rufe ich an und sage ihr, daß Sie vorbeikommen.»

«Sie haben meine Karte», sagte ich. «Wenn sich irgend jemand an irgend etwas im Zusammenhang mit Angela Richard erinnert, rufen Sie mich an.»

«Auf jeden Fall», sagte Ito.

Wir standen auf. Er gab mir die Hand.

Ich sagte: «Vielen Dank, Doktor.»

«Wird sich der Ehemann erholen?» fragte Ito.

«Von den Schußwunden? Man sagt, ja.»

«Es ist möglich», sagte Ito, «daß sie wieder trinkt und daß ihr Verschwinden damit zusammenhängt. So etwas kommt vor.»

«Das weiß ich», sagte ich. «Ich hoffe, das ist nicht die Erklärung.»

«Auf welche Erklärung hoffen Sie denn?» fragte Ito.

«Keine Ahnung, Doktor.»

«Ja», sagte er. «Das macht die Sache schwierig.»

Kapitel 19

Die Adresse in Venice beherbergte inzwischen eine Reparaturwerkstatt für Motorräder, aber auch deren Tage waren gezählt. Das Gebäude roch nach Feuchtigkeit und Verfall. Der Lack war abgeblättert, und die Holzrahmen der Türen und Fenster hingen durch.

Ich sprach mit dem Besitzer, einem langen, dürren Kerl, der schwarze Jeans und ein kurzes T-Shirt mit der Aufschrift Harley-Davidson trug. Er hatte einen Goldzahn und einen Dreiwochenbart, und auf beide Unterarme war der Name Lenny recht amateurhaft tätowiert worden. Als ich ankam, rauchte er gerade einen Joint, aber es sah nicht so aus, als ob er davon entspannt und menschenfreundlich geworden war. Er blickte mich an, als wäre ich ein Handlungsreisender der Moral Majority. Ich lächelte herzlich.

«Lenny da?» fragte ich.

«Ich bin Lenny.»

«Im Ernst?» sagte ich. «So ein Zufall.»

«Was gibt's?» sagte Lenny.

«Ich suche eine Frau, die früher mal hier gewohnt hat», sagte ich. «Angela Richard.»

«Nie gehört.»

«Wie wär's mit Lisa St. Claire?»

«Nie gehört.»

«Typ namens Vaughn?»

«Nie gehört.»

«Anita Bryant?»

«Nie gehört.»

«Sic transit gloria mundi», sagte ich.

«Häh?»

«Wie lange ist dieser Schuppen schon eine Werkstatt?» fragte ich.

«Was soll das heißen?»

Ich seufzte. «Sind diese Fragen zu schwer für dich, Lenny? Sollen wir erst mal mit ein paar leichten Übungen beginnen?»

«Ruhig, mein Prinzchen. Nicht frech werden, sonst fliegst du hier raus, aber schnell.»

«Das glaube ich nicht», sagte ich. «Es sei denn, du bist besser, als du aussiehst.»

Lenny streckte den Arm aus und langte sich einen Kugelhammer.

«Wie gut sehe ich jetzt aus?» sagte er.

Ich knöpfte die Jacke auf und zeigte ihm meine Kanone. Außerdem setzte ich ein charmantes Lächeln auf.

«Bist du 'n Cop?» fragte Lenny.

«Seit wann ist der Schuppen hier kein Wohnhaus mehr?» fragte ich.

Lenny zuckte mit den Achseln. Den Hammer behielt er in der Hand und ließ ihn an seinem rechten Schenkel ruhen.

«Den Laden habe ich letztes Jahr übernommen. Der Typ hat mir Geld geschuldet. War damals schon ein Motorradschuppen.»

«Warst du 1985 schon hier in der Gegend?» fragte ich.

«Nein.»

«Wo warst du '85?»

«Außerhalb.»

«Wie weit außerhalb? Chino vielleicht? Hast du dich dort tätowieren lassen?»

«Ich habe meine Zeit in Chino abgesessen, ja.»

«Und es hat bestimmt einen besseren Menschen aus dir gemacht», sagte ich. «Wen gibt es hier in der Gegend, der '85 schon da war?»

«Aus der Gegend hier wüßte ich keinen. Die Menschen kommen und gehen.»

«So sagt man.» Ich ließ Lenny allein mit seinen Gedanken und seinem Hammer. Niemand sonst in der Gegend wußte auch nur halb soviel wie Lenny, und viele waren nicht so nett. Nach ein paar Stunden gab ich auf und fuhr langsam den Venice Boulevard entlang bis zur Unterführung beim Highway 405. Es gab keine Auffahrt. Aus purem Trotz fuhr ich auf dem Sepulveda Boulevard nach Westwood zurück. Es dauerte länger, aber eine Geste, die nichts kostet, ist eigentlich gar keine Geste.

Kapitel 20

Mit Madeleine St. Claire hatte ich mich zum Mittagessen im Restaurant The Grill am Dayton Way verabredet. Der Laden war in der Szene derart angesagt, daß man den Eingang suchen mußte: um die Ecke nämlich, am Camden Drive. Das Restaurant war mit Eiche getäfelt und behauptete, wegen seiner Salate berühmt zu sein. Ich war schon mal dagewesen und hatte aus Prinzip keinen Salat bestellt. Drinnen war es voll, hauptsächlich Männer in legerer, aber teurer Kleidung, die über das Filmgeschäft redeten. Einige von ihnen waren bekannte Fernsehpersönlichkeiten. Einige waren bestimmt Agenten, schließlich war man hier nur ein paar Straßen von der Casting-Agentur CAA entfernt. Und einige waren wahrscheinlich Immobilienmakler aus Ventura. Ich sah außer mir keinen, der wie ein Schnüffler aussah.

Sie war vor mir angekommen, woran man bereits erkennen konnte, daß sie keine Produzentin war, saß an einem Zweiertisch und trank Tee. Sie war klein und zierlich, so um die sechzig Jahre alt, mit kurzen Haaren, die wie blankgeputzter Zinn leuchteten. Sie trug einen sehr teuren beigefarbenen Anzug und eine große runde Brille mit tiefblauem Rahmen. Ihre Perlen waren wahrscheinlich echt, und an der linken Hand trug sie ein beeindruckendes Set aus Verlobungs- und Ehering. Ihrer Gesichtsfarbe nach zu urteilen verbrachte sie viel Zeit an der frischen Luft, und ihr Händedruck, als ich mich vorstellte, war kräftig.

«Bitte lassen Sie sich einen Drink kommen, wenn Sie mögen», sagte sie. «Ich habe heute nachmittag einige Patienten, also muß ich Tee trinken.»

«Danke», sagte ich. «Aber wenn ich zum Mittagessen etwas trinke, überkommt mich fast sofort ein Mittagsschläfchen.»

«Pech», sagte sie. «Was kann ich für Sie in Sachen Angela Richard tun?»

«Ich weiß es eigentlich nicht», sagte ich. «Wie ich Ihnen am Telefon sagte, ist sie verschwunden.»

«Und Sie fürchten, daß es sich um ein Verbrechen handeln könnte?»

«Es gibt keinen Grund, das zu befürchten oder nicht zu befürchten, außer daß ihr Mann wenige Tage nach ihrem Verschwinden aus dem Hinterhalt angeschossen und schwer verwundet wurde.»

«Haben Sie einen Grund anzunehmen, daß sie auf ihn geschossen hat?»

«Ich habe überhaupt keinen Grund, überhaupt etwas anzunehmen», sagte ich. «Das ist gerade das Problem. Ich habe nicht einmal eine nette Arbeitshypothese. Ich dachte, Sie könnten mir vielleicht eine liefern.»

«Das bezweifle ich», sagte sie. «Es ist ja einige Jahre her. Und das therapeutische Gespräch unterliegt natürlich der ärztlichen Schweigepflicht.»

«Das verstehe ich», sagte ich. «Ist Ihnen bekannt, daß sie Ihren Familiennamen angenommen hat? Sie nennt sich jetzt Lisa St. Claire.»

Dr. St. Claire nickte. Es war ein therapeutisches Nicken, das mir zu erkennen gab, daß sie meine Worte gehört hatte, aber keine Reaktion verriet. Ich hatte den plötzlichen Drang, mich auf den Tisch zu legen und Kindheitserinnerungen von mir zu geben.

«Sie sind ihr im Entzugskrankenhaus Pomona begegnet.»

«Ja. Dort arbeite ich einmal die Woche.»

«Ist sie alkoholabhängig?»

«Nein. Sie trank damals viel zuviel und hatte eine selbstzerstörerische Lebensweise. Aber sie war nicht süchtig. Sie konnte ihren Alkoholkonsum kontrollieren.»

«Sie konnte also, als Sie mit ihr zu tun hatten, einen Drink zu sich nehmen, ohne gleich sechs weitere kippen zu müssen.»

«Als sie mich verließ, war sie in der Lage, maßvoll mit Alkohol umzugehen», sagte Dr. St. Claire.

«Ausgehend von dem, was Sie von ihr wissen, Doktor: Halten Sie es für wahrscheinlich, daß sie auf ihren Mann geschossen hat?»

«Aus dem Hinterhalt, sagten Sie?»

«Ja.»

«Nein. Ich glaube nicht, daß sie ihn aus dem Hinterhalt erschossen hätte.»

«Aber unter anderen Umständen hätte sie ihn erschießen können?»

«Ob sie das gekonnt oder nicht gekonnt hätte, weiß ich nicht. Was ich sagen will, ist dies: Angela führte ein hartes Leben, unter sehr schweren Bedingungen. Sie hatte vielleicht geringere Hemmschwellen als manche andere Frauen, und sie war voller Wut.»

«Auf wen?»

«Auf ihren Vater, auf ihren Freund, auf die Männer im allgemeinen.»

«Viele Huren hassen Männer», sagte ich.

«Wozu sie allen Grund haben», lächelte Dr. St. Claire.

Der Ober trat an den Tisch. Dr. St. Claire bestellte einen Salat. Ich nicht.

«Hätte sie ihren Mann verlassen, ohne ihm eine Wort zu sagen?» fragte ich.

«Ich weiß es nicht. Sie ist jetzt nicht die gleiche Frau, die sie damals bei mir war. Sie war völlig besessen von ihrer eigenen Rehabilitation. Sie hat nie einen Termin bei mir verpaßt. Jedes Buch über selbstzerstörerisches Verhalten, Alkoholabhängigkeit, Sexualbeziehungen, das ihr in die Hände fiel, hat sie gelesen, ziemlich wahllos sogar, und ich habe sie gedrängt, ein wenig selektiv vorzugehen. Ich weiß nicht, ob das ganze Lesen ihr viel geholfen hat.»

Dr. St. Claire lächelte.

«Eine merkwürdige Nebenwirkung ihrer ganzen Lektüre bestand darin, daß sie sich ein ausgesprochen komplexes Fachvokabular aneignete, obwohl sie im allgemeinen ungebildet war, so daß sie wie ein Bauarbeiter sprechen und im nächsten Augenblick schon Probleme der Identitätsbildung und der affektiven Besetzung diskutieren und Begriffe wie ‹Diskurs› und ‹manipulativ› verwenden konnte.»

«Das gilt für viele Menschen, die sich ihr Wissen selbst angeeignet haben», sagte ich.

Dr. St. Claire nickte.

«Ob das bei ihr noch der Fall ist, weiß ich nicht», sagte sie. «Die Zeit vergeht, Menschen wachsen.»

«Oder schrumpfen», sagte ich.

«Das auch», sagte sie. «Aber um ehrlich zu sein, hätte ich Ihre Fragen auch dann nicht beantworten können, wenn ich heute früh gerade die Therapie abgeschlossen hätte. Menschen sind unberechenbar.»

«Es gibt Hinweise auf einen früheren Freund. Ein Typ namens Luis Deleon», sagte ich.

Dr. St. Claire schüttelte den Kopf.

«Der Name sagt mir nichts», sagte sie.

«Er scheint ein übler Bursche zu sein», sagte ich. «Wiederholte Festnahmen wegen Körperverletzung, Vergewaltigung und Drogenhandel.»

«Solche Männer zogen sie an», sagte Dr. St. Claire. «Sie sprach oft den Wunsch aus, ihren Vater wiederzusehen. Ihr Vater war ein Säufer und ein Schläger, hatte oft Ärger mit der Polizei. Als er ihre Mutter verließ, hat er sie entführt und war mehrere Monate mit ihr auf der Flucht. Er wollte sie nicht haben. Er wollte nur nicht, daß die Mutter sie bekam.»

«Vater ist der Beste», sagte ich.

«Das ist ihre pathologische Struktur», sagte Dr. St. Claire. «Angela hat die Liebe als Ausbeutung und Brutalität erfahren. Auf der Suche nach Liebe kehrt sie immer wieder zu Brutalität und Ausbeutung zurück. Der Junge, mit dem sie von zu Hause fortlief, ist ein gutes Beispiel dafür.»

«Wissen Sie noch seinen Namen?»

«Ich kann ihn vielleicht erinnern. Es war ein merkwürdiger Name. Eine merkwürdige Zusammenstellung.»

«Elwood Pontevecchio?» sagte ich.

«Ja, so hieß er. Ein merkwürdiger Name, nicht wahr?»

«Er wurde ihr Zuhälter», sagte ich.

«Ja, das weiß ich. Wir konnten sie bewegen, sich von ihm zu trennen. Aber es war ein Kampf.»

«Können Sie mir etwas über ihn erzählen?»

«Er hat sie mißhandelt, sie interessierte ihn nur als Ausbeutungsobjekt. Er schien sie völlig zu verachten.»

«Sind Sie ihm je begegnet?»

«Nein, ich kenne ihn nur von Angelas Schilderung.»

«Wissen Sie, wo er jetzt ist?»

«Nein.»

«Sie hat einen grundehrlichen, anständigen Kerl geheiratet», sagte ich. «Er ist schon älter, und er ist Polizist. Möchten Sie dazu etwas sagen?»

«Ich würde das für ein ermutigendes Zeichen halten. Jemand, der sie vor ihren eigenen schlimmsten Regungen schützen könnte, oder zumindest vor den Folgen.»

«Kennen Sie den Namen des Vaters?»

«Richard, nehme ich an», sagte Dr. St. Claire.

«Glauben Sie, daß sie sich auf die Suche nach ihm machen würde?»

«Ich weiß es nicht. Vielleicht waren die Männer, die sie gefunden hat, ein ausreichender Ersatz. Vielleicht auch nicht.»

Der Ober brachte das Essen. Dr. St. Claire aß etwas vom Salat. Ich biß in mein Sandwich mit Hühnerbrust und spülte den Bissen mit einem Schluck koffeinfreiem Kaffee hinunter.

«Kennen Sie jemanden, der mit ihr zu tun hat und Vaughn heißt?»

«Nein.»

«Vielleicht wollte sie nicht mehr von dem Polizisten geschützt werden», sagte ich.

«Vielleicht braucht sie seinen Schutz jetzt mehr als je zuvor.»

«Ihr Ehemann kann sie im Augenblick nicht beschützen.»

«Dann werden sie es vielleicht tun müssen», sagte Dr. St. Claire. «Sie sehen sehr kompetent aus.»

Ich nippte wieder an meiner Tasse.

«Ich bin ein Teil jener Kraft, die stets das Gute will und darum drogenfreien Kaffee trinkt», sagte ich.

Dr. St. Claire lächelte mich an.

«Sehr edel», sagte sie.

Er zeigte nach oben. Die dreistöckigen Wohnhäuser hatten die üblichen flachen Dächer. Gegen einen der Schornsteine lehnte ein Mann mit einem Gewehr. Dort oben bewegten sich auch andere Menschen.

«Wir haben Gärten dort oben, haben Erde hier im Hof ausgegraben und eimerweise hochgetragen, bis wir genug hatten, um Gemüse anzubauen. Wir haben Paprika, Kürbisse. Wir haben Cilantro. Eines Tages werde ich dir das zeigen, Chiquita, aber nicht heute. Vielleicht beobachtet man uns. Man könnte dich sehen.»

Der Gedanke, daß jemand das Haus beobachten könnte, lief wie ein Elektroschock durch ihren Körper. Sie spürte die Aufregung im Gesäß, auf den Handflächen, in den Kiefermuskeln.

«Hast du jemanden gesehen?» fragte sie und versuchte, ihre Stimme möglichst ausdruckslos zu halten.

«Nein, aber wir sind vorsichtig. Ich will nicht, daß du mir wieder entrissen wirst.»

Sie starrte auf das Dach, auf den Mann mit dem Gewehr, auf die Menschen, die Bohnen anbauten, sie blickte auf die Kinder, die auf dem aufgegrabenen Hof im Schlamm spielten, und auf die baufälligen Balkone, die an den Rückseiten der altersschwachen grauen Mietshäuser hingen. Sie hörte das leichte Surren der Videokamera in den Händen des jungen Manns mit den Zöpfen, der um sie herumlief, alles auf Band aufnahm, jeden Augenblick festhielt. Es nieselte wieder. Der Regen schien sich nie zum richtigen Wolkenbruch zu entwickeln, aber es regnete häufig und oft lange, und alles fühlte sich feucht an. Der ganze Gebäudekomplex war feucht und roch nach Schimmel. Ich bin keine verzogene Debütantin, dachte sie. Ich habe Schlimmeres gesehen. Ich habe Schlimmeres durchgemacht. Es ist mir schon schlimmer ergangen als jetzt. Und ich bin rausgekommen. Ich bin zäher als dieses Arschloch, und intelligenter, und ich bin nicht verrückt wie er. Ich komme auch hier raus.

Sie glaubte an das, was sie sich erzählte, aber sie wußte auch, daß sie ihre Angst beherrschen mußte, und ob sie das konnte, das wußte sie noch nicht.

Kapitel 21

Während Susan die Treppen des Leichtathletikstadions der University of California hinauf und herunter rannte, saß ich in meinem blauen Hotelzimmer und suchte Pontevecchio im Telefonbuch. Ich fand Woody Pontevecchio unter Pontevecchio Entertainment, keine Adresse, eine Telefonnummer in Hollywood. Spenser, der Meisterdetektiv. Ich rief die Nummer an und wurde mit seinem Anrufbeantworter verbunden.

«Hi, ich bin's, Woody. Wahrscheinlich bin ich weg, weil ich gerade was auf die Reihe bringen muß. Aber gleich bin ich wieder da, also hinterlasse eine Nachricht, Baby, und wir reden miteinander, ja?»

Ich sagte: «Mein Name ist Spenser. Ich habe was über Angela Richard, das Sie interessieren wird. Rufen Sie mich an im Westwood Marquis Hotel.»

Denn legte ich auf. Er mußte es sein. Wie viele Pontevecchios könnte es geben, die sich Woody nennen würden? Ich ging zum Fenster und blickte hinaus. Es war ein heller, klarer Tag in Los Angeles. Klar genug, um die verschneiten Gipfel der San Gabriel-Berge zu erkennen. Meistens konnte man die Gipfel durch den Smog kaum erkennen, aber heute sahen sie so sauber und knackig aus wie frische Bettwäsche. Zwischen mir und den Bergen lag ein kompliziertes, oft wütendes Gemenge von Menschen, die unter dem lockeren südkalifornischen Gehabe, das sie wie Make-up trugen, kurz vorm Überkochen waren. Es war der Widerspruch zwischen früher und was daraus geworden war, der L.A. so interessant und traurig machte, überlegte ich mir.

Hinter mir gab es ein kratzendes Geräusch im Türschloß. Das war bestimmt Susan, und sie würde bestimmt eine Weile brauchen. Susan ist irgendwie Tür-und-Schloß-behindert. Der Schlüssel kratzte wieder im Schloß, und der Türknopf wurde wild hin und her gedreht. Ich wartete. Früher machte ich den Fehler, ihr die Tür zu öffnen, um ihr den Kampf mit dem Schloß zu ersparen, und das machte sie wütend. Sie wollte ihre Behinderung überwinden. Seit ich sie kannte, hatte sie keine Fortschritte gemacht. Der Schlüssel drehte in die falsche Richtung, und ich hörte, wie die Sperre einschnappte. Der Knopf drehte sich wieder vergeblich. Dann war es still. Ich hörte, wie der Schlüssel aus dem Schloß glitt. Ich lächelte. Sie fing wieder von vorn an, das wußte ich. Ich blickte wieder aus dem Fenster. Unter mir flog eine Formation freilebender grüner Papageien über die Olivenbäume hinweg in Richtung auf den botanischen Garten, der sich neben der Universitätsklinik die Hilgard Avenue entlang erstreckte. Hinter mir rumorte es wieder im Schloß, dann ging die Tür auf, und Susan kam herein.

«Ich wußte, daß du es schaffen würdest», sagte ich.

«Es ist nicht nett, sich über einen Menschen mit einem Schloßproblem lustig zu machen», sagte Susan.

«Verzeih mir», sagte ich. «Ich will dich doch nur unterstützen.»

«Warum habe ich so viel Mühe mit Schlössern, was meinst du?»

«Hat wahrscheinlich etwas mit Penismangel zu tun», sagte ich.

Sie trug eine schwarze Lycra-Strumpfhose und einen lila Body, der naß und dunkel vor Schweiß war. Ihre nackten Arme waren stark und schlank, mit einer Andeutung von Muskeln. Sie trug ein weißes Stirnband, damit ihr die Haare nicht in das schweißglänzende Gesicht fielen. Ich fand, daß sie wunderschön aussah. Sie machte ein obszönes Geräusch und kam auf mich zu, beugte sich vorsichtig aus der Hüfte zu mir herab, um nicht auf mich zu tropfen, und gab mir einen kleinen Kuß auf den Mund.

«Ich bin total verschwitzt», sagte sie. «Ich muß unter die Dusche.»

Während sie duschte, rief Woody Pontevecchio zurück.

«Wer ist diese Angela Richard, von der Sie sprachen?»

«Sie erinnern sich doch», sagte ich. «Damals, so um 1985.»

Das Telefon schwieg. Ich betrachtete die Berggipfel. Vom Bad hörte ich, wie die Dusche lief.

«Ich weiß nicht, was Sie meinen», sagte Woody schließlich.

«Natürlich nicht», sagte ich. «Ich würde mich gern irgendwo mit Ihnen treffen, um die Sache zu erklären.»

Wieder entstand eine Pause. Durch das Fenster sah ich, wie ein Rettungshubschrauber langsam vom Landeplatz der Klinik abhob, sich dann auf diese merkwürdige Weise neigte, wie es Hubschrauber immer tun, und über den Dächern von Westwood Village davonflog. Durch das geschlossene Fenster des klimatisierten Zimmers klang der Hubschrauber, als wäre er weit weg und sehr klein.

«Klar», sagte Woody. «Kommen Sie in meinen Club. Sports Club L.A., kennen Sie den? Am Sepulveda, kurz vor dem Santa Monica Boulevard, wenn man von Süden kommt. Fragen Sie an der Rezeption nach mir. Woody kennt jeder.»

«Bin in einer halben Stunde dort», sagte ich.

Kapitel 22

Der Sports Club L. A. war ungefähr so groß wie Chicopee, Massachusetts, aber schicker. Es gab Uniformierte, die einem das Auto abnahmen und auf den Parkplatz fuhren, eine Snackbar, ein Restaurant, einen Sportladen, einen Coiffeur für Damen und Herren, ein Schwimmbad, das ungefähr so groß war wie der Lake Congamond, eine richtige Basketballhalle und mehrere Handballhallen, einen Fitneßraum mit rosa Geräten ausschließlich für Frauen, zwei Aerobic-Studios, einen gemeinsamen Fitneßraum, der groß genug gewesen wäre, um alle Profiringkämpfer dieser Welt zu trainieren, ein ungeheures Aufgebot an Treppensteigern, Steppern, Ergometern und Gravitron-Schwerkraftmaschinen, an denen sich ein Kaleidoskop knackiger Hintern in hautengem, leuchtendem Lycra-Stretch zu schaffen machte.

Die Süße an der Rezeption sagte, natürlich kenne sie Woody, und sei er nicht ein total abgefahrener Typ, und brachte mich zu ihm in den großen Fitneßraum. Ich kam mir vor, als watete ich durch ein Meer von Mädchen. Wie ein Rhinozeros, das schwerfällig durch einen Schwarm von Schmetterlingen trabt.

«Hier ist Woody», sagte die Süße.

Woody saß auf der Bank vor einer Drückmaschine und holte wieder Atem. Er trug eine Radfahrerhose aus regenbogenfarbigem Lycra-Stretch und ein kurzes T-Shirt mit Spaghettistreifenmuster. Sein dichtes, blondes Haar war perfekt geschnitten, gerade nach hinten gekämmt und wurde mit einem zu einem Stirnband gefalteten und verknoteten schwarzen Tuch in Form gehalten. An seiner gleichmäßigen Bräunung hatte er offensichtlich lange und sorgfältig gearbeitet. In seinem Mund steckten teure Jacketkronen. Und in seinem linken Ohr ein kleiner Diamant. Wir gaben einander die Hand. Woody trug fingerlose Gewichtheberhandschuhe aus Leder.

«Lassen Sie mich gerade den dritten Durchgang machen», sagte er. «Dann können wir ein bißchen plaudern.»

Er legte sich auf die Bank zurück und drückte 150 Pfund zehnmal, atmete sorgfältig bei jedem Drücken aus, machte die Übung langsam und korrekt. Als er fertig war, setzte er sich wieder auf und betrachtete sich verstohlen im Spiegel, während er sein Gesicht mit einem Handtuch abtupfte. Dann drehte er sich zu mir und gab mir ein großes, breites, perfektes Lächeln, wobei er sogar die Augenwinkel leicht zusammenkniff.

«Also, Spense, um was geht's?»

«Sie heißen mit Vornamen Elwood?» sagte ich.

«Ja, das ist vielleicht ein Ding, was? Mein Alter wollte ein richtiger WASP sein.»

«Ich bin auf der Suche nach einer Frau namens Angela Richard.»

«Ich bin auf der Suche nach so vielen Frauen wie möglich», sagte Woody mit einem breiten Grinsen.

«Sie war eine Nutte. Sie waren ihr Lude.»

«Wie bitte?»

«Sie ließen Angela Richard auf dem Strich arbeiten», sagte ich. «Das war vor zehn, zwölf Jahren. Sie wurde als Nutte verknackt. Sie wurden vom Sheriff's Department hochgenommen, weil Sie ihr Zuhälter waren.»

«Sie spinnen, Mann. Ich bin Filmproduzent.»

«Kein großer Unterschied», sagte ich.

«Das ist doch lächerlich. Nie von mir gehört? Letztes Jahr habe ich *Malibu Madness* produziert. Fürs Kabelfernsehen habe ich eine zweistündige Produktion gemacht, *Don Ho's Hawaii*, die ist von Sendern im ganzen Land übernommen worden.»

«Und das ist ein Gewinn für unser Land», sagte ich. «Nachdem sie den Entzug in Pomona hinter sich hatte, zog Angela Richard irgendwann zurück in die Gegend von Boston, änderte ihren Namen in Lisa St. Claire und heiratete einen Bostoner Polizisten namens Belson.»

«Mann, ich verstehe nur Bahnhof. Ich weiß nichts von der Tussi.»

«Nachdem sie etwa sechs Monate verheiratet waren, ist sie verschwunden. Und ich will sie finden.»

«Sind Sie'n Cop?»

«Sicher», sagte ich. «Wenn Sie Filmproduzent sind. Erzählen Sie mir, was Sie von Angela wissen.»

Wir sprachen leise miteinander. Einfach ein paar Kumpels vom Fitneßtraining, die ein bißchen miteinander quatschten, vielleicht ein kleines Geschäft machten, du kannst das Projekt haben, Baby, greif zu, und ab geht die Luzi, ich spiele dir die Sache für'n Finderlohn zu. Woody stand von der Bank auf.

«Ich glaube, unsere kleine Unterhaltung ist beendet, Freundchen. Ich habe keine Zeit, mich mit einem Klugscheißer herumzuärgern, den ich nicht einmal kenne.»

«Okay, ist gut, Woody», sagte ich. «Dann rede ich eben mit diesen anderen netten Menschen.»

Ich wandte mich an eine junge Frau mit einem strammen Körper und geriffelten Bauchmuskeln, die an einer Schwerkraftmaschine Klimmzüge machte.

«Wußten Sie schon, daß Woody früher Zuhälter war?» sagte ich.

Sie sah mich einen Augenblick verständnislos an.

«He», sagte Woody. «He, he, he.»

«Leider ging es von da an mit ihm abwärts», erzählte ich der jungen Dame. «Inzwischen ist er Filmproduzent.»

«Ich kenne ihn nicht», sagte die junge Frau. «Und ich versuche gerade, meine Übung zu Ende zu machen.»

Woody nahm mich am Arm und führte mich zum Vestibül zwischen den beiden Aerobic-Studios, wo in den vorderen Reihen geschniegelte Menschen wie verrückt vor den Trainerinnen herumturnten, die Mikrofone trugen und sie anfeuerten. In den hinteren Reihen beider Studios ging es gemächlicher und erheblich weniger graziös zu.

«Lassen Sie sich eins sagen: Es gefällt mir nicht, wenn Sie solche Sachen herumerzählen. Verstehen Sie: Es gefällt mir ganz und gar nicht.»

Eine bekannte Schauspielerin mit großen Brüsten und dünnen Beinen lief in einem rotweiß gestreiften Tanga an uns vorbei und ging in einen der Aerobic-Räume. Sie stellte sich in die letzte Reihe und hopste ungeschickt herum, ohne sich besonders darum zu kümmern, was die Trainerin vorne machte.

«Elwood», sagte ich. «Sie hören auf, so zu tun, als wären Sie kein Zuhälter gewesen, und ich höre auf, den Leuten zu erzählen, daß Sie doch einer waren, okay?»

«Das ist ein verdammt dreckiges Wort», sagte er. «Das wissen Sie doch. Zuhälter ist ein dreckiges Wort. Und mir geht es langsam verdammt auf die Nüsse, daß Sie es ständig im Mund führen.»

«Sie haben Angela Richard gekannt, oder etwa nicht?»

«Also, warum machen Sie nicht eine Fliege, bevor ich möglicherweise irgendwie sauer werde.»

Ich spürte, daß ich lächelte. Ich versuchte, es nicht zu tun. Ich wollte Woodys Gefühle nicht verletzen. Aber es ging nicht anders. Ich hob den Finger, als wollte ich Moment mal sagen, ging in den Fitneßraum zurück, nahm den Stift aus der 150-Pfund-Markierung und steckte ihn in das unterste Loch. Ich sah nicht nach, wieviel Pfund jetzt drauf waren, die meisten Maschinen gehen bis ungefähr 275. Die exquisit gearbeitete Jacke aus schwarzem Seidentweed mit feinem, cognacfarbenem Plaideinsatz, die ich neulich bei einem Versandhaus bestellt hatte, zog ich aus und hängte sie sorgfältig an die nächste Curlmaschine. Ich rückte die Pistole an meiner rechten Hüfte ein wenig nach vorn, so daß ich nicht darauf liegen würde, legte mich auf die Bank, packte den Griff, drückte die ganzen Gewichte hoch und ließ sie wieder herunter, und danach weitere neunmal. Atmete dabei sorgfältig, blieb gelassen. Dann stand ich wieder auf, rückte die Pistole wieder zurecht, zog die Jacke an, ging zurück ins Vestibül zwischen den Aerobic-Studios und schenkte Woody ein großes, freundliches Lächeln.

«Das bedeutet gar nichts», sagte Woody. «Ich kenne Typen, die mehr schaffen.»

«Sicher», sagte ich. «Ich auch. Reden wir über Angela Richard.»

Die junge Frau an der Schwerkraftmaschine stand auf und ging zum Armtrainer. Als sie an der Drückmaschine vorbeikam, überprüfte sie das Gewicht und sah verstohlen zu mir herüber, nur ein kurzer Blick auf das Gewicht und auf mich, aber es reichte. Ich wußte, daß sie mir gehörte.

«Ich bin mit ihr hierhergekommen», sagte Woody. «Wir waren zusammen auf der High School, und wir haben mitten in unserem Abschlußjahr aufgehört und sind mit dem Auto meines Onkels abgehauen und nach L.A. gekommen.»

«Welche Schule war das?»

«Haverhill High.»

«Haverhill, Massachusetts?» sagte ich.

«Ja.»

«Na, so was», sagte ich. «Die Welt ist doch klein, Elwood. Sie wollten ins Filmgeschäft, ja?»

«Ja.» Er zuckte mit den Achseln. «Wir waren Kinder. Angela sah umwerfend aus, wir dachten, sie müßte es leicht schaffen, und ich wäre ihr Manager. Verstehen Sie? Schon damals konnte ich ganz gute Deals arrangieren.»

«Also haben Sie eine Weile in Venice gelebt.»

Woody sah etwas überrascht aus.

«Ja, und wir kamen im normalen Filmgeschäft überhaupt nicht voran, also haben wir ein paar Erwachsenenstreifen gedreht.»

«Pornos», sagte ich.

«Ja, 16-mm-Zeug, und dann kamen wir auf eine echt clevere Idee, nämlich Angela sollte als Striptease-Discjockey arbeiten.»

«Das war Ihre Idee, Elwood?»

«Yep. Ich glaube nicht, daß überhaupt jemand anders so was aufzieht. Und das haben wir eine Zeitlang überall gemacht, bei Kongressen, Junggesellenpartys, so was. Aber auf dem Sektor ist die Konkurrenz dermaßen stark, vor allem mit Videos, wissen Sie? Videocassetten mit Hausfrauen drauf, und die Hälfte aller Tussis in L.A. ist sowieso bereit, sich umsonst auszuziehen. Also machten wir ein bißchen in Prostitution.»

«Sie und Angela.»

«Klar, von wem reden wir die ganze Zeit? Ich habe alles organisiert, sie hat die Typen abgefertigt. Wir haben gar nicht schlecht dabei verdient, bis sie aufflog. Und sie wäre auch nicht aufgeflogen, wenn sie nicht besoffen gewesen wäre. Ich habe ihr immer gesagt, paß auf die Typen in Zivil auf. Die erkenne ich schon auf hundert Meter. Aber sie ist so besoffen, eines Tages verliere ich sie aus den Augen, und schon spricht sie einen Zivilbullen an. Als ich hinkomme, steckt sie in Handschellen und schreit den Cop an. Ich hab ihr fünfzigmal gesagt, wenn du hoppgenommen wirst, halt die Klappe, geh mit aufs Revier, dann hängst du dort eine halbe Stunde in der Zelle rum, und ich hole dich auf Kaution raus. Aber sie steckt schon in den verfluchten Handschellen und schreit die Cops an, und ich versuche, sie zu beruhigen, und schon haben mich die verdammten Cops mit drangenommen. Haben mich im Polizeigriff abgeführt, die Arschlöcher. Sheriff's Department. Die Typen sind die schlimmsten. Mit den Cops von der Stadtpolizei kannst du reden, aber mit denen vom Sheriff, Mannomann.»

Woody schüttelte den Kopf. Er sah auf die Uhr oberhalb der Terrasse im zweiten Stock, wo die Aerobicmaschinen in Reih und Glied die Übungsfläche umstanden, Soldaten des Kampfes gegen Herzverfettung. Es war 17.05 Uhr.

«Ich muß was trinken. Wollen Sie auch was, Mann?»

«Klar», sagte ich. «Die Elektrolyten auffrischen.»

Wir gingen ins Erdgeschoß, durch die Empfangshalle und in die Bar auf der anderen Seite. Hinter der Theke stand ein adretter, kompakt gebauter Schwarzer mit einer schwarzgoldenen Paisley-Weste und einem weißen Hemd.

Er sagte: «Was soll's sein, Woody?»

Woody sagte: «Hi, Jack. Mach mir einen Wodka. Ordentlich Eis, bißchen Zitronenschale.»

Ich bestellte ein Bier. Jetzt, da er nachgegeben hatte, schien Woody von seiner eigenen Geschichte völlig gefesselt zu sein. Er mußte sie mir erklären.

«Sie haben sie über Nacht dabehalten, und am nächsten Morgen wurde sie zum Entzug nach Pomona gebracht. Ich habe versucht, sie herauszubekommen, aber sie haben mir erzählt, daß sie nicht rauswollte, und...»

Er breitete die Hände aus.

«Ich habe sie nie wiedergesehen. Schade. Ich vermisse sie, war eine gute Puppe. Sah klasse aus, wissen Sie.»

Er nippte an seinem Wodka.

«O Baby», sagte er. «Die erste trifft einen immer dort, wo es weh tut, was, Spense?»

«O Baby», sagte ich. «Warum sind Sie abgehauen?»

«Abgehauen?»

«Ja, im Abschlußjahr an der Haverhill High? Warum sind Sie und Angela abgehauen?»

«In Haverhill war nichts los, wissen Sie. Ich wollte ein bißchen Action.»

«Und Angela?»

«Zoff zu Hause», sagte Woody.

«Wissen Sie, wo ihre Eltern jetzt sind?»

«Nein.»

«Brüder, Schwestern, Cousins, Cousinen?»

«Nein.»

«Kennen Sie jemanden, der Vaughn heißt?»

«Ich kenne eine Menge Leute. Vorname oder Nachname?»

«Ich weiß nicht.»

«Sagt mir rein gar nichts», sagte er. «Es gibt einen Sänger namens Jimmie Vaughn, Bruder von Stevie Ray ...»

Ich nickte.

«Er ist es nicht», sagte ich. «Irgendwelche Ideen, wohin sie gegangen sein könnte und warum?»

«Angela und ich gingen ein Stück Wegs zusammen, mein Freund, ein bißchen Gras geraucht, ein bißchen Wein getrunken, ab und zu ein bißchen Möse gerochen.»

«Was gibt es sonst im Leben?» sagte ich.

Woody zuckte mit den Achseln.

«Eins muß ich ihr aber lassen. Sie hat mir geholfen, hier draußen auf die Rolle zu kommen.»

Er schluckte den Rest seines Wodkas.

«Und das kann ich Ihnen sagen, Spense, jetzt bin ich voll auf der Rolle, voll auf der Rolle, sag ich Ihnen.»

Ich streckte ihm die Hand entgegen. Woody nahm sie. Meine Hand war viel größer als seine. Ich drückte zu. Woody versuchte sich nichts anmerken zu lassen, aber ich wußte, daß es ihm nicht gutging.

«Ich gehe jetzt», sagte ich. «Ich hoffe, daß ich nicht noch mal mit Ihnen reden muß ...»

Ich drückte ein bißchen kräftiger. Woody versuchte, seine Hand wegzuziehen, aber es ging nicht.

«Aber wenn ich es doch muß, und Sie nennen mich noch einmal Spense, dann trete ich Ihnen so lange in den Arsch, daß Sie sich wie ein Strandfußball vorkommen. Capisci?»

Woody nickte.

«Gut. Lassen wir es dabei.»

Ich ließ ihn los und fuhr zum Hotel zurück, um mir die Hände zu waschen.

Kapitel 23

Susan stand vor einem der großen Spiegel im Hotelzimmer in schwarzweiß gestreifter Seidenunterwäsche, hielt einen kurzen schwarzen Rock mit einer langen Jacke gegen ihren Körper und stand auf Zehenspitzen, um hohe Absätze zu simulieren, während sie den Rock über ihren Schenkeln glattstrich.

«Für L'Orangerie muß man sich gut anziehen», sagte sie.

«Ja.»

Sie drehte sich ein wenig hin und her und beobachtete, wie die Jacke über dem Rock fiel, dann ging sie zum Schrank, holte sich einen hellgrauen Hosenanzug und kehrte damit zum Spiegel zurück.

«Wenn wir im Restaurant sind», sagte ich, «dürfte es etwas schwierig sein, gleichzeitig zu essen und deine Sachen so vor dir zu halten.»

Susan besitzt eine Konzentrationsfähigkeit, mit der sie Treibholz anzünden könnte. Sie ignorierte mich, hatte mich vielleicht nicht einmal gehört.

Ich kramte mein kleines Adreßbuch heraus, blätterte mit dem Daumen darin und fand eine Telefonnummer in Los Angeles, die ich seit vier Jahren nicht mehr angerufen hatte. Ich wählte sie.

Eine Stimme sagte: «Hallo?»

Ich sagte: «Bobby Horse?»

«Wer spricht da?»

«Dein Held, Spenser, aus Boston.»

Bobby Horse sagte: «Was zum Teufel willst du?»

«Die übliche Heldenverehrung», sagte ich.

«Und was noch?»

«Und mit Mr. del Rio sprechen», sagte ich.

«Bleib dran», sagte Bobby Horse.

Einen Augenblick später war del Rio am Apparat.

«Spenser?» sagte er. Er spricht meinen Namen immer so, als ob er sich darüber amüsiert.

«Ich möchte dich um einen Gefallen bitten», sagte ich.

«Das kann ich mir denken», sagte del Rio. «Und warum sollte ich dir einen Gefallen tun?»

«Wir kamen bei der Sache mit Jill Joyce vor fünf Jahren ganz gut miteinander klar.»

«Sí.»

Del Rio redet mit einem mexikanischen Filmakzent, wenn er dazu Lust hat, obwohl er akzentfreies Englisch sprechen kann. Hawk macht manchmal etwas Ähnliches. Einen Augenblick Amos und Andy, im nächsten Augenblick Alistair Cook.

«Ich suche die Frau eines Kumpels. Eine Anglo-Frau. Es könnte sein, daß sie in einem Hispanic-Ghetto in einer Stadt namens Proctor, nördlich von Boston, verschwunden ist. Es kann sein, daß sie mit einem üblen Burschen zusammen ist.»

«Sí.»

«Ich brauche jemanden, der Spanisch spricht und keine Angst vor üblen Burschen hat.»

«Und ich soll jetzt rufen: ‹Ciisco Kiid, laß uns losreiten›?»

«Du nicht», sagte ich. «Ich würde mir gern Chollo ausleihen.»

«Aaahhh!»

Wir schwiegen beide einen Augenblick.

«Warum sollte Chollo so etwas machen?»

«Weil du ihm sagst, daß er es tun soll.»

«Selbst ich sage Chollo nicht, daß er etwas tun soll, Señor.»

Del Rio schwieg wieder.

«Aber ich kann ihn darum bitten.»

«Tu das», sagte ich.

Es war eine Weile still am anderen Ende der Leitung.

Del Rio kam zum Apparat zurück.

«Chollo sagt, er wäre nie in Boston gewesen und hätte Lust, die Stadt kennenzulernen.»

«Einfach so?» fragte ich.

«Sí. Hast du Jill Joyce wiedergesehen?»

«Nein», sagte ich. «Wie geht es deiner Tochter?»

«Amanda studiert jetzt an der Sorbonne», sagte del Rio. «Sie spricht fließend Französisch.»

«Ich bin gerade in L.A., wo finde ich Chollo?»

«Er muß erst seine laufenden Geschäfte erledigen. Wann fliegst du nach Boston zurück?»

«Morgen. Wann wird Chollo auftauchen?»

«Bald», sagte del Rio.

«Weiß er, wo er mich finden kann?»

«Er wird dich schon finden.»

«Danke.»

«Adiós, amigo», sagte del Rio und legte auf.

Susan hatte inzwischen eine Strumpfhose und ein Paar hochhakkige Schuhe und eine honigfarbene Seidenbluse an. Sie hielt eine karamelfarbene Kombination vor sich und betrachtete sie wohlwollend im Spiegel.

«Weißt du noch, als es keine Strumpfhosen gab?» sagte ich.

Susan drehte sich ein wenig und begutachtete die karamelfarbene Kombination aus einem anderen Blickwinkel.

«Strümpfe mit Strapsen und Strumpfhaltern», sagte ich. «So war das damals.»

Susan nickte sich im Spiegel zu und hängte die Jacke an einen Stuhl. Sie streifte sich die hochhackigen Schuhe ab und den Rock an. Dann stieg sie wieder in die Schuhe und zog die Jacke an.

«Das Neue», sagte ich, «ist nicht immer auch das Bessere.»

Susan schüttelte den Kopf, zog die Jacke und die honigfarbene Bluse aus, wählte eine Goldkette mit Bernstein, legte sie um ihren Hals, zog die Jacke wieder an und knöpfte sie zu, blickte in den Spiegel, faßte sich ein paarmal in die Haare und drehte sich zu mir um.

«Okay», sagte sie. «Ich bin soweit.»

«Und so schnell», sagte ich.

Das Blumenarrangement im Restaurant L'Orangerie war ungefähr so groß wie ein Redwood-Baum. Susan und ich bestellten Hühnchen aus dem Ofen und eine Flasche Gravas.

«Also, ist die Reise ein Erfolg gewesen?» fragte Susan.

«Jede Reise ist ein Erfolg, wenn wir sie gemeinsam unternehmen», sagte ich.

«Das stimmt», sagte Susan und schenkte mir eines ihrer Lächeln, die zum Herzstillstand führen können. «Und hast du etwas herausbekommen, das dir bei der Suche nach Lisa weiterhilft?»

«Ich habe eine Menge Informationen herausbekommen», sagte ich.

«Nützliche Informationen?»

Ich zuckte mit den Achseln.

«Weiß nicht. Man kann ziemlich sicher davon ausgehen, daß die meisten Informationen nichts nützen. Bei diesem Fall zumindest. Aber normalerweise kann man das nie vorher wissen. Ich werfe einfach meine Netze aus und sehe, was darin hängenbleibt.»

Susan trennte sorgfältig die Haut von ihrem Hühnchen.

«Bist du nicht die Puppe, die vor ein paar Tagen mehr mexikanisches Essen verdrückte als Pancho Villa?» sagte ich.

«Das hier ist kein mexikanisches Essen», sagte sie.

«Ach so», sagte ich.

Wir können doch nicht den Rest unseres Lebens zusammen verbringen ohne Sex, mein Engel», sagte er.

Zum ersten Mal sprach er es direkt an. Sie spürte, wie sich ihr Brustkorb zusammenzog, spürte den scharfen Stich der Angst im Magen.

«Wir können überhaupt nicht den Rest unseres Lebens zusammen verbringen, Punkt!» sagte sie.

Sie trug ein kariertes Hemd und einen Fransenrock und Cowboystiefel und fühlte sich wie eine der Tänzerinnen in Oklahoma.

«Wir hatten oft Sex miteinander.»

«Ich benutze lieber den Ausdruck einander lieben, Luis.»

«Und jetzt sollen wir uns nicht lieben?»

«Ich liebe dich nicht Luis, erinnerst du dich? Ich liebe dich nicht.»

«Die Liebe ändert sich nicht, nur weil sie Änderung findet», sagte er.

Mein Gott, dachte sie, er muß sich auf diese Unterhaltung vorbereitet haben. Den Spruch hatte er bestimmt in irgendeinem Zitatenbuch nachgeschlagen. Die Verszeile stammte von einem berühmten Dichter, das wußte sie, aber sie wußte nicht, von wem.

«Das sollte sie aber», sagte sie. «Wenn du dich veränderst, verändert sich auch deine Liebe.»

«Und du hast dich verändert?»

«Ja.»

«Ich mich aber nicht», sagte er.

Er stand vor ihr in einem schwarzen Cowboyanzug. Sie vergaß immer wieder, wie groß er war. Seine Kindhaftigkeit, seine merkwürdige, sadistische Verletzbarkeit ließen ihn in ihrer Erinnerung kleiner erscheinen. Jetzt mußte sie zu ihm aufsehen.

«Ich kann es nicht, Luis.»

«Du kannst nicht? Vielleicht wirst du müssen.»

Sie schüttelte hartnäckig den Kopf. Sie wußte, daß es in ihrer Lage vergeblich war, nein zu sagen, aber sie sagte dennoch beharrlich, blind, verbissen nein.

«Ich kann es nicht, Luis.»

Kapitel 24

Am Morgen nach unserer Rückkehr aus L.A. fuhr ich an einem bezaubernden, hellen Frühlingsdienstag nach Haverhill, um Angela Richards Eltern zu suchen.

Ich kaufte koffeinfreien Kaffee und zwei Donuts bei Dunkin Donuts, weil sie dort diese Henkelchen an den Donuts haben. Mit den Donuts schmeckte das koffeinfreie Zeug ein bißchen mehr nach Kaffee, und wegen des Wetters fühlte ich mich gut. Wenn ich an den Ausflug nach L.A. mit Susan dachte, fühlte ich mich auch gut. Ich hatte ein paar Sachen herausbekommen, und wir hatten eine schöne Zeit miteinander gehabt. Mit dem, was ich herausbekommen hatte, kam ich zwar bei der Suche nach Lisa St. Claire / Angela Richard anscheinend auch nicht weiter. Aber ich hatte schon als Polizist gelernt, daß es darum ging, immer mehr herauszubekommen. Irgendwann würde etwas Nützliches dabeisein. Deshalb fuhr ich jetzt nach Haverhill. In meinem bisherigen Leben hatte ich wenig Grund gehabt, nach Haverhill zu fahren. Es war, wie ich wußte, eine kleine Stadt nördlich von Boston am Merrimack, östlich von Proctor. Ich wußte auch, daß der Dichter John Greenleaf Whittier in Haverhill geboren war.

Ich stellte den Wagen vor der Stadtbibliothek ab und ging hinein und besorgte mir das örtliche Telefonbuch. Es gab fünf Richards. Vier waren Männer. Eine Eintragung lautete M. Richard, was normalerweise eine Frau bedeutete. Ich verließ die Bibliothek, stieg ins Auto, suchte den Stadtplan und zog die übliche Geschichte durch. Drei waren nicht zu Hause. Dann gab es ein junges Paar mit einem zehn Monate alten Baby. M. Richard war die richtige.

Ich sagte: «Haben Sie eine Tochter namens Angela?»

Sie zögerte, dann fragte sie: «Wieso wollen Sie das wissen?»

Sie war eine ziemlich große Frau, die auf ihr Aussehen achtete. Sie trug ein Baumwollkleid mit einem Gürtel, hatte kurze, graumelierte Haare und eine Brille mit Goldrand, die an einer blauen Kette an ihrem Hals baumelte.

«Ich bin Detektiv», sagte ich. «Sie ist als vermißt gemeldet worden.»

«Das wundert mich nicht», sagte M. Richard. «Sie hat einen Großteil ihres Lebens als vermißte Person zugebracht.»

«Darf ich hereinkommen?» fragte ich.

«Können Sie sich ausweisen?»

Ich zeigte ihr etwas. Hinter ihr erschien eine kleine bleiche Frau in einem Jeanskleid. Sie sah mich an. In ihrem Blick lag nicht eine Spur Freundlichkeit.

«Alles in Ordnung, Mimmi?»

M. Richard nickte, ohne etwas zu sagen, und studierte sorgfältig meine Zulassung.

Dann sagte sie: «Er fragt nach Angela.»

«Das sind doch uralte Geschichten, Mann», sagte die bleiche Frau. Ihre kurzen blonden Haare hatte sie zu einer straffen Dauerwelle frisieren lassen.

«Das kann schon sein», sagte ich. «Aber vermißt wird sie trotzdem. Darf ich hereinkommen?»

Ich ließ mein Verführerlächeln spielen.

«Wir können nichts für Sie tun», sagte die bleiche Frau.

War wohl nichts mit dem Verführerlächeln.

«Schon gut, Marty», sagte M. Richard.

Sie trat zur Seite.

«Kommen Sie herein, Mr. Spenser.»

Es war ein großes, altes Haus mit dunklen Holzpaneelen und hohen Decken. Die Fußbodendielen aus Eichenholz glänzten. Im ganzen Erdgeschoß waren die Gardinen halb zugezogen. Linker Hand blickte ich in die gute Stube, deren Möbel mit Laken abgedeckt waren. Rechts lag eine Art Wohnzimmer mit schweren Möbeln und einem erkalteten Kamin aus dunklen Kacheln. Die Vorderfront war durch eine lange, abfallende Rasenfläche von der Straße abgesetzt. Die Mauern waren dick, und als M. Richard die Tür schloß, war es sehr still im Haus. Wir gingen ins Wohnzimmer. Marty ließ mich keinen Augenblick aus den Augen, falls ich versuchen sollte, das Tafelsilber mitgehen zu lassen.

M. Richard sagte: «Möchten Sie eine Tasse Kaffee haben, Mr. Spenser? Oder Tee? Oder ein Glas Wasser?»

«Nein, danke, Mrs. Richard. Wann haben Sie das letzte Mal Ihre Tochter gesehen?»

«Neunzehnhundertachtzig», sagte sie. «Am Abend, bevor sie mit dem Pontevecchio-Jungen weglief.»

Neben ihr schnaubte Marty verächtlich.

«Das kleine Fräulein mit Hummeln im Hintern», sagte sie.

«Und seitdem hatten Sie in der ganzen Zeit keinen Kontakt zu ihr?»

M. Richards Mund war sehr fest.

«Nein», sagte sie, «keinen.»

«Wie ist es mit ihrem Vater?»

«Mimmi, das brauchst du dir nicht antun», sagte Marty.

M. Richard lächelte sie sanft an.

«Es geht schon, Marty», sagte sie. «Angelas Vater lebt oder lebte in Brunswick, Maine.»

«Die Adresse?» fragte ich.

«Habe ich nicht, lediglich eine Briefkastennummer», sagte sie. «Er schrieb mir vor einigen Jahren einen Brief. Ich habe nicht geantwortet. Vaughn ist für mich gestorben.»

«Vaughn ist sein Vorname?»

«Sein zweiter Name, um genau zu sein, aber er hat nur ihn verwendet. Sein voller Name ist Lawrence Vaughn Richard.»

«Erzählen Sie mir etwas über Angela», sagte ich.

«Sie war ein widerspenstiges, ungehorsames Kind», sagte M. Richard. «Sie und ihr Vater hätten mich beinahe in den Wahnsinn getrieben.»

«Erzählen Sie mir davon.»

«Er war ein Säufer und Frauenheld.»

«Ein Mann eben», brummte Marty, die neben ihr auf der Couch saß. Das Verführerlächeln war bei ihr wahrscheinlich die reinste Verschwendung gewesen.

«Und sie war seine Tochter», sagte M. Richard. «Der Stress, den die beiden verursachten, hat mich in die Alkoholabhängigkeit getrieben.»

«Von der Sie sich aber erholt haben?»

«Die Abhängigkeit ist lebenslänglich, aber ich trinke nicht mehr.»

«Anonyme Alkoholiker?»

«Ja. Dort habe ich Marty kennengelernt.»

«Und weshalb haben Sie die ganze Zeit keinen Kontakt zu Ihrer Tochter gehabt?» fragte ich.

«Sie hat mich nicht kontaktiert.»

«Und wenn sie es versucht hätte?»

«Dann hätte ich nicht darauf reagiert.»

Ich nickte. Die Wände des Wohnzimmers waren rötlichbraun gestrichen, vor den Fenstern hingen schwere Vorhänge. Auf dem Boden lag ein dunkler, hauptsächlich rötlichbrauner Teppich. Irgendwo, vielleicht im Raum mit den abgedeckten Möbeln, hörte ich das Ticken einer Uhr.

«Das alles liegt hinter mir», sagte M. Richard. «Der Mann, das Kind, die Ehe, der Alkohol, die Schmerzen. Ich bin jetzt ein anderer Mensch. Mein Leben ist anders geworden.»

Ich sah Marty an. Sie betrachtete mich so, wie ein Hammer einen Nagel fixiert.

«Wußten Sie, daß Ihre Tochter geheiratet hatte?»

«Nein.»

«Haben Sie jemals etwas von einem Luis Deleon gehört?»

«Nein, niemals.»

«Lisa St. Claire?»

«Nein.»

«Frank Belson?»

«Nein.»

«Ihre Tochter ist ebenfalls eine ehemalige Alkoholkranke», sagte ich.

«Das geht mich nichts mehr an.»

«Mimmi interessiert sich nicht mehr für Ihre Welt», sagte Marty. «Was halten Sie davon, wenn Sie einfach aufstehen und dorthin zurückkehren?»

Marty war sehr angespannt, wie sie neben M. Richard dasaß auf der Couch. Sie beugte den Oberkörper über ihren zusammengepreßten Schenkeln vor.

«Ich wußte nicht, daß das meine Welt ist», sagte ich.

M. Richard stand mit einer graziösen Bewegung auf. Ihre Stimme war ruhig.

«Ich bringe Sie zur Tür, Mr. Spenser. Es tut mir leid, daß ich Ihnen nicht weiter behilflich sein kann.»

«Mir auch», sagte ich und gab ihr meine Karte. «Sollte sich etwas Hilfreiches ereignen, rufen Sie mich bitte an.»

M. Richard legte die Karte auf einem Tischchen ab, ohne sie anzusehen. Sie machte mir die Tür auf, und ich trat ins Freie.

«Auf Wiedersehen», sagte sie und schloß die Tür.

Als ich auf einem Plattenweg über den abfallenden Rasen zu meinem Wagen ging, schoß eine Krähe herab, packte einen Wurm und riß ihn aus der Erde. Mit dem Wurm im Schnabel flog sie in einen großen Ahornbaum, der neben dem Haus stand. Ich stieg in mein Auto. Es müßte schon in der Hölle ordentlich kalt werden, bevor ich eine der beiden Damen noch einmal mein Verführerlächeln sehen ließ.

«Vaughn», sagte ich zur Krähe, «hab ich dich, du alter Schlawiner!»

Kapitel 25

Nach Brunswick brauchte ich etwa zwei Stunden, und weitere fünfundvierzig Minuten verbrachte ich in der Stadtbibliothek von Brunswick, bevor ich schließlich Vaughn Richards Adresse im städtischen Adreßbuch fand. Zum Glück gab es einen Donutladen in der Stadt, gleich neben dem College, also konnte ich mich stärken, bevor ich auf einer Nebenstraße Richtung Süden und Freeport die Stadt verließ. Auf der linken Seite entdeckte ich Richards Briefkasten, der mit einem gemalten Fasan geschmückt war, bog von der Straße ab und fuhr auf einem aus zwei ausgefahrenen Radspuren bestehenden Weg durch ein Wäldchen von Pinien und weißen Birken, vorbei an einer ungestrichenen Garage, in der ein alter Dodge-Lieferwagen stand, bis ich vor einem kleinen, verwitterten, mit Holzschindeln gedeckten Haus stand, das von einem Hügel aus die Casco Bay überblickte. Ich stieg aus. Zwei langbeinige Jagdhunde, die sich auf der dem Ozean zugewandten Holzveranda gesonnt hatten, schüttelten sich wach und fingen an zu bellen. Ein großer Kerl mit einem langen Oberkörper und kurzen Beinen kam aus dem Haus. Die Augen kniff er in dem fast mittäglichen Sonnenlicht zusammen und sah mich an. Die grauen Haare fielen ihm auf die Schultern, und im Gesicht hatte er eine Wochenlieferung weißer Bartstoppeln. Sein weißes T-Shirt mit V-Ausschnitt spannte sich ein wenig über dem Magen, während er seine khakifarbene, zerknitterte Hose dafür tief auf der Hüfte trug, unterhalb des Bauchs.

«Vaughn Richard?» fragte ich.

«Ja?»

Ich ging auf ihn zu. Die Hunde bellten immer noch, aber nur noch aus Pflichtgefühl. Besonders bedrohlich klang es nicht.

«Ich heiße Spenser», sagte ich. «Ich suche eine Frau namens Angela Richard.»

Die Hunde umkreisten mich jetzt und schnüffelten an mir herum. Ich kratzte den einen hinter dem Ohr, und der andere streckte seinen Kopf hin, damit ich auch ihn kratzen konnte.

«Warum?» fragte Vaughn. Er hatte eine Fahne.

«Sie wird vermißt. Ihr Ehemann macht sich Sorgen.»

«Sie hat einen Ehemann?»

«Ja.»

«Scheiße, das habe ich gar nicht gewußt.»

«Jetzt wissen Sie's», sagte ich. «Sie ist Ihre Tochter?»

«Das könnte man so sagen.»

«Könnte man?»

«Ich meine, ja, sie ist meine Tochter, aber ich hab sie seit fünfzehn, zwanzig Jahren nicht mehr gesehen. Die Alte ließ mich nicht in ihre Nähe.»

«Sie können sich nicht denken, wo sie jetzt sein könnte?»

«Scheiße, nein.»

«Haben Sie in den letzten Monaten von ihr gehört?»

«Natürlich nicht», sagte Vaughn. «Mit mir wollte sie nichts zu tun haben.»

«Sie hat verschiedenen Leuten erzählt, daß sie sich gern auf die Suche nach Ihnen machen würde», sagte ich. «Sie hat Ihren Namen auf einen Notizblock gekritzelt.»

«Meinen Namen?»

«Vaughn», sagte ich.

«Ja. Das bin ich. Ist eigentlich mein zweiter Name, wissen Sie? Mein erster Name ist Lawrence, den benutze ich aber nie. Sie hat ihn auf einen Block geschrieben?»

«Mhm.»

«Was hat sie gesagt, weshalb sie mich finden wollte?»

«Soweit ich weiß, hat sie das gar nicht gesagt. Die Menschen, mit denen sie darüber gesprochen hat, nahmen an, daß sie irgendwie mit ihrer Familie ins reine kommen, vielleicht ihren Frieden mit ihrer Kindheit machen wollte.»

Die Hunde waren mit dem Schüffeln fertig, und da sie auch ihr Plansoll an Bellerei erfüllt hatten, fläzten sie sich wieder in die Sonne. Von der Veranda führte eine Schiebetür ins Wohnzimmer des kleinen Hauses. Auf dem Tisch stand eine Literflasche Wodka und daneben eine große Plastikflasche Fanta. An der Hauswand neben der Veranda stapelten sich Hummerkörbe, und darüber hatte irgend jemand aus Sperrholz eine Ablage für Feuerholz zusammengeschustert. Am Fuß des kleinen Hügels stieß ein kurz angeleintes Ruderboot bockig an einen Holzsteg, der auch nicht besser gebaut war als die Holzablage.

«Sie wollte mich finden?» sagte Vaughn.

«Das hat sie gesagt.»

«Was soll das heißen, sie ist verschwunden?»

«Ihr Mann kam eines Tages nach Hause, und sie war nicht da. Kein Brief, nichts. Sie war weg.»

Vaughn zog die Brauen zusammen.

«Sind Sie 'n Cop?»

«Privatdetektiv», sagte ich.

«Von ihrem Ehemann angeheuert?»

«Ja.»

Vaughn hatte einen starken Unterkiefer. Jetzt schob er ihn vor, damit er mit den unteren Zähnen auf seiner Oberlippe herumkauen konnte.

«Sie glauben, daß sie abgehauen ist?»

«Ich weiß es nicht. Ihre Handtasche ist weg. Und die Sachen, die sie anhatte. Sonst nichts. Sie hat kein Geld von der Bank abgehoben. Auch nicht von Geldautomaten. Ihre Kreditkarten hat sie nicht benutzt.»

«Sie glauben also, das etwas Schlimmes passiert sein könnte?»

«Ich weiß nicht, was passiert ist», sagte ich.

«Scheiße, ich will nicht, daß ihr etwas Schlimmes zustößt.»

«Das ist nett von Ihnen», sagte ich.

Vaughns Augen sahen etwas feucht aus.

«Na ja, so ist es eben. Hab sie eine Weile nicht gesehen, aber, Scheiße, sie bleibt doch mein kleines Mädchen, verstehen Sie. Ich hatte sie eine Weile bei mir, bis mir die Alte die Cops auf den Hals jagte, dann durfte ich sie nicht mehr behalten.»

«Und seitdem sind Sie immer schön fleißig in Verbindung geblieben», sagte ich.

«Ich wußte nie, wo sie war», sagte er. «Ich wußte ja nicht, daß sie mich sehen wollte.»

Sein Gesicht war aus dem Leim gegangen, und er heulte. Richtige Tränen und alles.

«Ich wußte es doch nicht», sagte er.

Hätte ich seine Fahne nicht gerochen und den Wodka auf dem Tisch nicht gesehen, wäre ich gerührt gewesen. Ich hatte aber zu viele besoffene Heulsusen gesehen, um von Vaughn beeindruckt zu sein. Es war die Art von Traurigkeit, die nach einem weiteren Wodka mit Fanta wie weggewischt wäre. Andererseits verspürte ich kein Bedürfnis, die Tatsache zu erwähnen, daß sein Schwiegersohn angeschossen worden war.

«Schon mal den Namen Luis Deleon gehört?» fragte ich.

Vaughn schüttelte den Kopf.

«Frank Belson?»

Wieder schüttelte er den Kopf.

«Elwood Pontevecchio?»

«Was'n das für'n Name?» sagte Vaughn.

«Schon mal von ihm gehört?»

«Nein.»

«Lisa St. Claire?»

«Nein.»

«Haben Sie sich seit damals mit Angelas Mutter unterhalten?»

«Scheiße, nein.»

«Wovon leben Sie hier draußen?» fragte ich.

«Bißchen Hummerfang. Bißchen Feuerholz. Ab und zu etwas Heu mähen. Arbeitslosenhilfe. Es reicht.»

«Sie haben keine Idee, wo Ihre Tochter sein könnte?»

«Nein.»

Er sprach wieder ruhig. Seine Trauer hatte sich offensichtlich ein wenig gelegt.

«Wie heißen die Hunde?» fragte ich.

«Buster und Scout. Buster ist der mit dem weißen Fleck auf der Schnauze.»

«Jagdhunde?»

«Sicher. Gute Jäger. In der Saison bringen sie ein paar nette Vögel auf den Eßtisch.»

Ich gab ihm meine Karte.

«Wenn Sie irgendwas hören, wenn Ihnen etwas einfällt, rufen Sie mich an. Es gibt vielleicht eine Belohnung.»

Die Sache mit der Belohnung hatte ich erfunden, aber auf die reine Vaterliebe wollte ich mich lieber nicht verlassen.

«Wenn Sie sie finden, sagen Sie ihr, wo ich bin», sagte er. «Sagen Sie ihr, daß ich sie liebe.»

«Klar», sagte ich, «mache ich.»

Er wollte schon wieder losheulen. Ich stieg ins Auto, wendete und fuhr zurück Richtung Straße. Ich konnte ihn im Rückspiegel sehen, wie er auf der Veranda stand und mir nachsah. Dann drehte er sich um und ging durch die Schiebetür ins Haus. Wodka mit Fanta. Grundgütiger!

Kapitel 26

Donnerstag früh erschien Chollo in meinem Büro. Auf der Fahrt nach Proctor erzählte ich ihm, worum es ging. Vielleicht fand er die Geschichte ganz interessant. Gesagt hat er nichts. Um 11.30 Uhr an einem regnerischen Aprilmorgen stiegen wir vor dem Club Aguadillano aus dem Auto. Auf dem Parkplatz standen drei Autos. Vor Jahren schon hatte der Frost den Asphalt zerbröckeln lassen, und durch die Risse schob sich tüchtig das Unkraut. Der Club selbst war ein Flachbau aus Gasbetonsteinen mit einem gläsernen Windfang, auf dem der Name des Clubs in fließender rosaroter Neonschrift angebracht war. Zu beiden Seiten des Eingangs hatte jemand irgendwelche Nadelbäume in zwei Holzzubern gepflanzt, aber sie waren nie groß geworden und standen jetzt kahl und dürr im Frühlingsregen herum. An einer Ecke stand ein blauer Müllcontainer, aus dem grüne Müllsäcke quollen. Als Hilfe für kurz geratene Hausmeister lag vor dem Container eine Eisenbahnschwelle. Hinter dem Club floß verdrießlich-grau, pockennarbig vom Regen und mit gelbem Schaum befleckt der Fluß. Von weiter stromaufwärts kam das unnachgiebige Rauschen der hinter einer Flußbiegung unsichtbaren Stromschnellen. Aus dem Club kam das Geräusch von Salsamusik.

Chollo starrte auf den Club. Er war schlank und entspannt, trug die schwarzen Haare schulterlang und hatte einen Diamanten im Ohr. Sein schmales, dunkles Gesicht hatte mehr Indianisches als Spanisches an sich. Er trug einen schwarzen Regenmantel mit Tweed-Finish und Gürtel, zugeknöpft und mit hochgeschlagenem Kragen.

«Ihr Scheiß-Yankees versteht euch auf häßlich», sagte er. «Das muß man euch lassen.»

«He», sagte ich, «das hier ist ein Hispanic-Schuppen.»

«Yankee-Hispanic», sagte Chollo. «Man könnte bei der Fußpflege mehr Spaß haben.»

«Wir sind hier nicht zum Spaß», sagte ich.

«Ein Glück», sagte Chollo.

Wir gingen hinein. Der Raum war hell erleuchtet, rosarot gestrichen und vollgestellt mit kleinen Tischen und wackligen Stühlen. Die Jukebox spielte laute Musik. Gegenüber dem Eingang war die Theke, und hinter der Theke stand ein riesiger Mann mit kräftigen Unterarmen, einem großen Bauch und einer Glatze. Als wir die Theke erreichten, kam er auf der anderen Seite auf uns zu. Hinten in seinem Gürtel steckte ein abgesägter Baseballschläger, der ihm quer über dem Rücken lag. Mich sah er gar nicht erst an. Er sprach auf spanisch zu Chollo.

«Tequila», sagte Chollo.

Auf den Unterarmen des Barkeepers waren ineinander gewundene Schlangen tätowiert. Als er die Flasche Tequila vom Regal hinter sich holte und uns zwei Schnapsgläser eingoß, ließ das Spiel seiner Unterarmmuskeln die Schlangen tanzen. Er stellte die Flasche zurück und bückte sich, um ein paar Gläser in der Spüle unter der Theke auszuwaschen. Ich nippte an meinem Glas. Es war das übelste Zeug, das ich je getrunken hatte. Und das vormittags. Chollo nahm einen Schluck Tequila. Sein Gesicht blieb ausdruckslos. Er sagte dem Barkeeper etwas. Der Barkeeper antwortete, ohne aufzusehen, und Chollo übersetzte.

«Er sagt, daß wir es nicht zu trinken brauchen.»

«Was hast du ihm gesagt?»

«Ich sagte ihm, sein Pferd hätte Nierenprobleme», antwortete Chollo.

Zwei Männer und eine Frau, alle drei Hispanics, saßen an einem Tisch in der Nähe der Theke. Sonst war der Club leer.

«Ich möchte gern mit Freddie Santiago sprechen», sagte ich zum Mann hinter der Theke.

Er sah kurz von seinen Gläsern auf und blickte mich an, ohne etwas zu sagen. Er hatte kleine Augen, die noch kleiner wirkten, weil die Haut ringsum aufgedunsen war. Zum Teil wegen des Alters, zum Teil vermutlich wegen des Alkohols, zum Teil wegen der Narben. Dann blickte er wieder in seine Spüle. Zwei junge Hispanics in Arbeitskleidung kamen in den Club und liefen schnurstracks zur Bar. Der Barkeeper richtete sich auf und ging zu ihnen. Sie redeten kurz. Sie gaben ihm Geld. Er reichte ihnen einen Umschlag, der unter der Theke gelegen hatte. Sie gingen, ohne jemanden anzublicken. Der Barkeeper kam zurück.

«Green Cards?» sagte ich freundlich, um die Unterhaltung in Gang zu bringen.

Der Barkeeper steckte das Geld in die Kasse und achtete nicht weiter auf mich.

«Green Cards», sagte Chollo.

Aus der Tür am anderen Ende der Bar trat ein großer, grauhaariger Typ mit einer randlosen Brille und einem blauen Dreireiher. Er betrachtete uns eine Weile, dann spazierte er hinter der Theke auf uns zu. Er sprach mit Chollo auf spanisch. Chollo deutete mit dem Kopf auf mich.

«Sie möchten gern mit Freddie sprechen?» sagte der Grauhaarige.

«Ja.»

«Warum?»

«Ich suche eine Anglo-Frau, die vielleicht bei einem Typen namens Luis Deleon in Proctor ist.»

«Und?»

«Ein Cop und ein Priester haben mir beide erzählt, daß Freddie Santiago in Proctor das Sagen hat.»

«Stimmt.»

«Ich möchte, daß er mir hilft.»

«Und was springt für Freddie dabei heraus?»

Ich zuckte mit den Achseln.

«Das bespreche ich mit Freddie», sagte ich.

Der Grauhaarige blickte wieder zu Chollo. Chollo lehnte an der Bar und betrachtete die Interaktion zwischen den beiden Männern und der Frau am Tisch in unserer Nähe. Es sah so aus, als habe er Mühe wachzubleiben. Der Grauhaarige nickte, drehte sich wortlos um und verschwand wieder durch die Tür am Ende der Theke.

Wir warteten. Die zwei Schnapsgläser mit dem Zeug, das vielleicht Tequila war, standen immer noch vor uns auf der Theke. Wir waren tapfer, aber nicht selbstmörderisch tapfer. An dem Tisch in unserer Nähe stand die Frau auf und ging zur Toilette. Sobald sie verschwunden war, setzten sich die Männer auf, steckten die Köpfe zusammen und redeten lebhaft aufeinander ein.

Eine Gruppe von acht Teenagern kam herein, alles Anglo-Jungs, alle minderjährig. Zwei trugen die grüngoldenen Trainingsjacken von Merrimack State. Einer von ihnen, ein schwer gebauter, kräftiger und dicker Junge, wahrscheinlich ein Footballspieler, brüllte zum Barkeeper:

«He, Dolly, eine Runde Bier, okay?»

Der Mann hinter der Theke stellte braune Bierflaschen ohne Etikett auf die Theke und begann, die Kronkorken abzudrücken. Ohne Öffner. Keine Gläser. Die Kids kamen an die Bar, um sich die Flaschen zu holen.

«Zehn Dollar», sagte der Barkeeper.

«Wieso läßt du uns nicht anschreiben, Dolly? Vertraust du uns nicht?»

«Zehn Dollar.»

Der Dicke grinste und legte einen Zehndollarschein auf die Theke.

«Wo wir schon so lange herkommen, Dolly. Wo wir so viel Spaß miteinander gehabt haben, aber Scheiße, du vertraust uns nicht.»

Dolly nahm den Zehner von der Theke und steckte ihn in die Kasse. Dann lehnte er sich an die Rückwand der Bar und betrachtete den Jungen mit einem ausdruckslosen Gesicht.

«He, Dolly, lach mal!» sagte der Junge und stolzierte an seinen Tisch zurück.

Wahrscheinlich der härteste Kerl in der ganzen Footballmannschaft. Dolly würde keine fünfzehn Sekunden brauchen, um ihn krankenhausreif zu schlagen. Der Grauhaarige erschien in der Tür am Ende der Bar. Er sagte etwas zu Dolly, der die Theke entlang zu uns kam.

«Da», sagte er und deutete mit dem Kopf auf die Tür.

Hinter der Tür lag ein großes Büro. Oberhalb der Eichentäfelung waren die Wände in einem beruhigenden Grünton gestrichen. Uns gegenüber nahm ein Bücherregal mit Ledereinbänden die ganze Wand ein. Ich sah unter anderem die gesammelten Werke von Mark Twain und Booth Tarkington. Ein paar Handlanger standen herum, wahrscheinlich Leibwächter, aber die beherrschende Gestalt im Raum war der mittelgroße Mann, der hinter dem großen viktorianischen Schreibtisch saß. Die Hände hielt er ruhig gefaltet auf der mit grünem Leder bezogenen Tischplatte. Er war adrett gekleidet, dunkelgrauer Anzug, weißes Hemd, silbergraue Seidenkrawatte, silbergraues Seidentaschentuch in der Brusttasche. Der Anzug war gut geschnitten, und er trug ihn gut. Seine Fingernägel waren manikürt. Sein dunkles Gesicht war ledrig und voller Blatternarben, wahrscheinlich von einer Kinderkrankheit. Von den Nasenflügeln bis zu den Mundwinkeln zogen sich dicke Falten. Als wir hereinkamen, nickte er uns zu.

Der Grauhaarige sagte etwas auf spanisch.

Chollo übersetzte für mich: «Sie tragen beide Waffen, Chef.»

«Das Wort ‹Jefe› verstehe ich», sagte ich.

«Scheiße», sagte Chollo, «wozu brauchst du mich dann?»

«Laß sie ihre Pistolen behalten», sagte Santiago. Er sah die ganze Zeit auf Chollo.

Dann sprach er auf spanisch zu Chollo.

Chollo übersetzte: «Wer bist du?» und antwortete auf spanisch.

Santiago nickte.

«Wir sparen Zeit, wenn wir alle englisch reden», sagte er. «Du bist Mexikaner. Das erkenne ich am Akzent.»

«Sí», sagte Chollo. «East Los Angeles.»

«Wärst du aus dieser Gegend», sagte Santiago, «würde ich dich kennen.»

Er blickte zu mir, ohne den Kopf zu bewegen.

«Und Sie?»

«Mein Name ist Spenser», sagte ich. «Ich suche eine Frau namens Lisa St. Claire. Sie ist verschwunden. Wie ich gehört habe, könnte sie bei einem Typen namens Luis Deleon in Proctor sein.»

«Und Sie möchten, daß ich Ihnen helfe?»

«Ja.»

Neben Santiago und dem Grauhaarigen waren drei weitere Hispanics im Raum. Sie lehnten an verschiedenen Wänden und machten verächtliche und äußerst gefährliche Gesichter, die Komparsen in einem Film mit George Raft. Der ganze Raum hatte etwas Theatralisches an sich, als wäre er extra als Büro eines gefährlichen Gangsters entworfen worden. Freddie Santiago nahm sich eben ernst.

«Weshalb glauben Sie, daß sie bei Deleon ist?»

«Er war wohl früher ihr Lover. Auf ihrem Anrufbeantworter ist eine Nachricht vom Tag ihres Verschwindens, gesprochen von einem Mann, der vielleicht einen spanischen Akzent hat und sagt, daß er vorbeikommen wird.»

«Das ist alles?»

«Man sagt, die Affäre wäre ziemlich heiß gewesen.»

«Das ist alles?»

«Das ist alles.»

«Und Sie halten das für einen ausreichenden Grund, Ihre Anglo-Nase in meine Stadt zu stecken?»

«Ich habe noch weniger Grund, sie woanders reinzustekken.»

Santiago lächelte kurz.

«Was wollen Sie machen, wenn Sie die Frau gefunden haben?» fragte er.

«Das hängt von ihr und den Bedingungen ab. Zuerst will ich sie finden.»

«Und ihr Mann? Wo ist er?»

«Jemand hat auf ihn geschossen.»

«Ist er tot?»

«Fast.»

«Und dieser junge Mann?» Santiago deutete mit dem Kopf auf Chollo.

«Mein Dolmetscher.»

«Und Lakai vielleicht? Leckt er Ihnen auch Ihre Anglo-Stiefel sauber?»

Weder Chollos Gesicht noch seine Stimme verrieten irgendeine Emotion.

«Sie sollten auf Ihre Worte achtgeben, Señor», sagte er sanft.

Santiago sagte: «Julio, schmeiß den Chicano raus.»

Einer der Komparsengangster stieß sich betont langsam von der Wand ab und ging auf Chollo zu. Er war etwa sechs Zentimeter größer als Chollo und dreißig Pfund schwerer. Er hatte diesen gelangweilten Gesichtsausdruck, auf den solche Gangstertypen so viele Trainingsstunden verwenden. Er legte eine Hand auf Chollos Arm. Chollos Hände bewegten sich so schnell, daß ich nicht genau erkennen konnte, was er machte, aber Julio lag auf dem Boden, japste nach Luft und hielt sich die Kehle, und Chollo hatte eine 9-mm-Pistole in der Hand.

«Ein Fehler, Jefe, mir meine Kanone zu lassen. Du glaubst, weil wir nur zwei sind, und ihr seid fünf...»

«Baptiste», sagte Santiago. «Du und Tomás, ihr bringt Julio raus, bis er aufhört zu würgen.»

Die beiden anderen Wandstützen verließen ihre Posten, wobei sie Chollo vorsichtig aus den Augenwinkeln beobachteten, halfen Julio auf die Beine und schleppten ihn aus dem Zimmer. Chollo steckte die Waffe nicht weg, aber er ließ den Arm sinken, so daß der Pistolenlauf auf den Boden zeigte.

«Du bist schnell beleidigt», sagte Santiago.

«Solange du das nicht vergißt, kommen wir gut miteinander aus», sagte Chollo.

Santiago lächelte.

«Ich gebe mir Mühe, mit den Menschen so gut wie möglich auszukommen», sagte er. Er wandte den Blick wieder mir zu. «Und Sie, Spenser, sind Sie auch schnell beleidigt?»

«Ich nicht», sagte ich. «Ich bin ein Schmusekater.»

«Das kann sein», sagte Santiago. «Allerdings sehen Sie nicht aus wie ein Schmusekater.»

Ich lächelte, als hätte ich gerade einen Kanarienvogel im Mund, und wartete.

«Ich werde über Ihre Situation nachdenken», sagte Santiago. «Und, um die Wahrheit zu sagen, ob für mich dabei etwas herausspringen kann. Falls ja, setze ich mich mit Ihnen in Verbindung.»

Ich nahm meine Geschäftskarte aus der Hemdtasche und legte sie auf die Tischplatte aus grünem Leder.

«Rufen Sie mich an», sagte ich.

Santiago nickte.

«Und du, mein mexikanischer Freund, ziehst du gerade um, von Los Angeles hierher?»

«Ich bin nur zu Besuch hier», sagte Chollo. «Bei meinem Freund, dem Schmusekater.»

«Und was machst du in Los Angeles? Wenn du da bist?»

«Ich arbeite mit einem Mann namens del Rio zusammen», sagte Chollo.

«Ahh!» sagte Santiago und lächelte, als ob damit viel erklärt wäre.

Chollo lächelte zurück, und während er lächelte, verschwand die Pistole wieder unter seiner Jacke.

«Ahh!» sagte Chollo.

Jetzt war er auf den Beinen, lief auf und ab. Sie sah, wie er um Fassung rang, die Zigarre zwischen den Fingern hin und her rollte. Er hatte zarte Hände, so wie sie sich immer die Hände eines Chirurgen vorstellte, und seine Gestik war immer sehr ausdrucksvoll. Alles an ihm war Geste, war ausdrucksvoll. Sein Gesichtsausdruck war lebhaft, auch wenn er immer wieder versuchte, eine glatte und ausdruckslose Miene aufzusetzen. Seine Augen waren groß und ständig in Bewegung, beobachteten alles, wechselten ständig den Gegenstand. Er hatte jetzt eine große Videokamera in der Hand, die er aber nicht benutzte und anscheinend vergessen hatte. Während er hin und her lief, trat er immer wieder in den kleinen Lichtkreis am Tisch und zurück ins Dunkle.

«Das darfst du nicht», sagte er. «Du darfst mir nicht immer wieder solche Dinge sagen, mein Engel. Ich liebe dich zu sehr. Ich kann das nicht mehr hören.»

«Dann laß mich gehen», sagte sie.

Er war aus dem Lichtkegel herausgetreten, und sie konnte ihn im dunklen Raum nicht erkennen. Sie hatte keine Ahnung, welche Tages- oder Nachtzeit es war; sie wußte nicht mehr genau, wie lange sie schon gefangen war.

«Das ist so, als würdest du mich zum Sterben auffordern», sagte er.

Er kam wieder ins Licht zurück. Sein schmales, schönes, jungenhaftes Gesicht war auf einer Seite von der Lampe hell erleuchtet, auf der anderen noch im Dunkeln. Ein halbes Gesicht, lebhaft, bezwingend, faszinierend... und verrückt, dachte sie.

«Mich hierzubehalten ist so, als würdest du mich zum Sterben auffordern», sagte sie.

«Mit mir zusammenzusein, mit mir ein immer spannendes Leben im Wohlstand zu führen, das soll wie sterben sein? Weißt du, wer ich bin? Weißt du es noch? Weißt du, was aus mir geworden ist? Ich habe Geld, mehr Geld, als du dir vorstellen kannst. Ich kontrolliere alles hier. Du kannst alles haben, was du willst.»

«Ich will frei sein», sagte sie.

«Frei von mir?»

«Es geht nicht immer bloß um dich, Luis, verdammt noch mal. Ich will

frei sein, Punkt. Ich will selbst wählen, was ich tue und wohin ich gehe und wen ich liebe. Kannst du das nicht verstehen?»

«Ich will auch wählen, und ich wähle dich», sagte er. «Was ist mit dir geschehen, mein Engel? Mit der Anglo-Prinzessin, die mich früher ohne Scham geliebt hat? Hast du jetzt genug von dem dummen Latino-Jungen? Hast du jetzt beschlossen, wieder eine Anglo-Frau zu sein und einen stocksteifen Anglo-Mann zu heiraten und weiße Höschen zu tragen und zur Kirche zu gehen?»

Sie spürte, wie ihr Atem flach wurde. «Wenn ich jemanden liebe, Luis, dann ohne Scham, verstehst du? Es gibt nichts, weshalb ich mich schämen sollte.»

«Wir werden uns immer lieben», sagte er. Er stand wieder außerhalb des Lichtkegels, und seine Stimme kam merkwürdig körperlos aus dem Dunkeln jenseits der Lampe.

«Nein», sagte sie, und ihre Stimme war ruhig, auch wenn ihr Atem beim Sprechen schneller ging. «Das werden wir nicht. Du kannst mich vielleicht zwingen, dich zu ficken, aber wir werden uns nicht lieben.»

Er schwieg im Dunkeln. Dann ging das helle Kameralicht an, und sie hörte das erneute Surren der Videokamera. Hinter dem Licht hörte sie seine Stimme: «Ich habe gelernt, Chiquita, zu nehmen, was ich bekommen kann.»

Kapitel 27

Chollo und ich saßen hinten im silbergrauen Mercedes und ließen uns Proctor zeigen. Vorne rechts saß Freddie Santiago, und am Steuer der Limousine saß der Grauhaarige mit der randlosen Brille. Hinter uns fuhr ein schwarzer Lincoln, in dem fünf Typen mit Pistolen saßen. Damit niemand auf die Idee kam, Freddies Windschutzscheibe mit der Sprühdose zu nahe zu kommen. Es war wieder ein rauher Frühlingstag, und der angekündigte, aber noch nicht abgelieferte Regen hing schwer in der Luft. An den Straßenecken standen jetzt zur Mittagszeit Gruppen arbeitsloser Männer herum. Manche waren betrunken. Manche standen einfach herum. Ihre Sweatshirts mit den obligaten Kapuzen waren zu abgetragen, ihre Baseballjacken zu dünn, ihre Schultern waren vergeblich hochgezogen, als könnte auch der Frühling nichts gegen die innere Kälte der Hoffnungslosigkeit ausrichten. An einer Ecke war ein Feuer in einer Mülltonne angezündet worden, und acht oder zehn Männer und Jungen standen um das Feuer herum und ließen eine Literflasche Irgendwas in braunem Packpapier ziellos kreisen.

«Wahrscheinlich Sherry», sagte Freddie Santiago. «Die Papiertüte ist vom Getränkediscount. Kostet zwei Dollar neunundneunzig und knallt ordentlich. Gutes Preis-Leistungs-Verhältnis.»

«Schmeckt wie Kerosin», sagte Chollo.

«Sí. Aber um den Geschmack geht es nicht», sagte Santiago. «Wie die meisten Menschen hier haben sie viel Zeit und wenig Geld. Sherry hilft die Zeit vertreiben.»

«Arbeit auch», sagte Chollo.

«Es gibt keine Arbeit», sagte Santiago, «höchstens solche Arbeit, wie du sie machst, mein mexikanischer Freund. Das hier war mal eine richtig geschäftige Industriestadt, eine Yankee-Stadt. Haben Sie den schönen Rathausturm mit der Uhr gesehen? Viele Iren und Frankokanadier sind hierhergekommen, um in den Textilfabriken zu arbeiten. Paar Araber auch. Dann kamen die Juden, organisierten die Fabrikarbeiter, trieben die Lohnkosten hoch, und die

Yankees zogen ab und nahmen ihre Fabriken mit... in den Süden, wo die Arbeiter nicht organisiert waren und die Nigger bereit waren, für die Hälfte des Lohns zu arbeiten, den man hier oben zahlen mußte.»

Santiago hielt inne und zündete sich eine Zigarette mit einem goldenen Zigarettenanzünder an. Er sah nach, ob vielleicht ein Tabakschnipselchen auf seinen weißen Regenmantel gefallen war. Draußen war der Frühling im vollen Gang, aber auf Proctor machte das keinen großen Eindruck. Es blühten keine Blumen, es sangen keine Vögel, und grün war des Lebens goldener Baum vielleicht, aber anderswo.

«Also gab es hier keine Arbeit und keine Leute, die arbeiten konnten.»

«Eine einmalige Gelegenheit», sagte ich.

«Genau», sagte Santiago. «Also kamen die Knoblauchfresser. Und jetzt gibt es keine Arbeit und zu viele Leute, die nicht arbeiten können.»

Santiago blies den Rauch durch die Nase aus und lächelte uns zu. Er hatte sich auf dem Beifahrersitz halb umgedreht und den linken Arm auf die Rücklehne gelegt. Sein kurzer Lehrgang zur Geschichte der Stadt Proctor schien ihm zu gefallen.

«Jetzt gibt es also die übriggebliebenen Iren, sie kontrollieren die Polizei. Und uns. Wir kontrollieren die Stadt.»

Ich sah aus dem Autofenster auf die heruntergekommenen Wohnhäuser und die Graffiti.

«Nicht besonders gut», sagte ich.

«Nein, gar nicht gut», sagte Santiago. «Und zwar, weil wir uns nicht zusammenraufen können. Wie Ihr mexikanischer Mitarbeiter Ihnen bestätigen kann, ist das Konzept der Hispanics als Gruppe ein Konzept der Gringos. Wir sind keine Hispanics oder, wie sie auf seiner Seite des Kontinents sagen, Latinos. Wir sind Puertoricaner, Mexikaner, Dominikaner. Wir sind wie Ihre Indianer im letzten Jahrhundert. Wir sind vom Stammesdenken beherrscht, wir kämpfen gegeneinander, anstatt uns gegen die Anglos zusammenzuschließen.»

«Es waren genaugenommen nicht meine Indianer», sagte ich.

Santiago drehte sich wieder, so daß er nach vorn sah, lehnte den

Kopf gegen die Nackenstütze und schloß die Augen. Er machte einen tiefen Zug an seiner Zigarette und ließ den Rauch langsam wieder heraus. Im Wageninneren hingen die Rauchschwaden. Irgendwann, dachte ich, werde ich ihn über die Gefahren des passiven Mitrauchens aufklären, aber nicht jetzt. Jetzt blieb ich ruhig und wartete darauf, daß er zur Sache kam.

«Ich habe sehr hart daran gearbeitet», sagte Santiago, «diese Menschen um ihre gemeinsamen Interessen zusammenzuschließen.»

Das Auto bog rechts ab, und wir fuhren an einer ausgebrannten Ladenfront vorbei. Es gab kein Glas in den Fenstern, und die Vordertür hing halb offen an einem Scharnier. Alte Blätter und verblichene Zeitungen waren vom Wind hineingeweht und zu unordentlichen Haufen an den hinteren Wänden gestapelt worden. Am Ende einer der schräg abzweigenden, düsteren Seitenstraßen sah ich die Kirche, deren Priester ein Alkoholproblem hatte. Wir fuhren also jetzt durch die engen und gewundenen Straßen von San Juan Hill. Der schwarze Lincoln hatte dicht aufgeschlossen.

«Aber...», sagte ich.

«Aber mich behindern...» Er zögerte. Den Kopf hielt er immer noch zurückgelehnt, die Augen geschlossen, und er schien nach den richtigen Wörtern zu suchen. Schließlich zuckte er mit den Achseln und fuhr fort.

«Ihr Luis Deleon zum Beispiel ist so ein Mensch, der mich behindert.»

Ich sah Chollo an. Er nickte. Jetzt kam er zur Sache. Bald würden wir wissen, woran wir waren.

«Das hier könnte ein richtiges Festessen sein, Señor Spenser», sagte Santiago, wobei er das Wort «Señor» betonte, als wollte er sich über mich oder vielleicht sich selber lustig machen.

«Das hier ist wie ein großer, toter Walfisch. Es gibt genug für viele Haie. Wir brauchen nicht gegeneinander zu kämpfen. Aber Luis... er ist jung, er interessiert sich nicht für übergreifende Fragen. Er und seine Leute sagen, San Juan Hill gehört ihnen.»

Santiago schüttelte traurig den Kopf.

«Wer könnte daran interessiert sein, einen Slum zu besitzen?» sagte er.

«Wem gehört der Rest vom Barrio?» sagte ich.

Santiago drehte sich wieder zu uns um. Er lächelte strahlend.

«Mir», sagte er. «Aber das ist kein Slum, und ich bin ein mildtätiger Besitzer.»

«Ja», sagte ich. «Bis auf dieses Viertel sieht die Stadt großartig aus.»

«Geben Sie mir etwas Zeit, Señor. Ich habe noch nicht genug Zeit gehabt. Ich habe viel Zeit damit zubringen müssen, Unruheherde zu befrieden und Unruhestifter auszuschalten.»

«Außer Deleon.»

«Sí.»

«Wie kommt es, daß er noch im Geschäft ist?» fragte ich.

«Er stellt eine Herausforderung dar. Er ist kein ungefährlicher Mann.» Er blickte zu Chollo: *«¿Un desperado?»*

«Das gleiche Wort», sagte Chollo.

Santiago freute sich.

«Ein Desperado, impulsiv, gut bewaffnet. Und mit einem großen, gut bewaffneten Anhang. Und wo sie wohnen ... ist es ... wie soll ich sagen ...?»

Er sah wieder zu Chollo und machte eine Geste mit der Hand, als wollte er eine Wendeltreppe beschreiben.

«¿Laberinto?» fragte er Chollo.

«Labyrinth», sagte Chollo.

«Genau. Es ist ein Labyrinth dort drinnen, Verbindungstunnel zwischen den Häusern, Essensvorräte, Barrikaden. Eine Nuß, die schwer zu knacken ist.»

«Die aber doch zu knacken wäre», sagte ich.

«Ja, von einem, der einfallsreich ist und die Kosten nicht scheut», sagte Santiago. «Bisher habe ich sie gescheut.»

«Aber ich scheue sie vielleicht nicht», sagte ich.

«Vielleicht nicht.»

Das Auto hielt an einer Kreuzung und bog dann nach links. Wir fuhren an einer verlassenen Tankstelle vorbei, ohne Zapfsäulen, ohne Fenster, ohne Türen. Um die leere Grube, wo früher der hydraulische Wagenheber gewesen war, stand eine Gruppe Männer. Sie waren ausgelassen und aufgeregt. Über ihren aufgeregten Stimmen waren Tiergeräusche zu hören.

«Kampfhunde», sagte Chollo.

«Sí», sagte Santiago. «Sie stecken sie in die Grube, dann schließen sie Wetten ab.»

«Muß Spaß machen», sagte ich. «Und was haben die Hunde davon?»

«Der Sieger überlebt», sagte Santiago.

Wir fuhren weiter. An der Kreuzung zweier menschenleerer Straßen auf einer kleinen Anhöhe hielten wir. Uns gegenüber stand ein Komplex dreistöckiger Wohnhäuser mit flachen Dächern. Die meisten Fenster waren zugenagelt, aber hier und dort waren kleine viereckige Öffnungen aus dem Sperrholz geschnitten worden. Die Bretterverkleidung der Häuser war früher einmal grau gestrichen, aber die Farbe war inzwischen abgeblättert, und man sah das alte, verwitterte Holz, das sich an vielen Stellen schon zu verwerfen begann. Auch die Fensterrahmen bogen sich und splitterten.

«Diese vier Gebäude sind Deleons Burg», sagte Santiago.

Die Hofeinfahrten zwischen den Gebäuden waren mit Sperrholzbrettern zugenagelt, so daß die vier Gebäude wie um einen geschlossenen Burghof gruppiert waren. Ich fragte mich, ob sich Lisa dort aufhielt. Wenn ja, war es ein anderes Wohngefühl als in Jamaica Plain in dem blitzsauberen Reihenhaus mit dem Umluftherd und dem Whirlpool.

«Wenn er die Anglo-Prinzessin hat, wird er sie hierher gebracht haben», sagte Santiago.

«Aber Sie wissen nicht, ob er sie hat», sagte ich.

«Es schmerzt mich, es zu sagen. Ich weiß fast alles, was in Proctor passiert. Aber das weiß ich nicht.»

«Wir müssen es wissen», sagte ich. «Und wir müssen die Umstände wissen, unter denen sie hier ist.»

«Umstände?»

«Wir müssen wissen, ob sie dort ist, weil sie dort sein will, oder ob sie entführt worden ist», sagte ich.

«Sie glauben, eine Anglo-Frau würde nicht freiwillig herkommen, mit einem lateinamerikanischen Mann?» sagte Santiago.

«Früher, hat man mir gesagt, hätte sie das schon getan», sagte ich. «Was ich wissen muß, ist, ob sie es jetzt getan hat.»

«Bloß aus Liebe würde ich dort nicht einziehen», sagte Chollo.

Santiago zuckte mit den Achseln. Jenseits der heruntergekommenen Häuser, nach Osten zum Ozean hin, gab es einen lauten Donnerschlag. Vor den dunklen Wolken, die sich hoch über den Dächern türmten, flackerte der Blitz. Ansonsten blieb der Tag aber frühlingshaft.

«*¡Vamanos!*» sagte Santiago zum Fahrer.

«Gehen wir», übersetzte Chollo für mich.

«Das habe ich fast selbst mitgekriegt», sagte ich. «Zumal wir gleich losgefahren sind.»

Chollo sagte nichts. Aber seine Augen hatten einen amüsierten Ausdruck.

«Was meinen Sie?» sagte Santiago, der sich wieder zu mir umgedreht hatte.

«Sie glauben, wenn Deleon aus dem Weg wäre, könnte jemand alle Hispanics zu einem politisch effektiven Block vereinigen?»

«Ja», sagte Santiago, «das glaube ich.»

«Und wer die Hispanics vereinigt, kontrolliert die Stadt und hat den toten Walfisch für sich allein.»

«Das ist nicht schön ausgedrückt, aber es ist richtig.»

«Und haben Sie sich schon überlegt, wer Toussaint L'Ouverture spielen soll?»

«Ich natürlich, Señor.»

«Also, wenn ich Deleon für Sie erledige, tue ich Ihnen einen ziemlich großen Gefallen.»

«Sie glauben, daß Sie das könnten?»

«Wenn ich muß.»

«Sie sind sehr selbstsicher.»

«Ich mache diese Arbeit schon eine ganze Weile», sagte ich. «Aber ich muß wissen, wie die Situation dort drinnen ist.»

«Und wenn ich es Ihnen sagen würde?»

«Würde ich Ihnen nicht glauben.»

«Seien Sie vorsichtig in der Wahl Ihrer Worte, wenn Sie mit mir reden», sagte Santiago.

«Ich meine es nicht persönlich», sagte ich. «Sie wissen so gut wie ich, daß Sie den Komplex in einer halben Stunde auseinandernehmen könnten. Das machen Sie aber nicht, weil Sie sehr hart daran arbeiten, der Held der Hispanics in Proctor zu werden, und das könnte in die Hose gehen, wenn Sie damit anfangen, Ihre eigenen Leute wegzupusten. Wenn Sie aber ein paar harte Gringos finden könnten, die von außerhalb kommen und die Sache erledigen…» Ich zuckte so lateinamerikanisch-ausdrucksvoll mit den Achseln wie möglich.

«Es wäre kosteneffektiv», sagte Santiago.

«In der Tat. Wenn Sie mir sagen, Lisa St. Claire ist dort drin und wird gegen ihren Willen festgehalten, und ich hole sie heraus und erledige nebenbei Deleon, ist für Sie alles in Butter. Warum sollten Sie also nicht lügen und mir erzählen, daß sie sich dort befindet?»

«Ich habe Ihnen erzählt, daß ich es nicht weiß», sagte Santiago.

«Ja», sagte ich. «Das läßt Sie glaubwürdig erscheinen. Aber jeder ordentliche Betrug fängt damit an, daß man den Dummen ein bißchen gewinnen läßt, oder?»

«Sie vertrauen mir also nicht?»

Wir hatten San Juan Hill inzwischen verlassen. Die Straßen waren etwas breiter, aber genauso heruntergekommen. Das schwarze Auto hinter uns fuhr nicht mehr ganz so dicht auf.

«Wie es ein großer politischer Führer ausdrückte: Vertrauen ist gut, Kontrolle ist besser», sagte ich.

Wir näherten uns dem Club Aguadillano. Ich hatte das hintere Fenster ein wenig heruntergelassen, und der saure Chemiegeruch des Flusses stieg mir in die Nase. Aus der Ferne war das Rauschen der Stromschnellen zu hören. Santiago schenkte mir ein angenehmes Lächeln ohne jede Wärme.

«Und wie stellen Sie sich diese… ‹Kontrolle› vor?»

«Ich melde mich, wenn ich soweit bin», sagte ich.

Es gab für sie keinen natürlichen Rhythmus von Tag und Nacht. Sie schlief, sie wachte auf. Er war da, er war nicht da. Jetzt war er nicht da, aber in ihrem Zimmer stand ein Tablett. Tomatenscheiben, eine warme Tortilla, eine Thermosflasche Kaffee. Kaffee. Es muß vormittags sein. Sie saß auf dem Bettrand im Pyjama, den er ihr gebracht hatte, etwas zu groß, wie der Pyjama, den Doris Day in *Bettgeflüster* getragen hatte. Die Videomonitore liefen ohne Ton. Sie hatte keine Ahnung, wie sie ein- und ausgeschaltet wurden. Sie sah sich nackt unter der Dusche, dann wie sie nackt aus der Dusche trat und direkt in die Kamera lief. Die Szene spielte immer wieder. Immer zeigten die Monitore irgendeine Szene. Die Duschszene, die Szene, wo sie gefesselt auf dem Boden des Lieferwagens lag, die früheren Szenen mit ihr und Luis am Strand. Szenen mit ihr im Kostüm der zwanziger Jahre, Szenen, in denen sie schlief, Endlosschleifen, leuchtende Zeichen ihrer Gefangenschaft im dunklen Raum. *Ich brauche eine Waffe.* Auf dem Frühstückstablett lagen ein Löffel, eine Gabel und ein kleines Buttermesser. Keine besonders tödlichen Waffen. Sie hatte einmal gelesen, daß Menschen im Gefängnis aus Löffeln spitze Waffen gefertigt hatten. Sie nahm den Löffel in die Hand und betrachtete ihn. Aber wie er spitz zu machen wäre, konnte sie sich nicht vorstellen. Sie goß sich etwas Kaffee ein und nahm zwei Stück Zucker. Draußen hörte sie einen polternden Knall. Der Donner belebte sie. Er war eine Botschaft von der Welt jenseits des Zimmers, wo es die Monitore nicht gab. Einer Welt der Bewegung, der Farbe, der Klänge und der Möglichkeiten, einer Welt, wo man geordneten Alltagsgeschäften nachging, in einer Türöffnung Schutz suchte, den Mantelkragen hochschlug, einen Regenschirm aufspannte, weil der Regen anfing.

«Du Arschloch», sagte sie laut. «Du kannst mich nicht hierbehalten.»

Sie ließ die Tomate stehen und nahm sich die Tortilla, faltete sie zweimal zusammen, biß etwas davon ab und ging kauend im Zimmer umher auf der Suche nach einer Waffe. Die Tischlampe sah zu zerbrechlich aus. Er war sehr stark, das wußte sie. Es gab eine Stehlampe, aber der Schaft war zu dünn, und der Fuß war zu breit und zu schwer, so daß die Lampe als Waffe unhandlich wäre. Sie fiel auf Hände und Knie und sah unters Bett. Unter der Federkernmatratze war ein Lattenrost. Die Latten wären eine

Möglichkeit, aber es waren rauhe, flache Bretter aus Fichtenholz, mit denen man schwer ausholen konnte, die schon schwer zu halten waren. Sie stand wieder auf und aß den Rest der Tortilla. Der Kleiderschrank war voller Kostüme auf Drahtbügeln. Die Theaterkulissen, mit denen der Raum geschmückt war, bestanden hauptsächlich aus Sperrholz und Leinwand. Es gab nichts, das sie abreißen und als Waffe verwenden könnte. Hinter den Kulissen bestanden die Wände aus bröckelndem Putz. An vielen Stellen waren große Putzflächen weggebröselt, so daß sie das grauweiße, schuppige Drahtgeflecht sehen konnte, an dem er festgemacht worden war. Hier und da konnte sie im Dämmerlicht der Monitore übriggebliebene Fetzen Tapete erkennen, teilweise mehrere Lagen übereinander. Neben dem Insektenpulver roch sie den müden, schimmeligen Geruch eines alten Hauses. Sie ging ins Badezimmer. Das Waschbecken war an die Wand geschraubt. Vorne stand es auf zwei verchromten Beinen. Sie prüfte eins davon; es fühlte sich solide an. Sie rüttelte daran, nichts passierte. Wenn sie nur ein bißchen mehr darüber wüßte, wie Dinge hergestellt wurden. Wie könnte man solche Beine anbringen? Sie drehte daran. Das Bein gab ein wenig nach. Natürlich, sie wurden angeschraubt, so konnte man auch die Fußbodenneigung ausgleichen. Vorsichtig schraubte sie das Bein ab und entdeckte, daß es aus einer Eisenstange bestand, die mit einem dünnen verchromten Mantel verkleidet war. Sie wuchtete die Eisenstange ein paarmal in der Hand. Ja! Dann klemmte sie den verchromten Mantel vorsichtig wieder unter das Waschbecken, nahm ihre Eisenstange und versteckte sie unter der Matratze.

«Jetzt zeig ich's dir, du Schwein», sagte sie. Aber sie sagte es leise, nur für sich.

Kapitel 28

Chollo und ich saßen in meinem Auto in der leichten Frühlingssonne, tranken Kaffee und beobachteten Luis Deleons Trutzburg. Zwischen uns lag eine Tüte mit einfachen Donuts.

«Was meinst du, was wir zu sehen kriegen?» fragte Chollo. Er hatte einen Fuß gegen das Armaturenbrett gestemmt und es sich halb liegend auf dem Beifahrersitz bequem gemacht. Es sah bei ihm immer bequem aus, auch in unbequemen Lagen.

«Es gibt drei Möglichkeiten», sagte ich. «Sie ist gar nicht da drinnen. Sie ist da, und zwar nicht aus freien Stücken. Oder sie ist da, und zwar aus freien Stücken. Wenn sie aus freien Stücken dort ist, müßte sie früher oder später mal herauskommen. Brot kaufen, sich ein Kleid kaufen, ins Restaurant gehen, vielleicht einen Spaziergang um den Block machen, um das Ambiente auf sich wirken zu lassen.»

«Ich habe im Knast schon besseres Ambiente erlebt», sagte Chollo. «Und wenn sie nicht aus freien Stücken dort ist – Mann, ich liebe es, wie ihr Gringos redet –, dann wird sie nicht herauskommen.»

«Richtig.»

Chollo trank etwas Kaffee und kramte in der Tüte nach einem weiteren Donut.

«Und wenn sie gar nicht dort ist, wird sie auch nicht herauskommen.»

«Richtig.»

«Also wenn wir sie sehen, wissen wir etwas.»

«Und wenn wir sie eine ganze Weile nicht sehen, haben wir die Möglichkeiten von drei auf zwei reduziert.»

«Also wie lange werden wir hier herumsitzen?»

Ich zuckte mit den Achseln. Chollo fand seinen Donut und biß hinein.

«Wieso brauchst du so lange, um den richtigen Donut zu finden?» fragte ich. «Sie sind alle gleich.»

«Keine zwei Donuts sind gleich», sagte Chollo. «Wenn du Indio-Blut hättest, würdest du das verstehen.»

Wir betrachteten das Haus. In der Tür lehnte ein großer Typ mit einem Pancho Villa-Schnurrbart, einem alten braunen Anorak und einer Mütze der San Antonio Spurs mit dem Schirm nach hinten. Chollo stellte seine leere Kaffeetasse auf den Boden und öffnete die Beifahrertür.

«Ich sehe mich ein bißchen um», sagte er.

«Ja», sagte ich. «Kannst dein Indio-Blut einsetzen, Spuren suchen.»

Chollo stieg aus, steckte die Hände in die Manteltaschen und spazierte auf die Wohnhäuser zu. Ich blieb sitzen und arbeitete an meinem Kaffee. Koffeinfrei, mit Sahne und Zucker. Wenn man einen Schluck nahm und dann in einen Donut biß, war es nicht so schlimm. Nach einer Weile kam jemand an die Haustür und löste den Typ mit dem Pancho Villa-Schnurrbart ab. Der neue war ein fetter junger Bursche mit einem rasierten Schädel und einem Ohrring, den ich von der anderen Straßenseite aus sehen konnte. Er trug hohe schwarze Basketballstiefel ohne Schnürsenkel, ein rotes Kapuzensweatshirt, wobei die Kapuze lässig herabhing, um den Ohrring richtig zur Geltung zu bringen, und weite Hosen mit extremer Bundfalte und dem Schritt ungefähr in Kniehöhe. Das Sweatshirt wölbte sich über seinem Bauch und gab den Blick auf den Griff der Pistole frei, die in seinem Gürtel steckte. Als sie die Plätze tauschten, sahen beide Wachen in meine Richtung. Mir war das recht. Wenn ich ihr Interesse erregte, könnte vielleicht etwas passieren. Und das wäre schon ein Fortschritt. Nichts passierte.

Ich aß noch einen Donut. Susan hatte mir erklärt, daß sie nicht gesund wären. Zwar bin ich für das Gesunde, aber wenn man auf der Lauer liegt, bringen's Reiskuchen irgendwie nicht. Susan hatte gesagt, daß die Alternative zu Donuts nicht unbedingt Reiskuchen sein müßte. Wie wäre es mit einem netten Sandwich, Tomaten, Eisbergsalat und Sprossen? Wenn Chollo in die Tüte faßt und eine Sojabohnensprosse findet, sagte ich ihr, erschießt er mich, und du bist an deiner anschließenden sexuellen Deprivation selbst schuld. Sie hat mich nur traurig angelächelt und hat dann eine Unterhaltung mit Pearl begonnen.

Die Autotür wurde aufgemacht, und Chollo stieg wieder ein. Er langte nach hinten, angelte die große Thermoskanne vom Rücksitz und goß sich Kaffee ein.

«Das hier ist das echte Zeug, richtig?» fragte er. «In der braunen Thermosflasche?»

«Yep», sagte ich. Ich gab mir große Mühe, einen mürrischen Tonfall zu vermeiden. In der blauen Thermosflasche war mein koffeinfreier, und er gefiel mir sehr gut.

«Vier Wohnhäuser um einen rechteckigen Hof gebaut, jeweils drei Stockwerke, Verbindungsgänge zwischen allen Häusern von den rückwärtigen Balkonen im zweiten Stock aus. Alle Zugänge zum Hof sind mit Sperrholz abgeriegelt, und hinter dem Sperrholz gibt es Sandsäcke. Auf dem Dach ist eine Art Drahtzaun. Es sieht so aus, als ob sie da oben Gemüse anbauen. Die Fenster sind zugenagelt, mit ausgesägten Schießscharten. Es gibt einen Posten auf einem der hinteren Balkone, der den ganzen Hof überblicken kann, und mindestens einen Typen auf dem Dach.»

Er nahm einen Schluck Kaffee und machte viel zuviel Aufhebens davon, wie gut er schmeckte.

Dann sagte er: «Ich hörte Kinder im Hof. Es wurde gekocht, das konnte ich riechen.»

«Also sind dort nicht bloß Pistoleros.»

«Nein.»

«Macht die Sache nicht einfacher», sagte ich.

Chollo zuckte mit den Achseln. Wir saßen da und betrachteten den Gebäudekomplex. Jede Stunde wurde die Wache an der Tür abgelöst. Bei jeder Ablösung starrten der alte und der neue Posten eine Weile zu unserem Auto hinüber.

«Früher oder später», sagte ich, «werden sie herüberkommen müssen und uns fragen, was wir hier machen.»

«Klar», sagte Chollo.

Wir betrachteten die Wohnhäuser noch eine Weile. Die Donuts waren alle, und es gab keinen Kaffee mehr. Neben mir schwieg Chollo mit halb geschlossenen Augen vor sich hin, die Hände im Schoß gefaltet. Ich versuchte, mich mit den Augen eines Außenstehenden zu sehen, wie ich in einer heruntergekommenen Stadt an einem Frühlingstag im Auto saß, zusammen mit einem mexikanischen Auftragskiller, dessen vollen Namen ich nicht einmal wußte. Ich wußte auch nicht, ob ich nach einer entlaufenen Ehefrau oder einem Entführungsopfer suchte. Möglicherweise traf beides nicht zu. Vielleicht war sie ermordet worden, oder sie hatte einen tödlichen Unfall gehabt oder einen plötzlichen Gedächtnisschwund. Möglicherweise war sie in dem Wohnhaus vor mir, trug schwarze Spitzenunterwäsche und servierte gerade Champagner in ihrem Schuh, oder sie lag gefesselt im Keller. Oder auf Eis im Leichenschauhaus irgendeiner Kleinstadt. Oder sie war in Paris, oder sie trat bei einem Zirkus in Wyoming auf. Ich wußte nichts sicher, außer daß sie nicht bei mir und Chollo im Auto saß und Donuts aß.

Auf der anderen Straßenseite war ein großer, schwer gebauter Mann mit Pferdeschwanz und dunklem Schnurrbart vor die Tür getreten. Er sprach mit dem Wachposten. Sie starrten beide zu meinem Auto herüber. Dann lief der große Mann mit dem Wachposten die Treppe zur Straße hinunter.

«Jetzt kommen sie», sagte ich. «Also früher.»

Chollo bewegte sich nicht, nur seine Augen öffneten sich ein wenig.

«Soll ich sie erschießen?» sagte er.

«Heute nicht.»

«Reden wir mit ihnen?»

Ich ließ den Motor an.

«Nein», sagte ich. «Nächstes Mal vielleicht. Jetzt verdrücken wir uns.»

«Okay», sagte Chollo, und seine Augen wurden wieder zu Schlitzen.

Ich legte den Gang ein und ließ die beiden Männer mitten auf der Straße stehen. Sie blickten uns lange nach.

Kapitel 29

Mit Susan und Pearl besuchte ich ein rekonstruiertes Museumsdorf aus dem achtzehnten Jahrhundert, Old Sturbridge Village. Wir holten uns Ideen für die Einrichtung unseres Hauses in Concord. Susan und ich jedenfalls. Pearl interessierte sich in erster Linie für die Gänse auf dem Mühlteich bei der überdachten Brücke. Sie zog ihre Ich-bin-ein-Jagdhund-Schau ab, duckte sich, pirschte sich betont langsam heran und erstarrte nach jedem Schritt in der klassischen Haltung mit gestreckter Nase, geradem Schwanz und einer erhobenen Pfote.

«Was würde sie wohl machen», fragte Susan, «wenn wir sie von der Leine ließen?»

«Sie würde sich näher und näher heranpirschen», sagte ich, «dann würde sie sich ins Wasser stürzen und eine Gans am Hals packen. Sie würde den Vogel ordentlich schütteln, um ihm den Hals zu brechen, und wenn er tot wäre, würde sie den Bauch aufreißen und anfangen, die Innereien zu fressen.»

«Dieses Baby? Das ist doch barbarisch.»

«Der Blutrausch eben», sagte ich.

Susan bückte sich und küßte Pearl auf die Schnauze. Pearl leckte sie mit ihrer großen Zunge ab. Susan hielt die Hände über Pearls Ohren.

«Hör nicht auf deinen Vater», sagte sie.

Nach einer Weile brachten wir Pearl zum Auto, damit wir in die Häuser und die anderen Ausstellungsräume gehen konnten. Auf einem Schild stand, daß Hunde zwar in die Gebäude mitgebracht werden durften, aber getragen werden mußten. Pearl wog fünfundsechzig Pfund und hielt nie still.

«Ich könnte sie tragen», sagte ich.

«Natürlich könntest du das, mein Schnuckel, und du würdest nicht einmal ins Schwitzen kommen. Aber sie schläft gern im Auto.»

«Na gut.»

Es war ein kühler, angenehmer Werktag, und in den verträumten Dorfstraßen drängelten sich ganze Busladungen von Schulkindern mit zu wenig Aufsichtspersonal, irrten ziellos herum und warteten darauf, daß die Snackbar in der alten Dorfschenke aufmachte. Auf einem gepflügten Feld streute ein Kerl Dünger aus. Er trug Stiefel und Kniebundhosen, ein weißes Hemd und einen komischen, spitz zulaufenden Strohhut.

«Soll ich mir so einen Hut besorgen?» fragte ich. «Ich könnte ihn anziehen, wenn wir miteinander schlafen.»

«Kommt darauf an, welchen Körperteil du damit schmücken willst», sagte Susan.

Wir gingen in ein großes Haus mit weißer Bretterverkleidung.

«Das hier ist das Pfarrhaus», sagte eine Dame zu uns. Sie trug eine Haushaube und ein knöchellanges Kleid und sah aus wie die Verkörperung des Dorflebens im achtzehnten Jahrhundert.

«Wenn Sie hier lebten, wären Sie der Pfarrer von der Kirche dort drüben auf dem Hügel», sagte sie.

«Das wäre ein Fehler», sagte ich.

«Wie bitte?»

Ich lächelte und schüttelte den Kopf.

«Die Pfarrer waren strenge, aber gute Menschen», sagte die Frau.

Susan lächelte ihr zu, und wir gingen ins Wohnzimmer und sahen uns an, wie die blau gestrichenen Holzpaneele mit dem gemauerten Kamin abschlossen.

«Glaubst du, daß alle Pfarrer streng waren?» sagte ich.

«Natürlich», sagte Susan.

«Und sie waren alle trotz ihrer Strenge gute Menschen?»

«Unbedingt.»

«Hatten die mal Gelegenheit, mit einer sinnesbetörenden Jüdin zu schlafen?» fragte ich.

«Nee.»

«Kein Wunder, daß sie streng waren», sagte ich.

Wir gingen über die Hintertreppe in die Küche hinunter. Im gewaltigen, aufgemauerten Backsteinkamin mit dem Gesims aus Granit brannte ein Feuer, und über dem Feuer hing ein riesiger schwarzer Kochtopf an einem gußeisernen Schwenkarm. Es roch nach Essen. Neben dem Kamin war ein Ofen aus Ton, in den eine weitere Frau mit Haube gerade einen Brotlaib schob. Ich erinnerte mich an die Bemerkung Frank Lloyd Wrights, der Kamin sei das Herz eines Hauses. Susan und ich standen einen Augenblick still und spürten, wie die Vergangenheit kurz an uns heranschlich und sich dann wieder zurückzog. Ich sah auf die Uhr.

«Viertel nach zwölf», sagte ich. «Die Schenke ist jetzt offen.»

«Ja», sagte Susan. «Du hast dich sehr gut gehalten. Ich weiß, daß sie seit halb zwölf geöffnet ist.»

«He», sagte ich, «ich bin doch nicht der Sklave meines Appetits.»

«Hmm», sagte Susan.

Die elegante alte Schenke hatte gebohnerte Dielen, Wände, die so aussahen, als wären sie in der Kolonialzeit gestrichen worden, und an den Wänden Gemälde von strengen, aber guten Männern. Wir setzten uns an einen der langen Holztische, so weit wie möglich von den Schülergruppen entfernt, und bestellten. Unsere Bedienung trug die unvermeidliche Haube und den unerbittlich langen Rock mit einer weißen Schürze.

«Ich hätte gern einen Becher mit nußbraunem, echtem Schankbier», sagte ich.

«Wir haben Heineken's, Michelob, Sam Adams, Miller Lite, Budweiser und Rolling Rock.»

Ich ließ mir eine Flasche Rolling Rock kommen, Susan bestellte Eistee.

«Wie geht es Frank?» fragte Susan.

«Er ist jetzt häufiger wach», sagte ich. «Aber er erinnert sich nicht an die Schüsse und kann seine Beine immer noch nicht bewegen.»

«Weiß er, daß seine Frau eine Prostituierte war?»

«Nein.»

«Weiß er überhaupt etwas?»

«Er weiß, daß Quirk und ich an der Sache arbeiten.»

«Was ist mit dem Ex-Lover?»

«Es ist nicht so leicht, sich mit ihm zu unterhalten», sagte ich, «hauptsächlich weil er sich in einem dreistöckigen Bunker im Hispanic-Ghetto von Proctor verbarrikadiert.»

«Ich dachte, ganz Proctor wäre ein Hispanic-Ghetto», sagte Susan.

«San Juan Hill ist eine Art Unter-Ghetto», sagte ich.

«Erzähl mir davon», sagte Susan.

Was ich auch – mit einer kurzen Unterbrechung, als wir für mich eine Hühnchenpastete und für Susan einen gemischten Salat mit Dressing in einem Extraschälchen bestellten – bereitwillig tat.

«Und du hast diesen Dolmetscher, diesen Rollo?»

«Chollo», sagte ich.

«Ja. Ist er gut?»

«Sehr», sagte ich.

«Weiß Frank etwas von dieser Geschichte?»

«Nein. Und wenn ich es ihm erzählte, würde er es vergessen.»

«Wenn du es ihm erzählst, wie wird es für ihn sein?»

«Er wird damit zurechtkommen», sagte ich. «Belson ist ein harter Bursche, und er hat eine lange und unglückliche Ehe hinter sich, er weiß also, wie man seine Gefühle betäubt.»

Susan lächelte.

«Vielleicht war er deshalb ein so guter Cop», sagte sie. «Die Wunde und der Bogen.»

«Eine irgendwie geartete Behinderung kann uns auf anderen Gebieten stärker machen?»

Susan nickte. Die Bedienung brachte Susan ihren Salat und mir meine ofenheiße Pastete und ein weiteres Bier. Susan nahm ein Blättchen Radiccio mit zwei Fingern, tunkte es vorsichtig in die Salatsauce und nibbelte daran.

«Laß noch etwas Platz für den Nachtisch», sagte ich.

«Meinst du nicht, daß Frank dieses romantische Spielchen mit Es-gibt-keine-Vergangenheit besser hinterfragt hätte? Wäre es dir nicht merkwürdig vorgekommen? Es hört sich reizend an, aber kannst du dir wirklich vorstellen, daß wir beide uns nichts über die Zeit vorher erzählen?»

«Na ja», sagte ich, «über deinen Ex-Mann weiß ich nicht viel.»

«Nein, aber du weißt, daß ich einen habe.»

Ich nickte.

«Belson ist ein cleverer Cop, und zwar schon lange», sagte ich. «Ihm wird es auch merkwürdig vorgekommen sein.»

«Wenn es ein Schweigen gibt», sagte Susan, «ist das oft das Ergebnis einer unausgesprochenen Vereinbarung, vielleicht sogar einer unbewußten Vereinbarung, etwas im dunkeln zu lassen.»

«Glaubst du, Belson hat es gewußt?» sagte ich.

«Vielleicht weiß er nicht, was sie vor ihm geheimhält, nur daß es etwas gibt, und er will weder sie noch sich zwingen, genauer hinzusehen.»

Die Serviererin kam vorbei, um zu sehen, ob alles in Ordnung sei, und wir sagten ja, und Susan bestellte ein Hühnchensandwich, keine Butter, keine Majo, nur Brot und Hühnchen. Ich hob die Augenbrauen.

«Das grenzt an Verfressenheit», sagte ich. «Einen Salat und dazu noch ein Hühnchensandwich?»

«Das Sandwich ist für das Baby», sagte Susan, «für die Heimfahrt.»

«Natürlich», sagte ich.

«Manchmal», sagte Susan, «wenn Menschen, äh, Pech in der Liebe gehabt haben sozusagen, sind sie derart zerbrechlich, vertrauen sich selbst so wenig, mißtrauen dem Erlebnis so sehr, daß sie alles so lassen wollen, wie es ist. Sei bloß vorsichtig. Riskiere bloß nichts. Verstehst du? Also stellen sie keine Fragen.»

«Ja. Belson sagt, er kenne sie besser als irgend jemand sonst, auch wenn er nichts von ihrer Vergangenheit weiß.»

«Das kann schon sein, aber es muß nicht notwendig der Fall sein, bloß weil er das glaubt», sagte Susan. «Wenn wir lieben, glauben wir oft Dinge, die überhaupt nicht stimmen.»

«Manchmal glaube ich, dich ganz und gar zu kennen», sagte ich.

«Du kennst mich besser, als mich irgend jemand sonst je gekannt hat», sagte Susan.

«Und doch hast du deine Geheimnisse», sagte ich. «Oft überraschst du mich.»

«Und will es noch öfter tun», sagte sie.

«Meinst du mit Überraschungen vielleicht irgendwelche abartigen sexuellen Praktiken?» fragte ich.

Susan lächelte mich breit und freundlich an.

«Komisch», sagte sie, «genau das meine ich.»

Kapitel 30

Chollo und ich hatten eine Unterredung mit Delaney, dem Chefermittler von Proctor, und zwei uniformierten Polizisten. Der eine hieß Murphy und hatte ein Bulldoggengesicht, in dem eine Menge geplatzte Äderchen zu sehen waren, und der andere war ein Bodybuildertyp namens Sheehan, dessen lange schwarze Haare unter der Uniformmütze hervorquollen. Die Mütze selbst schien zu klein für so viele Haare zu sein. Sie saß auf der Frisur, als wäre Sheehan der Cop in einer Clownsnummer.

«Okay», sagte Delaney, «es gibt keinen ausreichenden Verdacht, und Gefahr im Verzug ist auch nicht, aber der Ehemann von dem Weibsbild ist ein Kollege, und Sie waren mal Kollege, also schicke ich ein paar von meinen Leuten vorbei. Mal nachsehen. Kein Durchsuchungsbefehl, nichts. Aber meine Jungs sind nicht von gestern. Sie reden mit dem Typen an der Tür, und sie gehen rein. Sie reden mit Luis Deleon, sie reden mit einigen von seinen Leuten. Sie gucken sich um. Dort ist keine Anglo-Frau.»

Delaney zuckte bedauernd mit den Achseln.

«Haben Sie überall nachgesehen?»

«He, Freundchen, wir sind hier nicht in Boston», sagte Murphy, «aber das heißt nicht, daß wir unseren Job nicht richtig machen.»

«Ihr Job besteht darin, Junkies und anderes Kleinvieh von der Straße aufzulesen», sagte ich. «Ich habe gar nicht gesagt, daß Sie den nicht richtig machen.»

«Soll das witzig sein, Mister?» sagte Delaney.

«Hat jemand, mit dem Sie geredet haben, Englisch gesprochen?» fragte ich.

«Deleon», sagte Sheehan. Er schien richtig froh zu sein, daß ihm jemand eingefallen war.

«Noch jemand?»

«Sie sagten nein, aber wenn sie wollen, verstehen sie einen

schon», sagte Murphy. «Außerdem können wir ein bißchen Spanisch.»

«Chollo», sagte ich, «sprich ein bißchen Spanisch mit ihnen.»

Chollo stand hinter uns und stützte gelangweilt die Wand. Ohne die Miene zu verziehen, ratterte er mehrere Sätze auf spanisch herunter. Die drei Cops aus Proctor sahen ihn verständnislos an.

«Wie sind hier die Cops», sagte Delaney. «Wir müssen uns keinem Scheißtest unterziehen. Wir sagen, da drinnen ist sie nicht. Wenn's Ihnen nicht paßt, können Sie ja gehen.»

Ich sah Delaney eine Weile ins Gesicht. Delaney versuchte, meinen Blick zu erwidern, konnte es aber nicht. Er senkte die Augen, sah kurz zur Schreibtischschublade und wieder weg.

«Wir haben getan, was wir tun konnten», sagte er.

Er nahm die Flasche aus der Schublade und spielte mit dem Verschluß.

Ich blickte ihm immer noch ins Gesicht.

«Ich habe Sie also richtig verstanden: Sie schicken diese beiden Heinis zu Deleon, um ihn zu fragen, ob er Lisa St. Claire entführt hat. Deleon sagt nein, schmiert sie wahrscheinlich mit zwanzig Dollar pro Mann, und sie legen die Hand an die Mütze, sagen danke, Jefe, und gehen los, um jemanden zu suchen, der das Geld für sie zählt.»

«He, Freundchen», sagte Sheehan, «Sie sind ein Scheißzivilist, und Sie sind nicht einmal von hier. Von Ihnen brauchen wir uns keine Scheiße bieten lassen.»

«Das werden wir noch sehen», sagte ich.

«Bloß keine Aufregung», sagte Delaney. «Wir haben getan, was wir ohne Durchsuchungsbefehl tun konnten.» Er sprach sehr schnell, und seine Stimme war irgendwie quietschig. «Und einen Durchsuchungsbefehl kriege ich mit dem, was Sie mir bringen, von keinem Richter in diesem Bezirk.»

Er nahm einen Schluck direkt aus der Flasche.

«So sieht die Scheiße nun mal aus», sagte er. «Kommen Sie, ich spendiere Ihnen einen Drink.»

Ich schüttelte den Kopf.

«Wenn Sie mal den Wunderhund McWuff sehen, den vierbeinigen Verbrecherschreck, bringen Sie schnell Ihren Arsch in Sicherheit», sagte ich. «Sonst beißt er Sie.»

Ich drehte mich um und verließ das Büro. Chollo folgte mir.

«Was'n Scheiß-Wunderhund McWuff?» sagte Chollo.

«Auch meine Sprüche können nicht immer geistreich sein», sagte ich.

Kapitel 31

Als ich am Morgen in mein Büro kam, wartete er im Flur auf mich. Mit dem schwarzen Filzhut und dem Regenmantel erkannte ich ihn nicht gleich. Er blickte verstohlen um sich und sah unruhig aus, also hielt ich ihn für einen Klienten.

«Ich bin Spenser», sagte ich. «Wollten Sie zu mir?»

«Ja, kennen Sie mich denn nicht mehr? Pater Ahearn aus Proctor?»

«Natürlich. Der Hut und der Mantel haben mich durcheinandergebracht. Ich habe die Uniform vermißt.»

Ich schloß auf, und wir gingen in mein Büro. Der Priester legte seinen Hut auf eine Ecke meines Schreibtisches und setzte sich sehr aufrecht auf die Vorderkante eines meiner Klientenstühle. Daß ich vier Klientenstühle habe, sagt Hawk immer, sei die Verkörperung eines bodenlos dummen Optimismus.

«Etwas Kaffee, Vater?»

Der Priester zögerte, als hätte ich ihm eine zu schwere Frage gestellt. Dann nickte er.

«Koffeinfrei, wenn Sie welchen haben», sagte er.

«Sie haben Glück, Vater. Auch ich lebe koffeinfrei.»

Susan hatte mir eine neue Kaffeemaschine für das Büro geschenkt, um mein langes Ringen um Koffeinfreiheit zu unterstützen. Ich kippte etwas von dem gemahlenen koffeinfreien Zeug in den Filter, goß Wasser ein und schaltete die Maschine an. Dann ging ich um meinen Schreibtisch herum und öffnete das Fenster, damit etwas frische Luft, oder wenigstens andere Luft, von der Bucht her hereinwehen konnte. Dann setzte ich mich an meinen Schreibtisch.

«Was kann ich für Sie tun, Vater?»

«Sie suchen immer noch nach der Anglo-Frau in Proctor?»

«Lisa St. Claire», sagte ich.

Der Priester zog die Brauen ein wenig zusammen, als hätte ich die falsche Antwort gegeben.

«Glauben Sie immer noch, daß sie mit Luis Deleon zusammen ist?»

«Ich halte es für möglich, Vater.»

Der Priester schwieg. Die Kaffeemaschine hörte auf zu gurgeln, also stand ich auf und goß uns zwei Tassen Kaffee ein.

«Ich habe Zucker und Kondensmilch da», sagte ich.

«Ich trinke ihn schwarz, danke.»

Ich reichte ihm seinen Becher und kippte etwas Zucker und Kondensmilch in meinen. Ich nahm einen Schluck, es ging. Wenn man über das Stadium hinweg war, wo man richtigen Kaffee erwartete, und das Zeug einfach als heißes Getränk am Morgen betrachtete, war die Enttäuschung nicht mehr so groß. Ein paar Donuts hätten geholfen. Andererseits helfen Donuts immer. Der Priester blies kurz auf seinen Kaffee und nahm dann einen Schluck.

«Man hat bei mir das Aufgebot für die Ehe zwischen Luis Deleon und Angela Richard bestellt», sagte er.

Bingo!

«Kennen Sie Angela Richard?» fragte ich.

«Nein. Aber ich soll die beiden trauen.»

«Sie haben sie nicht kennengelernt?»

«Nein.»

«Wer hat das Aufgebot bestellt?»

«Luis Deleon ist selbst gekommen.»

«Allein?»

«Nein, es waren einige Männer bei ihm.»

«Aber nicht die zukünftige Braut», sagte ich.

«Nein.»

«Ist das nicht ungewöhnlich?»

«Ja.»

«Wollen Sie nicht normalerweise beide kennenlernen und ihnen einen Vortrag über den hohen Ernst des heiligen Standes der Ehe halten?»

«Das ist üblich, ja.»

«Hat er Ihnen einen Schein vom Standesamt gezeigt?»

«Nein.»

«Dürfen Sie ihn überhaupt ohne eine zivilrechtliche Heiratserlaubnis trauen?»

«Nein.»

«Also, hat er überhaupt eine? Warum ist die Braut nicht mitgekommen? Warum gibt es nicht die übliche voreheliche Beratung der Heiratswilligen?»

«Ich weiß es nicht», sagte der Priester. «Man stellt Luis Deleon keine Fragen.»

«Sie vielleicht nicht», sagte ich. «Ich hätte schon gefragt.»

Der Priester zuckte mit den Achseln.

«Das ist Ihre Aufgabe», sagte er.

Ich hätte sagen können, daß es auch die seine wäre, aber ich verzichtete auf die Pointe. Er schien seine Unzulänglichkeiten bereits zu kennen. Und das Wissen machte ihn nicht glücklich.

«Wann ist Deleon zu Ihnen gekommen?»

«Vor zehn Tagen.»

«Sie haben eine ganze Weile gebraucht, hierher zu finden», sagte ich.

«Ja. Ich hatte Angst.»

«Jetzt nicht mehr?»

«Doch, Angst habe ich immer noch. Aber ich... ich hielt es für meine Pflicht, zu Ihnen zu kommen und Ihnen Bescheid zu sagen.»

«Wo soll die Trauung stattfinden?»

«Im Haus von Luis Deleon.»

«In San Juan Hill?»

«Ja.»

«Wenn es soweit ist, könnten Sie einen zweiten Priester mitnehmen?»

«Einen zweiten Priester?»

«Ja.»

«Ich brauche keinen zweiten Priester.»

«Ich dachte an mich im Priestergewand», sagte ich.

Der Priester starrte mich an, als wäre ich der Leibhaftige.

«Glauben Sie, Angela Richard könnte diese andere Frau sein?»

«Schon möglich», sagte ich. Es hatte keinen Zweck, den Priester mit Informationen zu belasten, mit denen er nichts anfangen konnte.

«Heilige Mutter Gottes», sagte er.

«Wäre es machbar?»

«Ein zweiter Priester? ... Sie? Verkleidet? Ich... ich weiß es nicht. Ich glaube... ich glaube, ich hätte zuviel Angst.»

«Alles klar», sagte ich. «Haben Sie noch etwas für mich?»

«Nein. Das ist alles, was ich weiß.»

Ich nickte. Wir tranken schweigend unseren Kaffee.

«Hilft Ihnen diese Information weiter?» sagte der Priester schließlich.

«Jede Information hilft weiter», sagte ich, «sobald wir herausbekommen, wie sie mit anderen Informationen zusammenhängt.»

«Vielleicht bedeutet sie, daß die Frau, die Sie suchen, nicht dort ist.»

«Vielleicht», sagte ich. «Und vielleicht ist das die Frau, die ich suche.»

«Sie ist schon verheiratet.»

«Ja.»

«Wie könnte ich sie dann trauen?»

«Vielleicht werden sie lügen», sagte ich.

«Warum sollten sie das tun?» fragte der Priester.

«Vielleicht hat sie keine Wahl», sagte ich.

Wir tranken wieder Kaffee. Der Priester dachte nach.

«Ich weiß nicht mehr, was richtig ist. Ich hatte große Angst, zu Ihnen zu kommen, Angst, daß Deleon es herausbekommen würde. Aber ich bin gekommen, weil ich es für das Richtige hielt und weil ich dachte, daß ich dadurch mein Gewissen entlasten würde. Jetzt finde ich, daß sich eine Vielzahl von Möglichkeiten auftut, von möglichem Unrecht. Was ist, wenn mich Deleon auffordert, eine unrechtmäßige Trauung durchzuführen? Ich hoffe, es handelt sich nicht um die gleiche Frau.»

Ich enthielt mich eines Kommentars.

«Ich hoffe, es ist nicht die gleiche», sagte der Priester. «Bin ich egoistisch, wenn ich das hoffe? Es würde bedeuten, daß Sie keine Ahnung haben, wo die vermißte Frau ist, daß Sie Ihre Zeit verschwendet hätten. Es könnte bedeuten, daß sie irgendwo tot ist. Kann ich mir so etwas wünschen?»

«Sie sind ein Mensch, Vater. Sie können Ihre Wünsche nicht immer unter Kontrolle halten.»

«Ich muß es aber versuchen», sagte der Priester. «Ich bin nicht bloß ein Mensch. Ich bin ein Mann Gottes.»

Ich sah ihn an, wie er auf der Kante meines Klientenstuhls dasaß, die halbleere Tasse mit schlechtem koffeinfreiem Kaffee in der Hand hielt und mit seiner Seele rang. Es war wohl ein Ringen, das ihn täglich in Anspruch nahm.

«Es war mutig von Ihnen, hierherzukommen und mir das zu erzählen, Vater.»

«Danke», sagte er. Er stand auf und trug seinen Becher zur Spüle und stellte ihn auf den kleinen Tisch neben der Kaffeemaschine.

«Sie melden sich, falls sich noch etwas tut, Vater?»

«Ja.»

«Und ich melde mich irgendwann bei Ihnen», sagte ich.

«Klar.»

«Falls es Ihnen etwas bedeutet», sagte ich, «mir scheinen Sie ein ziemlich guter Mensch zu sein.»

Der Priester lächelte sanft. Er nahm seinen Hut vom Schreibtisch und setzte ihn auf. Gerade. Nur nichts Verwegenes.

«Danke», sagte er. «Ich werde mit meinem Beichtvater reden.»

Er verließ das Büro und machte die Tür sehr leise hinter sich zu. Ich stand auf, spülte meinen Becher aus und stellte ihn neben seinen auf den kleinen Tisch. Dann ging ich zum Fenster und dachte darüber nach, was mir der Priester erzählt hatte. Wie ich da stand, kam er aus dem Seiteneingang heraus, ging zur Ecke und bog in die Boylston Street. Seine Hände hatte er tief in die Manteltaschen gesteckt, den Mantelkragen hatte er trotz der Sonne hochgeschlagen, und er lief mit gebeugtem Kopf. Viel Freude hatte ihm diese Welt nicht gebracht. Ich hoffte um seinetwillen, daß sein Glaube an die kommende nicht auch noch enttäuscht würde.

Kapitel 32

Chollo und ich saßen wieder im Auto vor Deleons Häuserkomplex, hatten aber an einer anderen Stelle geparkt. Es war zu kalt für die Jahreszeit, und die halbherzige Sonne konnte nichts gegen den Wind ausrichten, der den Abfall durch die Straße fegte. Becher und Hamburgerpackungen aus Styropor, Plastikdeckel, Bierdosen, die unverwüstlichen Filter längst aufgelöster Zigaretten, Zeitungsfetzen, Kronkorken, Streichholzschachteln, leere Kaugummihülsen und vergilbte Lebensmittelkartons mit verbogenen Drahthenkeln flogen bei jedem Windstoß richtungslos durcheinander, und ich hörte, wie der aufgewirbelte Sand und Kies von der Straße mit einem feinen metallischen Geräusch gegen das Auto schlug.

«Angela und Lisa sind die gleiche Frau?» sagte Chollo. «Richtig?»

«Und sie ist nicht freiwillig dort», sagte ich. «Hast du je davon gehört, daß ein Paar heiraten will, und nur der Typ geht zum Priester?»

«Glaubst du, er hat ihren anderen Namen benutzt, damit niemand etwas mitbekommt, wenn das Aufgebot verlesen wird?»

«Vielleicht.»

«Warum überhaupt das Aufgebot bestellen?» fragte Chollo.

«Weil es sich gehört», sagte ich.

«Und du glaubst, er hält sie fest?»

«Ja.»

«Und er zwingt sie, ihn zu heiraten, obwohl sie mit einem anderen Typen verheiratet ist?»

«Ja.»

«Und er geht zum Priester und bestellt das Aufgebot, verdammt noch mal?»

Ich starrte auf die verrotteten Wohnhäuser und atmete langsam durch.

«Ja», sagte ich. «So sehe ich das.»

«Scheiße, der spinnt, Mann.»

Ich starrte immer noch auf die grauen Holzhäuser auf der gegenüberliegenden Straßenseite. Ich nickte.

«Ja», sagte ich, «der spinnt.»

Wir schwiegen eine Weile, lauschten dem Wind und betrachteten die Wohnhäuser.

«Und du bist dir sicher, daß es die Frau von deinem Freund ist dort drinnen?»

«Ja.»

«Frauen gibt's genug auf der Welt», sagte Chollo. «Man muß nur zugreifen, verdammt noch mal. Macht doch keinen Sinn, eine zu stehlen. Besonders wenn ihr Kerl ein Cop ist.»

«Macht schon Sinn, wenn einer spinnt», sagte ich.

«Und du meinst, er spinnt und hat die Frau dieses Cops.»

«Das könnte eine Erklärung sein», sagte ich.

«Wäre schön zu wissen, wie es da drinnen aussieht», sagte Chollo. «Falls wir uns entschließen, sie da herauszuholen.»

«Ja.»

Ein Hund trottete an uns vorbei, den Kopf am Boden, die Ohren zurückgelegt, in Geschäften unterwegs. Ein Straßenköter, Produkt der Mischung so vieler anderer Straßenköter über die Generationen, daß er kaum noch wie ein Hund aussah, mehr wie ein wildes Tier, wie eine Art Urhund – so hatten vielleicht die ursprünglichen, ersten Hunde ausgesehen, bevor die Höhlenmenschen anfingen, sie zu streicheln.

«Ich werde mal reingehen, mich umsehen.»

«Und du sagst, du bist das Sandmännchen und hast eine Lieferung Schlaf, oder was?» sagte ich.

«Ich werde sagen, daß ich für Vincent del Rio arbeite, der ein wichtiger Mann in Los Angeles ist.»

Die Art, wie er Los Angeles sagte, erinnerte mich daran, daß Chollo trotz seiner akzentfreien Aussprache Mexikaner war.

«Ja?»

«Ich werde sagen, daß Mr. del Rio für einige seiner Unternehmungen einen Partner an der Ostküste sucht. Und daß er mich hierhergeschickt hat, um Luis Deleons Firma unter die Lupe zu nehmen. Ich werde erklären, daß ich deshalb hier draußen gesessen habe» – Chollo grinste mich an – «mit meinem Fahrer.»

«Nicht schlecht», sagte ich. «Mich kennen sie nicht, also warum gehe ich nicht mit dir rein?»

Chollo schüttelte den Kopf.

«Keine Gringos beim ersten Besuch», sagte er. «Nur als Fahrer und vielleicht ab und zu zum Schießen. Wenn ich mit einem Gringo hereinkomme, wird niemand mit mir reden.»

«Wow», sagte ich, «also für mich klingt das irgendwie ganz schön rassistisch.»

Chollo grinste.

«Sí, Señor», sagte er.

«Und wenn sie darauf bestehen, mit del Rio zu telefonieren?»

«Ich habe schon mit Mr. del Rio gesprochen», sagte Chollo. «Er ist bereit, meine Geschichte zu bestätigen.»

«Also improvisierst du diese Sache nicht», sagte ich.

«Nein. Das tue ich nur, wenn ich es muß.»

«Was oft der Fall ist.»

Chollo nickte.

«Was oft der Fall ist.»

Er öffnete die Beifahrertür und stellte einen Fuß auf die Straße.

«Fang keine schrägen Sachen an da drinnen», sagte ich. «Ich will nicht, daß der Frau etwas zustößt.»

«Ich werde so verschlagen sein wie ein Baumfrosch aus Yucatan», sagte er.

«Sind die wirklich so verschlagen?» fragte ich.

«Keine Ahnung. Das war improvisiert», sagte Chollo.

Er stieg aus, schlug den Kragen seiner Jacke hoch und ging über die Straße. Der Wind wirbelte ihm Sand ins Gesicht, und er kniff die Augen zusammen. Er ging die Treppe zum Eingang hoch und sprach mit dem Wachposten. Der Posten hörte zu, redete, hörte zu, redete. Dann drehte er sich um und verschwand im Gebäude. Chollo drückte sich in den Eingang, wo es windgeschützt war, und wartete. Nach einer Weile ging die Tür auf, und der Posten erschien wieder. Mit ihm war ein schlanker Typ mit Zöpfen. Die drei unterhielten sich einige Minuten. Dann gingen Chollo und der Typ mit den Zöpfen ins Haus, und der Posten blieb draußen.

Die schlanke junge Frau mit dem pinkfarbenen Sweatshirt kam in den Raum. Mit ihr war einer der Männer, die sie als Wachposten vor ihrer Tür gesehen hatte. Die Frau trug eine kleine Plastiktüte. Sie deutete auf den Stuhl.

«Ich soll mich auf den Stuhl setzen?» fragte Lisa.

Die Frau zeigte wieder auf den Stuhl. In ihrer Haltung war etwas Auftrumpfendes.

«Warum? Warum wollen Sie, daß ich mich auf den Stuhl setze?» fragte Lisa.

Die Frau zuckte mit den Achseln und sagte etwas auf spanisch zu dem Mann. Sie griffen sie an beiden Armen, drängten sie nach hinten und zwangen sie auf den Stuhl. Während der Mann Lisa festhielt, nahm die Frau eine Wäscheleine aus der Plastiktüte, band Lisas Hände hinter ihrem Rücken an den Stuhl, hockte sich hin und band ihre Knöchel an die vorderen Stuhlbeine. Jedesmal zerrte sie an der Leine und zog sie zu fest an.

«Warum, ihr Arschlöcher, warum fesselt ihr mich?» sagte Lisa. «Nicht, bitte nicht, bitte fesselt mich nicht. Bitte! Nicht fesseln, ich will nicht, bitte, ihr tut mir weh, ich...»

Die Frau sagte ihr etwas auf spanisch und lachte. Sie nahm eine Rolle graues Isolierband aus der Plastiktüte, drückte das Band gegen Lisas Gesicht und klebte ihr mit einem zornigen Blick den Mund zu, wickelte das Band noch einmal unnötigerweise und wie aus Rache um Lisas Kopf, ging vor Lisa ein paar Schritte zurück, um den Anblick der an den Stuhl gefesselten Frau zu genießen, lachte, drückte sich die Hand in den Schritt und sagte höhnisch etwas auf spanisch zu Lisa . Der Mann trat zu ihr und sagte irgend etwas. Sie machte eine wegwerfende Geste. Er sagte wieder etwas, jetzt drängender, und sie zuckte mit den Achseln, holte ein kleines Radio aus ihrer Plastiktüte, stellte es auf den Tisch neben Lisa, machte es an und drehte die Lautstärke auf. Es war ein spanischsprachiger Sender. Die Salsamusik erfüllte das Zimmer. Die Frau faltete die Plastiktüte zusammen und legte sie auf den Tisch neben das Radio. Sie stand wieder vor Lisa und betrachtete sie, als ob sie Lisas Hilflosigkeit genoß. Dann legte sie die Hand unter Lisas Kinn, hob ihren Kopf und spuckte ihr ins Gesicht. Der Mann sprach scharf zu ihr, und die Frau lachte, und sie und der Mann verließen das Zimmer. Dann hörte Lisa, wie sich der Schlüssel im Schloß drehte. Sie spürte, wie die klaustrophobische Angst sie durchdrang. Die Spucke der Frau lief ihr die Wange hinunter. Einen Augenblick kämpfte sie wie wild gegen ihre Fesseln. Aber die Leine war fest gespannt. Ruhig, dachte sie, ruhig. Ich habe das schon einmal überstanden. Warum haben sie das getan? Ich kann sowieso nicht hinaus. Die Tür ist abgeschlossen, und es gibt einen Posten. Warum haben sie mich gefesselt? Warum den Mund zugeklebt? Niemand kann mich hören. Ist er irgendwo? Filmt das? Wozu soll das Radio gut sein, um Himmels willen? Um irgendwelche Geräusche zu dämmen? Was für Geräusche sollte ich denn machen? Mein Mund ist zugeklebt, man könnte mich nicht einmal aus zwei Metern Entfernung hören... Irgend jemand ist im Gebäude. Sie spürte einen plötzlichen Stich der Aufregung. Das ist es, irgend jemand ist hier. Sie fing wieder an, gegen ihre Fesseln zu kämpfen. Aber sie war hilflos. Die Frau hatte ihre Knöchel so gebunden, daß ihre Füße den Boden nicht berührten. Die Leine war straff, die Knoten ganz fest. Sie konnte sich nicht befreien. Sie konnte kein Geräusch machen. Ruhig, dachte sie. Ruhig, ruhig. Wenn sie weg sind, wird er dich losschneiden. Er kommt zurück. Warum war die Frau nur so grausam? Luis kommt zurück und bindet mich los. Er wird mich beschützen. Sie saß völlig regungslos und konzentrierte sich auf das Ein- und Ausatmen. Und nach einer Weile wurde sie ruhig. Es war unbequem. Die Leine war zu eng gezogen. Aber sie hatte keine eigentlichen Schmerzen. Wie schnell wir lernen, uns mit wenig zufriedenzugeben, dachte sie. Sich wieder in die Gewalt zu bekommen, das war der erste Sieg, seit er sie gefangengenommen hatte. Vielleicht nicht der letzte, dachte sie. Sie entspannte sich unter den Fesseln, drückte sich in den Stuhl, ließ ihren Körper schlaff werden, den Kopf hängen. Atmete ruhig. Es fiel ihr auf, daß Luis anfing, ihr wie ein Beschützer zu erscheinen, daß sie sich auf seine Rückkehr freute. Sie erinnerte sich an das unter ihrer Matratze versteckte Eisenrohr. Sie dachte daran wie an einen noch zu hebenden Schatz, mit Vorfreude. Ich werde nicht immer gefesselt sein, dachte sie, während sie hilflos und entspannt dasaß, ich werde nicht immer gefesselt sein.

Kapitel 33

Ich nahm die 9-mm-Browning aus dem Halfter und legte sie auf den Sitz neben mein Bein. Ich startete das Auto und ließ den Motor laufen, falls ein schneller Abschied angesagt sein sollte. Dann machte ich es mir so bequem wie möglich und wartete. Wenn ich mich im Sitz nach unten rutschen ließ, konnte ich einen Mann mit einem roten Holzfällerhemd auf dem Dach eines der Häuser herumlaufen sehen. Es war aus meinem Blickwinkel schwer zu erkennen, aber es sah so aus, als ob er ein Gewehr oder eine Flinte bei sich trug. Die Fenster des Zimmers unter ihm waren mit Sperrholz zugenagelt. Er ging auf die andere Seite des Dachs, und ich verlor ihn aus den Augen.

Der Hund von vorhin kehrte zurück. Mit ihm war jetzt ein anderer Hund der gleichen Urrasse, mittelgroß, hellbraun, Ringelschwanz über dem Rücken. Die beiden bogen um die Ecke und verschwanden hinter einem der Wohnhäuser. Ich sah wieder zum Dach hinauf. Der Typ mit dem roten Holzfällerhemd war wieder da. Jetzt konnte ich sehen, daß er tatsächlich eine Schußwaffe mit einem langen Lauf bei sich trug, obwohl ich immer noch nicht erkennen konnte, ob es sich um eine Schrotflinte oder ein Gewehr handelte. Hoffentlich eine Flinte, dachte ich, bei der Entfernung, falls Chollos Geschichte nicht überzeugt und sie sich in den Kopf setzen, auf mich zu schießen.

Weiter weg, östlich von Proctor, zogen sich die Wolkenfetzen zusammen, und der Horizont wurde schwarz. Bald würde es regnen. Es hing etwas Schweres in der Luft, und der Wind vom Osten, vom Ozean her, brachte normalerweise um diese Jahreszeit auch Regen mit sich. Die Hunde waren weg. Jetzt lag die Straße verlassen da. Kein Verkehr schob sich durch das Viertel. Keine Eisverkäufer. Keine Streifenwagen. Keine Frauen mit Kinderwagen, die durchsichtigen Plastikverdecke in Erwartung des Regens schon gespannt. Der Wind legte sich, und der Regen kam. Ich konnte ihn sehen, bevor er mich erreichte. Er marschierte die schweigende Straße hinauf, ein senkrechter Perlenvorhang, und wo er hinkam, wurde der Gehweg dunkel. Als der Regen das Auto traf, tippte ich auf den Intervallschalter der Scheibenwischer, damit ich sehen konnte, wenn jemand mit einer Pistole auf mich zukam.

Der Typ auf dem Dach war verschwunden, wahrscheinlich hatte er sich irgendwo untergestellt. Falls wir einmal das Haus stürmen müßten, wäre es vielleicht ganz sinnvoll, einen Regentag abzuwarten. Nichts passierte. Niemand rührte sich. Die Zeit schleppte sich dahin. Ich fing an, eine Liste aller Frauen zusammenzustellen, mit denen ich in meinem Leben geschlafen hatte, und versuchte mich an die genauen Einzelheiten zu erinnern. Ich fragte mich, ob ich mit solchen Gedanken schon Susan untreu wurde, und jetzt dachte ich über diese Frage nach und nicht daran, mit wem ich was getan hatte. Vielleicht dachte sie auch an die Leute, mit denen sie geschlafen hatte. Wie ging es mir dabei? Ich kam zum Ergebnis, daß es mir nichts ausmachte, solange sie nicht mit Sehnsucht an sie dachte. Also kehrte ich zu meiner Liste zurück, gab mir aber Mühe, keine Sehnsucht zu empfinden. Der Regen war stärker geworden, zu stark für die Intervallschaltung. Ich ließ die Scheibenwischer permanent laufen. Dann sah ich auf die Uhr. Chollo war seit vierzig Minuten dort drinnen.

Ich dachte an Brenda Loring. Sie war eine nette Frau. Sie hatte tolle Oberschenkel. Ich mochte sie. Aber ich liebte Susan. Durch den freien Bogen des Scheibenwischers konnte ich erkennen, wie Chollo aus dem Wohnhaus trat und auf das Auto zukam. Er schien es nicht besonders eilig zu haben. Aber er würde es auch dann nicht besonders eilig haben, wenn ein wilder Stier hinter ihm her wäre. Ich sah wieder auf die Uhr. Eine Stunde und fünf Minuten.

Chollo stieg in den Wagen und zog die Tür hinter sich zu.

«Wie lief es?» fragte ich.

Chollo grinste.

«Als ich ging, hat mich Luis umarmt.»

«Wie süß», sagte ich.

«Ihr kalten Gringos versteht uns nicht. Wir sind eben heißblütige Latinos», sagte Chollo.

«Willst du warten, bis sich dein Blut ein wenig abgekühlt hat, um mir die Einzelheiten zu erzählen?»

«Essen», sagte Chollo, «zuerst muß ich was essen.»

«Vielleicht kann ich einen McDonald's oder so etwas finden.»

«Die Küche meiner Heimat», sagte Chollo. «Du denkst auch an alles.»

Ich machte das Licht an, legte den Gang ein und fuhr los.

Jetzt zeigten die im dunklen Raum lautlos flimmernden Monitore neben den anderen Bildern auch Bilder von ihr, wie sie am Stuhl gefesselt dasaß. Er war mit seiner Videokamera hereingekommen und hatte sie gefilmt, bevor er ihre Fesseln durchgeschnitten hatte.

«Es handelt sich um Geschäfte, Querida. Es tut mir leid, daß es so sein mußte. Aber noch kann ich mich nicht darauf verlassen, daß du nichts Verrücktes unternimmst. Ich hole etwas Hautcreme für die Stellen, wo das Band gewesen ist.»

Ich kann mich beherrschen, dachte sie. Wenn ich das kann, kann ich alles.

«Wer war hier?» fragte sie.

«Es waren wichtige Leute hier, Angela, sie haben mich aufgesucht. Sie wollen, daß ich ihnen hier bei ihren Unternehmungen helfe. Sie bewundern mich. Aber warum solltest du an Geschäfte denken? In dein schönes Köpfchen gehören nur schöne Gedanken.»

«Warum wolltest du denn nicht, daß sie über mich Bescheid wissen? Wovor hast du Angst, wenn es so gute Freunde von dir sind?»

«Von mir und meinen Geschäften sollen die Leute nur das wissen, was sie wissen müssen», sagte Luis. «Nur das, was ich sie wissen lasse.»

«Wer ist diese Frau, die mich gefesselt hat?»

«Rosalita», sagte er. «Sie ist ein Nichts. Sie hat immer geglaubt, daß ich ihr gehöre.»

Er unterbrach sich und betrachtete das neueste Video.

«Es tut mir leid, Chiquita, daß du gefesselt werden mußtest.»

«Nein», sagte sie und wunderte sich über die Kraft, die in ihrer Stimme lag, «nein, es tut dir nicht leid. Du hättest mich gern immer gefesselt und geknebelt zur Verfügung.»

«Wie kannst du so etwas sagen? Bin ich nicht zu dir gerannt, habe ich dich nicht losgebunden, sobald es möglich war?»

«Nimm nicht alles so wörtlich. Begreifst du nicht, daß diese Videos deine Gefühle für mich ausdrücken? Diese Bilder, wie ich gefesselt und hilflos bin, auf einer Schubkarre hier hereingeschleppt, an den Stuhl gebunden und geknebelt werde, wenn Besuch kommt. Ich gehöre dir, weil ich keine Wahl habe.»

«Es gibt Bilder von dir und mir am Strand», sagte er, «von dir und mir auf der Bühne.»

«Du willst keine Liebe, du willst mich als Sklavin.»

«Mein Engel, ich bin dein Sklave.»

Er lief wieder auf und ab.

«Seit meine Mutter... Warte, ich zeige dir etwas. Du hast nie meine Mutter gesehen.»

Er verschwand hinter den Theaterkulissen, und einen Augenblick später hatte sich das Bild auf den Monitoren geändert. Jetzt zeigten sie eine junge lateinamerikanische Frau. Lange, schwarze Haare, hohe Brüste, ein kurzes, schwarzes T-Shirt, weißer Minirock, weiße Stiefel. Die Kamera machte plötzliche, holprige Bewegungen, die Umrisse waren etwas unscharf, und die Farben waren merkwürdig, wie auf einem kolorierten Foto, aber sie konnte die Ähnlichkeit zwischen der Frau und Luis deutlich erkennen.

«Meine Mutter», sagte Luis. «Ist sie nicht schön?»

Zuviel Make-up, dachte Lisa. Die Haare sind zu hoch toupiert, der Rock ist zu kurz.

«Sie hat mir die Kamera geschenkt, einen 8-mm-Apparat. Sie hat mir gezeigt, wie man filmt.»

Die Kameraführung wurde ruhiger. Jetzt kam ein kleiner Junge ins Bild. Er faßte seine Mutter um die Taille. Sie legte ihren Arm um seine Schulter, und sie standen da und lächelten in die Kamera.

«Und das bin ich, mit meiner Mutter», sagte er.

Es gab einen ungeschickten Schnitt. Die gleiche Frau, anders angezogen, aber nicht besser, dachte Lisa, saß einem grob gebauten Anglo-Mann mit einem roten Gesicht und einem grellen Blazer auf dem Schoß. Ihr kurzer Rock war weit hochgerutscht, und die Hand des Mannes ruhte auf der Innenseite ihres Oberschenkels.

«Das ist ein Freund meiner Mutter», sagte Luis. «Meine Mutter hatte viele Freunde.»

Die Frau lächelte in die Kamera und winkte dann mit der Hand ab, aufhören. Die Kamera lief weiter und brach dann abrupt ab.

«Ich habe die ganzen alten Filme auf Video überspielt», sagte Luis. «Sie ist fort, aber auf diese Weise besitze ich sie immer noch.»

Kapitel 34

Es gab einen Sandwichladen in einem Einkaufszentrum neben der Route 93, etwas westlich von Proctor. Als ich den Wagen auf dem Parkplatz abstellte, bedachte Chollo den Sandwichladen mit einem skeptischen Blick.

«Was ist denn das?» fragte Chollo. «Die Küche deines Heimatlands?»

«Gute Yankee-Küche», sagte ich.

«Bring mir ein Baguette mit gekochtem Schinken und Käse mit», sagte Chollo. «Keine Pepperonis.»

«Keine Pepperonis?»

Chollo zuckte mit den Achseln.

«Hin und wieder», sagte er, «werde ich meinem kulturellen Erbe untreu.»

«Was soll's, so was kommt vor», sagte ich. «Ich zum Beispiel esse nicht immer Kartoffeln.»

«Kultureller Völkermord», sagte Chollo.

Ich ging in den Laden und holte uns ein paar Sandwiches und etwas Kaffee und kam zurück. Chollo nahm einen Schluck Kaffee und verzog das Gesicht.

«Was ist das für eine Scheiße?» sagte er.

«Du hast wohl meinen gekriegt», sagte ich, und wir tauschten.

«Das Zeug trinkst du?» sagte Chollo.

«Man gewöhnt sich daran.»

«Warum sollte man?»

«Ein guter Einwand», sagte ich. «Was war in dem Haus los?»

Chollo stellte seinen Kaffee in einem der Halter auf der Mittelkonsole ab und fing an, sein Sandwich auszupacken.

«Die Geschichte haben sie mir abgekauft», sagte Chollo. «Deleon hatte von Mr. del Rio gehört. Ich erzählte ihm, daß wir mit Freddie Santiago gesprochen hätten, aber nicht glücklich mit ihm wären. Sagte, daß Freddie meiner Meinung nach irgendwie müde aussah. Daß Mr. del Rio und ich zum Ergebnis gekommen wären, wir könnten einen jüngeren Typen gebrauchen, ein bißchen frisches Blut, um unsere Geschäfte hier oben zu leiten.»

Chollo nahm eine Hälfte seines Baguettebrots und biß hinein. Nicht ein Krümel fiel auf seine Sachen, und ich fragte mich, wie er das schaffte. Susan meint immer, wenn ich ein Baguette esse, sehe ich aus, als hätte ich mich mit dem Ding geprügelt. Er kaute zufrieden. Ich wartete. Der heiße Kaffee dampfte die Windschutzscheibe zu, so daß das Wageninnere mit dem Essen die einzige klar umrissene Wirklichkeit zu sein schien.

«Das hat Deleon gefallen», sagte Chollo. «Hat ihn richtig aufgeregt. Er meint, er wäre genau der richtige Mann für diesen Job. Meint, er hätte genau die richtige Organisation. Also sage ich, sehen wir uns mal um, was du hier so hast, und er veranstaltet eine Führung für mich.»

Chollo trank etwas Kaffee. Ich wartete.

«Drei Sachen», sagte Chollo. «Erstens, Deleon ist völlig durchgeknallt. Zweitens, es gibt im ersten Stock ein abgeschlossenes Zimmer mit einem Posten davor. Das wird die Ecke im ersten Stock sein, wo die Fenster mit Sperrholz zugenagelt sind. Der Posten hat so getan, als ob er da nur zufällig herumhängt, aber er hat Wache geschoben. Und an der Tür ist ein neues Vorhängeschloß. Ich frage Deleon: ‹Was ist da drin?› Er sagt, es wären seine Privatquartiere. Sagt: ‹Ich allein besitze den Schlüssel dazu.› Als wäre er Basil Rathbone, weißt du? Bloß daß er Spanisch spricht, mit einem puertorikanischen Akzent.»

Das Gute am Zuhören im Gegensatz zum Reden ist, man kann dabei essen. Ich war schon mit meinem Sandwich fertig, Chollo war erst beim zweiten Bissen.

«Und drittens?» sagte ich.

«An allen Außenmauern gibt es Sandsäcke, die Fenster sind alle mit Maschendraht bedeckt oder zugenagelt. Sie haben dort jede Menge Munition, jede Menge Proviant. Sie haben einen verdammten Garten auf dem Dach. Es sind ungefähr zwölf Männer, die schießen können, dazu Frauen und Kinder. Die Gebäude sind alle untereinander verbunden. Wenn wir da rein müssen, können wir es schaffen, aber ich sehe nicht, wie wir es schaffen können, ohne daß ein paar Frauen und Kinder mit draufgehen.»

«Wahrscheinlich sind sie deshalb dort», sagte ich.

«Das ist ein zynischer Gedanke», sagte Chollo. «Keiner ist so zynisch wie ein zynischer Yankee.»

«Ja, wahrscheinlich hast du recht», sagte ich. «Was meinst du, weshalb sie da sind?»

«Damit keiner den Komplex stürmt, aus Angst, die Kinder zu töten», sagte Chollo.

Ich nickte.

«Ach so», sagte ich. «Du sagst, sie haben einen Garten auf dem Dach. Wächst das Zeug in Töpfen, oder was?»

«Nein, sie haben dort oben einen Haufen Erde deponiert, müssen das Zeug in Eimern hochgeschleppt haben. Es ist ein Flachdach, mit Erde bedeckt, und dort wächst ein Haufen Grünzeug.»

«Was für Grünzeug?»

«Seh ich aus wie Juan Valdez?» sagte Chollo. «Wie soll ich wissen, was für Scheiß-Grünzeug das ist? Ich habe erst mit dreiundzwanzig überhaupt mitgekriegt, daß so ein Zeug nicht in Dosen wächst.»

«Das Haus muß also ein ziemliches Gewicht aushalten», sagte ich. «Und was ist mit Deleon? Was meinst du?»

«Deleon ist nicht ganz dicht», sagte Chollo.

«Das erwähntest du bereits», sagte ich.

«Er läuft da drinnen herum, als wäre er im Raumschiff Enterprise. Und angezogen ist er wie zum Maskenball. Heute war er im Vaquero-Look – Stiefel, die ganze Scheiße. Hatte sogar eine kurze Lederpeitsche um das Handgelenk gewickelt. So eine Reitpeitsche, weißt du. Als wäre er Gilbert Roland.»

«Theatralisch», sagte ich.

«Und wie. Er kann es kaum abwarten, bis man ausgeredet hat, gleich muß er noch etwas von sich erzählen. Meine Leute dies, und meine Organisation das, und meine Zitadelle so und so. Er benutzt wirklich das Wort *Zitadelle*, verdammt noch mal.»

«Du glaubst, daß sie da drinnen ist?» fragte ich.

«Gesehen hab ich sie nicht», sagte Chollo.

«Aber es gibt ein abgeschlossenes Zimmer.»

«Ja, das gibt es.»

«Und es gibt Hochzeitspläne.»

«Ja, die gibt es.»

Wir saßen eine Weile und schwiegen. Chollo aß sein Sandwich, und ich trank etwas koffeinfreien Kaffee. Als Chollo aufgegessen hatte, wischte er sich mit der Papierserviette sorgfältig den Mund ab, steckte die Serviette in die leere Sandwichtüte und lehnte sich mit seinem Kaffee zurück. Auf seinem Hemd war von Ketchup keine Spur.

«Er ist so durch den Wind», sagte Chollo, «daß er vielleicht seine Privaträume bewachen läßt, bloß damit er sich wichtig fühlen kann.»

«Und die Hochzeit?»

«Möglicherweise dreht die strahlende Braut gerade in Monaco einen Film», sagte Chollo, «und wird schnell zum Großereignis eingeflogen.»

«Während ihr zukünftiger Gatte die Feier organisiert.»

«Genau», sagte Chollo.

«Glaubst du das?»

«Nein.»

«Du glaubst, daß sie da drinnen ist?»

«Irgend jemand ist da drinnen.»

«Also müssen wir da rein.»

«Gibt eine Menge Blut, wenn wir einfach so reingehen», sagte Chollo. «Ich habe keine Probleme damit, aber wenn Belsons Frau da drinnen ist, sieht er es vielleicht anders.»

«Wir müssen rein», sagte ich.

Sie war eine Prinzessin, eine wunderbare Mutter», sagte Luis. «Sie war wunderschön, und mich hat sie über alles geliebt.»

Während er sprach, holperte der schlecht geschnittene Film von Szene zu Szene. In vielen Einstellungen war seine Mutter mit Männern zu sehen. In einer Szene küßte sie gerade einen Mann neben einem Bett. Er hatte seine Hand auf ihrem Hintern und den kurzen Rock fast bis zur Hüfte hochgeschoben. Der Stoff bauschte sich in seiner Hand. Sie drehte sich um, als sei sie erschrocken, hielt im billig-grellen Kameralicht die Hand schützend vor das Gesicht und gestikulierte mit der anderen in die Kamera.

«Ich habe sie gern geärgert, wenn sie mit einem Mann nach Hause kam. Ich erwischte sie, wenn sie dem einen oder anderen einen kleinen Kuß gab, und später habe ich sie damit aufgezogen. Aber mit den Männern war es nie etwas Ernsthaftes. Sie sagte immer, ich wäre der einzige, ihre einzige wahre Liebe.»

«Und dein Vater?»

Luis schüttelte ärgerlich den Kopf.

«Ich hatte keinen Vater», sagte er.

«Lebt er noch?»

«Ich sage dir doch, ich habe keinen Vater.»

Der Film war auf einer Endlosschleife. Jetzt begann der zweite Durchlauf. Die so oft gefilmte Wohnung schien nur aus einem Zimmer zu bestehen. Die gefilmten Männer waren immer andere.

«Deine Mutter hatte viele Männer», sagte Lisa.

«Es waren Freunde. Geliebt hat sie keinen von ihnen.»

«Sie hatte jede Nacht Freunde zu Besuch?»

Luis stand plötzlich auf und ging auf die andere Seite des Raums.

«Sind sie immer die ganze Nacht geblieben?» fragte Lisa.

«Sprechen wir nicht mehr von meiner Mutter», sagte Luis. «Reden wir von etwas anderem.»

Er lief hinter die Theaterkulissen, und die Monitore wurden schwarz. Sie konnte seine Schwäche spüren, spürte ihre Stärke.

«Blieben sie die ganze Nacht?»

Er kam zurück. Als er sprach, war seine Stimme tief und fest und gefährlich, wie die eines Filmbösewichts.

«Reden wir jetzt von uns», sagte er.

«Deine Mutter war eine Hure, stimmt's?» sagte Lisa.

Luis wirbelte herum und schlug ihr mit der Handfläche hart ins Gesicht. Sie fiel auf ihre Knie und mußte sich mit den Händen stützen. In ihren Ohren klingelte es. Sie hörte, wie sie zu lachen anfing.

«Sie war eine Hure, stimmt's? Es stimmt doch.»

Und dann fiel Luis neben ihr auf die Knie, heulte, umarmte sie.

«Es tut mir leid, mein Engel, es tut mir leid, es tut mir so leid.»

Sie hob den Kopf und sah ihn an, immer noch auf Händen und Knien, sah seine Tränen und lachte. Selbst in ihren eigenen Ohren klang das Lachen häßlich.

«Was soll's, Luis», sagte sie. «Ich bin doch auch Nutte gewesen.»

Kapitel 35

«Sieht Deleon aus wie auf dem Polizeifoto?» fragte ich.

«Ja, aber richtig groß», sagte Chollo.

«Einsfünfundneunzig», sagte ich. «Wie schätzt du ihn ein?»

«Gefährlich ist er, aber kein harter Kerl, weißt du. Er ist wie ein großes Kind, völlig von sich eingenommen, aber er ist unsicher, und er hat Angst, daß irgend jemand dahinterkommt, und man merkt, daß er die ganze Zeit irgendwie verzweifelt ist. Er hat diesen Blick, den man bei einigen Typen in den Gangs sieht, den neuen Kids. Sie haben Angst, aber sie sind verrückt. Sie sind bereit zu sterben, bloß damit man sie ernst nimmt. Also weiß man nie, was sie tun werden. Man kann sich nicht darauf verlassen, daß sie keine Dummheiten machen.»

Ich nickte.

«So ist Deleon. Typen wie du und ich, wir wissen ziemlich gut, wozu wir fähig sind, wenn es darauf ankommt. Denken nicht groß darüber nach. Fragen uns nicht, ob es andere wissen und was sie darüber denken. Deleon weiß nicht, wozu er fähig ist, und er will, daß jeder denkt, er weiß es und kann es, wenn du verstehst, was ich sagen will. Es wäre leicht, mit ihm fertig zu werden, wenn die Frau nicht wäre. Ich habe gutes Geld damit verdient, solche Typen unter die Erde zu bringen, die anderen Leuten beweisen wollten, wie gefährlich sie waren, bloß weil sie es in Wirklichkeit selbst nicht so genau wußten.»

«Aber die Frau ist da.»

«Ja, und das macht Deleon so verdammt gefährlich, weil es nicht auf die einfache Tour geht, weil man nicht weiß, wie sich das, was man macht, auf die Frau auswirkt, und weil man sich nicht darauf verlassen kann, daß Deleon so reagiert, wie man es erwartet. Und er ist groß, und er hat eine Kanone.»

«Toll», sagte ich. «Gibt es eine Nummer zwo?»

Chollo lachte.

«El Segundo ist ein spindeldürrer Pistolenmann mit einem riesiglangen Pferdeschwanz, heißt Ramon Gonzalez. Ein Kokser, hat einen dünnen, schlaffen Schnurrbart, tanzt nervös um Deleon herum und trägt zwei Schießeisen.»

Chollo lachte wieder.

«Ich meine nicht eine Kanone plus irgendein verstecktes Teil unten im Hosenbein. Oder zur Sicherheit was unterm Arm. Ich meine, er trägt zwei 9-mm-Sig-Sauer, eingravierter Name im Griff, eine an jeder Hüfte, wie der verdammte Frito Bandito.»

«Und der ist ein waschechter Pistolero?» fragte ich.

«O ja», sagte Chollo. «Und er liebt Luis. Sieht zu ihm auf, als wäre er der verdammte George Washington persönlich.»

«Typen mit zwei Pistolen haben mir nie besonders imponiert», sagte ich.

«Wie viele von der Sorte hast du kennengelernt?»

«Außer diesem hier nur Hoot Gibson», sagte ich.

«Ob der gut ist, weiß ich nicht, aber Ramon ist echt. Ich kenne solche Typen. Sie erschießen Menschen, weil es ihnen Spaß macht.»

«Du nicht», sagte ich.

«Ich habe keine besonderen Gefühle dabei», sagte Chollo. «Ich erschieße Leute, weil ich dafür bezahlt werde.»

«Ich bezahle dich nicht», sagte ich.

Chollo grinste.

«Vielleicht komme ich dafür in den Himmel», sagte er.

«Das verspreche ich dir», sagte ich. «Es gibt ein Dutzend Leute mit Schießeisen? Einschließlich Deleon und Gonzalez?»

«Genau weiß ich es nicht. Das ist nur geschätzt. Als ich da drinnen war, habe ich neun gezählt, plus Deleon und Gonzalez. Ich denke, ich könnte ein paar übersehen haben, die vielleicht auf dem Dach waren, Kürbisse ziehen. Also insgesamt zwölf, fünfzehn Mann.»

«Und die Frauen und Kinder gehören zu ihnen.»

«Sicher. Der Komplex ist in einzelne Wohnungen aufgeteilt, mit einer gemeinsamen Küche, so sieht es jedenfalls aus. Der Grundriß ist völlig unübersichtlich.»

«Es wäre auch sonst zu schön gewesen, wo alles andere so übersichtlich ist. Ich weiß nicht, ob sie da drinnen ist, und wenn sie da ist, weiß ich nicht warum. Und der einzige Weg, das herauszubekommen, ist, dort hineinzugehen, aber wenn ich reingehe, wird sie vielleicht getötet.»

«He, Señor», sagte Chollo, «ich bloß Dolmetscher. Ich nicht bezahlt werden für Denken.»

«Du hast es gut», sagte ich.

Der Kaffee war alle, und die Sandwiches waren aufgegessen worden. Ich sammelte den Abfall ein und stieg aus und kippte ihn in die Mülltonne neben dem Sandwichladen. Es war ein schöner Frühlingstag geworden, und die Sonne spiegelte sich in den geparkten Autos und blitzte im Chrom und glitzerte in den winzigen Quarzsplittern im Asphalt des Parkplatzes. Pubertierende Mädchen in gestreiften T-Shirts und abgeschnittenen Jeans trieben sich unter dem Arkadendach des Einkaufszentrums herum. Die meisten rauchten. Manche inhalierten. Eins der Mädchen sah, wie ich sie anblickte. Sie erwiderte meinen Blick, voller Übermut und Unsicherheit, und richtete sich auf, so daß ihr neuer Busen, der ihr zweifellos nicht ganz geheuer war, stolz zur Geltung kam. Ich grinste sie an, und sie drehte sich schnell weg.

Ach, süßer Vogel Jugend. Früher kamen sie angerannt, wenn ich so lächelte.

Ich stieg wieder ins Auto, startete und fuhr zurück auf die Route 93.

«Was nun, Jefe?» fragte Chollo.

«Ich dachte, wir fahren zurück und parken woanders und observieren die Zitadelle noch ein bißchen», sagte ich.

«Mann, es ist faszinierend, einem Stardetektiv bei der Arbeit zuzusehen», sagte Chollo.

«Stell dir vor, wie faszinierend es ist, so ein Stardetektiv zu sein», sagte ich.

Wir schwiegen eine Weile. Chollo betrachtete die nichtssagende Landschaft, halb Land, halb Stadt, neben der Straße. Als wir San Juan Hill erreichten, parkte ich das Auto an einer anderen Ecke und in einer anderen Richtung. In unserer Abwesenheit hatten sie keine Renovierungsarbeiten durchgeführt.

«Wie lange sehen wir uns dieses Scheiß-Rattenloch an?» fragte Chollo.

«Bis ich mir überlegt habe, wie ich da hineinkommen und die Frau herausholen kann.»

Chollo rutschte in seinem Sitz herunter und ließ sein Kinn auf der Brust ruhen.

«So lange», sagte er.

Sie saßen nebeneinander auf dem Fußboden. Er war immer noch den Tränen nahe, aber er hörte ihr zu.

«Ich bin nicht in Los Angeles großgeworden», sagte sie. «Als Kind lebte ich in Haverhill. Mein Alter war ein arbeitsscheuer Säufer und Frauenaufreißer. Er hat meine Mutter verlassen, als ich ungefähr zehn war. Meine Mutter bekam das Sorgerecht, aber er ist zurückgekommen, hat mich geholt und mitgenommen. Hat mich mehr oder weniger gekidnappt. Es war nicht so sehr, daß er mich wollte, glaube ich, als daß er nicht wollte, daß meine Mutter mich hat. Ich habe ein paar Jahre meines Lebens damit zugebracht, mich auf dem Rücksitz seines Autos zu verstecken oder nachts in Motelzimmer hineinzuschleichen, damit mich niemand sieht. Ich bin nicht zur Schule gegangen, ich hatte keine Spielkameraden. Wenn er nüchtern war, hat mein Vater irgendwelche Aushilfsarbeiten angenommen und ließ mich tagsüber allein. Dann habe ich ferngesehen. Schließlich hat ein Privatdetektiv, den meine Mutter angeheuert hatte, mich gefunden und wieder gekidnappt. Meine Mutter hat meinem Vater nie verziehen, daß er sie betrogen und sitzengelassen hatte, und mir hat sie auch nie verziehen, nehme ich an, daß ich seine Tochter war. Solange ich zu Hause war, hörte ich ständig, was für ein Mistkerl er war, was für Mistkerle alle Männer wären. Ich habe meinem Vater nie verziehen, daß er mich schnappen und zurückbringen ließ.»

«Aber deine Mutter hat dich geliebt», sagte Luis.

Seine aufblitzende Naivität, eine Unschuld, die hinter dem Machismo und der Angeberei zum Vorschein kam, hatte ihr immer gefallen. Wahrscheinlich weil sie echt war, dachte sie. Der Rest war eine Pose, das hatte sie immer gewußt. Damals hatte aber seine Unschuld ihn in ihren Augen gerettet.

«Nein», sagte Lisa. «Meine Mutter hat mich bestimmt nicht geliebt. Für sie war ich einfach eine von seinen Frauen, oder so ähnlich jedenfalls. Von dem Augenblick an, als ich in die Pubertät kam, hielt sie mich für eine widerliche Schlampe, wie all die anderen.»

«Du solltest nicht so von deiner Mutter reden», sagte Luis. Er hatte sich jetzt nach vorn gelehnt, die Unterarme auf seine Oberschenkel gestützt, und hörte ihr so genau zu, daß es ihr vorkam, als beobachtete er, wie ihre Lippen die Wörter formten.

«Es ist die Wahrheit», sagte sie. «Wenn man nicht verrückt werden will, muß man die Wahrheit kennen und sie aussprechen können.»

«Mein armer Engel», sagte Luis. «Es muß furchtbar gewesen sein, eine solche Mutter zu haben.»

«Ja, nun, lange bin ich nicht geblieben. Als ich siebzehn war, bin ich mit einem Typen aus der Nachbarschaft namens Woody Pontevecchio abgehauen. Woody hatte ein bißchen Geld gestohlen, und wir sind hauptsächlich getrampt, quer über den Kontinent bis nach, na rate mal, Hollywood. Er wollte mich managen, und ich sollte Filmstar werden.»

«Schön genug bist du ganz bestimmt», sagte Luis.

«Klar doch. In Haverhill war ich eine Schönheit. In Hollywood ist jeder eine Schönheit. Ich hatte ungefähr so viele Chancen wie eine Kuh.»

«Aber du hast so viel Talent.»

«Ja. Wir hatten ein Zimmer in einer Absteige in Venice, Klo am Ende des Korridors. Ich habe in einem der Strandlokale gekellnert, und Woody wollte Hollywood aufreißen. Zuerst hat er mir ein paar Jobs als Sexy-DJ bei Partys besorgt – kannst du dir vorstellen, Platten auflegen und Sprüche klopfen im Minibikini. Dann haben wir eine Show entwickelt, wo ich als DJ in Abendgarderobe erscheine und nach und nach im Verlauf des Abends alles ausziehe. Er hat mich als Hollywoods einzigen exotischen Discjockey annonciert, und dann hat er mir tatsächlich eine Filmrolle besorgt.»

«Das hast du mir nie erzählt», sagte Luis. «Davon hast du mir nie etwas gesagt.»

«Wird also Zeit», sagte Lisa. «Ich hatte eine Nebenrolle in einem Sechzehnmillimeterstreifen mit dem Titel Hot Pants.*»*

*«*Hot Pants*? Was ist das für ein Film?»*

«Porno. Ich machte eine ganze Reihe Pornofilme, aber richtig gut war ich nie, dieses ganze Stöhnen und schwer atmen, und irgendwann gab es keine Rollen mehr, und die Geschichte mit dem exotischen DJ lief auch nicht mehr, also hat mich Woody auf den Strich geschickt.»

Während sie sprach, schüttelte Luis langsam den Kopf hin und her, als ob er nach einem Schlag wieder zu sich kommen wollte.

«Nein», sagte Luis.

«Doch, hat er.»

«Nein.»

«Doch. Wie deine Alte, Luis. Ich war Nutte, wie deine Alte.»

«Nein», sagte Luis wieder. «Nein. Nein. Nein.»

Er heulte wieder und schlug sich bei jedem «Nein» mit beiden Fäusten auf die Oberschenkel, sprach die Wörter wie ein rituelles Gebet, mit dem er die Wahrheit exorzieren könnte.

«Nein, nein, nein, nein...» Dann überwältigte ihn das Weinen. Er kippte nach vorn und drückte sein Gesicht gegen ihren Körper, und sie legte ihren Arm um ihn und streichelte ihn, während er heulte.

«Ich und deine Mutter, wir beide», sagte sie. «Ich und deine Mutter.»

Kapitel 36

Es wurde dunkel.

Chollo machte es sich auf dem Beifahrersitz noch etwas bequemer und sagte: «Ist dir schon was eingefallen?»

«Wenn wir reingehen wollen, brauchen wir einen Plan», sagte ich.

«So weit bist du schon gekommen?» sagte Chollo.

«Ausgebildeter Detektiv eben», sagte ich. «Ich weiß, daß der Komplex ein Labyrinth ist, aber kannst du das Zimmer der Frau finden?»

«Sí.»

«Vorn ist ein Treppenhaus», sagte ich. «Soviel kann ich von hier aus erkennen. Wurde wahrscheinlich als Dreifamilienhaus entworfen.»

«Woran erkennst du das?» fragte Chollo.

«Mein Vater war Zimmermann», sagte ich. «Es liegt an den Genen.»

«War er auch ein Arschloch?»

«Nein. Das ist eine erworbene Eigenschaft.»

«Also, du hast recht. Das Zimmer der Frau geht ab vom Treppenhaus im ersten Stock. Müßte etwa dort sein, wo die zugenagelten Fenster sind. Hinten gibt's auch eine Treppe. Und hier und dort sind Löcher in den Fußboden geschnitten worden, und da gibt's Leitern, die raufgehen. Oder runter, je nachdem, wo man steht.»

«Eine nützliche Einrichtung», sagte ich.

Wir schwiegen. Um uns herum verdichtete sich langsam die Dunkelheit. In San Juan Hill funktionierten die meisten Straßenlaternen nicht. Der Nachthimmel war bedeckt. Es war dunkel, so wie es in früheren Zeiten dunkel gewesen sein muß. Nur durch die verbarrikadierten Fenster von Deleons Zitadelle drang etwas Licht.

«Wer geht rein?» fragte Chollo.

«Du und ich.»

«Und wie geht dein Plan weiter?» fragte Chollo.

«Es läuft wohl darauf hinaus, daß ich mit dir mitgehe, wenn du mit Deleon darüber verhandelst, daß er den Job als Mr. del Rios Marketingchef für die Ostküste bekommt.»

«Ich sagte dir doch, keine Gringos. Das kaufen sie mir nicht ab.»

«Wie wäre es damit, ich bin vom örtlichen Syndikat und möchte über die Gebühren diskutieren, weil, es ist unser Territorium.»

«Wäre das nicht Freddie Santiago?»

«Ich bin aus Boston», sagte ich. «Joe Broz hat mich hierher geschickt, weil er wissen will, ob die Sache unsere Geschäftsinteressen berührt.»

«Broz ist hier in der Gegend der Obermacker, ja?»

«War mal», sagte ich. «Hält sich immer noch dafür.»

«Und wenn Deleon bei ihm nachfragt?»

«Wahrscheinlich kommt Deleon nicht zu ihm durch, aber Vorsicht kann nicht schaden. Broz schuldet mir einen Gefallen.»

«Du kommst zu ihm durch.»

«Ja.»

«Du hast eine Menge Kredit bei den bösen Buben, Spenser. Santiago hilft dir, Mr. del Rio hilft dir, jetzt gibt's diesen Broz, den ich nicht kenne, der hilft dir. Und ich helfe dir. Bist du dir sicher, daß du zu den guten Jungs gehörst?»

«Nein», sagte ich. «Ich bin mir da auch nicht immer sicher.»

In der fast vollkommenen Dunkelheit neben mir schwieg Chollo eine Weile.

«Okay», sagte er dann. «Sagen wir, das hat geklappt, und wir sind drin. Was dann?»

«Dann improvisieren wir», sagte ich.

«Und du bist überzeugt, daß sie mit Deleon dort in der Burg ist?» sagte Chollo.

«Ja.»

«Weshalb bist du dir da so sicher?»

«Weil uns keine bessere Erklärung eingefallen ist.»

«Und sie wird dort gegen ihren Willen festgehalten.»

«Sie ist die ganze Zeit nicht herausgekommen, während wir hier gesessen haben.»

«Er auch nicht», sagte Chollo. «Vielleicht sind sie da drinnen und schieben die ganze Zeit eine heiße Nummer nach der anderen.»

«Schon möglich.»

«Wenn sie einmal einen von uns zwischen die Beine gekriegt haben, weißt du», sagte Chollo, «dann wollen sie nie wieder einen Gringo ficken.»

«Das wußte ich nicht», sagte ich.

Chollo grinste.

«Das ist jedenfalls meine Erfahrung», sagte er.

«Komisch», sagte ich, «meine ist ganz anders.»

«Viele Frauen hauen einfach ab, lassen den Alten stehen. Sagen nichts. Rein in den Kombi und ab. Der Alte läuft herum und sagt: ‹So was würde sie nie machen. Mann, sie mag gar keinen Sex.› Und inzwischen fickt die Alte in einem Motel in El Monte irgendeinem Typen die Ohren ab.»

«El Monte?» sagte ich.

«Wird viel gebumst in El Monte», sagte Chollo.

«Das ist schön», sagte ich. «Aber wir haben hier lange genug Blindekuh gespielt. Wir müssen rein.»

Im Dunkeln hörte ich, wie Chollo langsam und leise den Atem einzog und ganz langsam wieder ausatmete. Wir saßen beide in der fast körperlichen Dunkelheit, starrten auf ein Haus, das wir kaum sehen konnten, in dem vielleicht die Frau war, die wir suchten.

Schließlich sagte Chollo: «Mir soll's recht sein.»

Ich weiß nicht, wer mein Vater war», sagte er.

Er weinte nicht mehr, aber seine Stimme war noch unsicher, und die Worte kamen stockend. Er saß auf dem Fußboden neben ihr, den Kopf auf ihrer Schulter, und sie hielt ihn im Arm.

«Meine Mutter war mit vielen Männern zusammen. Mit vielen Anglo-Männern. Vielleicht war mein Vater ein Anglo. Meine Mutter brachte sie in unser Zimmer, weil sie nirgendwo sonst hingehen konnte. Wir hatten nur ein Zimmer, mit einer Spüle, einer Kochplatte und einem Fernseher. Meine Mutter hatte einen Teil des Zimmers mit einer Decke abgetrennt, aber ich habe dahintergeguckt, und ich konnte sie hören, auch wenn sie den Fernseher aufgedreht hatte. Ich wollte nicht dasein, aber wo sollte ich denn hin?»

Er atmete in kurzen Stößen und starrte vor sich hin auf den Fußboden, während sie seine Schulter streichelte.

«Und nachher erzählte meine Mutter mir immer, daß sie diese Männer nicht liebte. Sie sagte, daß sie nur mich liebte. Aber die Männer müßten herkommen, und sie müßte so tun, als ob sie die Männer liebte. Wir könnten auch so tun als ob, sagte sie. Wir könnten so tun, als ob wir in einem hohen Raum in einer großen Burg lebten. Und die Männer wären stolze Ritter, die diese Burg tapfer stürmten, um sie als Gattin zu gewinnen.»

«Und das hast du dir dann auch vorgestellt», sagte sie.

«Ja.»

Sie schwiegen gemeinsam. Sie spürte, wie er beim Atmen zitterte. Es war dunkel im Raum, es roch nach Feuchtigkeit. Von draußen, jenseits der zugenagelten Fenster, hörte sie ein Geräusch, das vielleicht Regen war.

«Jeden Sonntag», sagte er, «nahm sie mich mit ins Kino. Sonntags gab es keine Männer. Manchmal verbrachten wir den ganzen Tag im Kino. Wir liebten diese Filme. Deshalb hat sie mir die Kamera gekauft. Sie sagte, vielleicht könnte ich eines Tages beim Film arbeiten.»

Auf den Monitoren holperten die Bilder von seiner Mutter und ihren Männern vorbei. Luis stand plötzlich auf und verschwand hinter den Kulissen. Die Monitore wurden schwarz und blieben leer, zum ersten Mal, seit sie in diesem Raum war. Luis kam zurück und starrte auf die er-

loschenen Bildschirme. Ohne ihr Leuchten war das Zimmer erst recht dunkel … und feucht. Es lief ihr kalt den Rücken herunter. Sie schlang die Arme um ihren Körper.

«Wie ist sie gestorben, Luis?»

«Sie wurde getötet. Von Freddie Santiago.»

Kapitel 37

Wir betraten den Club Aguadillano früh um halb neun. Sechs Gäste hielten sich zu dieser Morgenstunde dort auf und tranken Bier, das heißt, einer trank Tequila und spülte ihn mit Bier herunter. Im Vergleich damit kam mir mein Koffeinfreier nicht mehr so schlimm vor. Auch im Club konnte man hinter dem Biergeruch den lauernden Flußgeruch riechen und als eine Art Begleitmusik zu den grellen Tönen der Jukebox das leise Donnern der Stromschnellen flußaufwärts hören. Heute trug Dolly der Barkeeper ein attraktives grünes T-Shirt mit abgetrennten Ärmeln. Seine massiven Oberarme waren mit ineinander verschlungenen Körpern farbig illustriert. Er betrachtete uns aufmerksam, als wir hereinkamen. Chollo sagte etwas auf spanisch zu ihm, und Dolly antwortete. Er stellte zwei Gläser auf die Theke und goß etwas Tequila ein. Dann ging er ans andere Ende der Theke, blieb stehen und starrte ins Leere. Chollo und ich ignorierten den Tequila. Nach einer Weile stand der Typ mit dem Tequila und dem Bier auf und brüllte einem der Biertrinker etwas zu. Der Biertrinker grummelte irgendeine Erwiderung, und der Tequilatrinker ging auf ihn los. Er war ein untersetzter Kerl mit groben Händen, die nach lebenslanger harter Arbeit aussahen. Der Biertrinker stand auf. Er war ziemlich groß, nicht sehr schwer gebaut, und unter seinem dreckigweißen T-Shirt schob sich ein überraschend großer Kugelbauch hervor, wie etwas, das er unter dem Tisch versteckt gehalten hatte. Der Tequilatrinker packte ihn vorne am T-Shirt.

«Sie streiten sich darum, ob der Typ mit dem Bauch eine beschissene Schwuchtel ist», murmelte Chollo.

Wortlos kam Dolly hinter der Theke hervor, nahm den abgesägten Baseballschläger hinten aus dem Gürtel und schlug dem Tequilatrinker damit in die Kniekehlen. Der Tequilatrinker schrie auf und fiel nach hinten. Dolly packte ihn am Kragen und schleppte ihn zur Tür. Er schrie immer noch. Auf dem Parkplatz ließ ihn Dolly fallen, gab ihm mit dem Baseballschläger noch einen kräftigen

Schlag auf jedes Knie und kam wieder herein. Hinter sich machte er die Tür zu. Er steckte den abgesägten Baseballschläger wieder in die Hose und ging zurück an seinen Platz hinter der Theke.

«Kraftvoll», sagte Chollo.

«Gebissen hat er ihn aber nicht», sagte ich.

«Und doch so sanft», sagte Chollo.

Die Tür zu Santiagos Büro öffnete sich, und der Grauhaarige mit Brille erschien und nickte uns zu. Wir traten ein.

Santiago saß hinter seinem Schreibtisch. Außer dem Grauhaarigen und Santiago waren vier Pistoleros im Raum. Sie standen uns gegenüber an der hinteren Wand. Einer von ihnen war der Typ, den Chollo das letzte Mal zu Boden geschlagen hatte. In den Händen hielt er eine abgesägte Schrotflinte. Niemand bat uns, Platz zu nehmen. Der Typ mit der Flinte sagte etwas zu Chollo auf spanisch. Chollo lächelte.

«Er sagt, wenn ich jetzt versuchen will, meine Pistole zu ziehen, bevor er abdrücken kann, will er es sehr gern darauf ankommen lassen.»

«¡Silencio!» sagte Santiago zu dem Kerl mit der Flinte, ohne ihn anzusehen.

«Er sagt, er soll die Klappe halten», sagte Chollo.

«Das bedeutet dieses Wort also?» sagte ich.

Santiago sah zu mir auf.

«Sie möchten mir einen Vorschlag unterbreiten?»

«Wenn Luis Deleon etwas zustoßen sollte, wer würde dann seine Operationen leiten?» fragte ich.

Santiago lächelte.

«Langfristig gesehen, ich.»

«Und kurzfristig?» fragte ich.

«Ramon Gonzalez, aber er würde nicht sehr lange durchhalten.»

«Weil?»

«Weil Ramon Gonzalez ein Zitteraal ist, ein Mann, der nur mit Kokain und PCP funktionieren kann. Luis ist der einzige, der mir ernsthaften Widerstand leistet. Er haßt mich, als wäre die Sache mit seiner Mutter irgendwie meine Schuld. Wenn es ihn nicht gäbe, wären die anderen früher oder später bereit, mit mir für ein besseres Proctor zu kämpfen.»

Er sprach immer mit einem leichten Zug von Selbstironie, so daß man nie wissen konnte, was ihm wirklich am Herzen lag und was nicht. Was vielleicht der Zweck der Übung war.

«Aber Deleon verraten sie nicht?»

«Sie haben mehr Angst vor ihm als vor mir. Er ist so verrückt. Das macht ihn» – er sah zu Chollo hinüber – *«feroz?»*

«Wild, unberechenbar», sagte Chollo.

«Sí, unberechenbar. Jeder hat Angst vor ihm, weil er wie ein wildes Tier ist, weil niemand weiß, was er als nächstes tun wird. Er kann eine Menge Geschäfte machen, weil so viele Menschen vor ihm Angst haben.»

«Was ist mit seiner Mutter passiert?» sagte ich.

«Sie hat sich den goldenen Schuß gesetzt, hier auf der Damentoilette», sagte Santiago. «Kriegte reines Heroin in die Finger – ex und hopp. Luis wollte nicht glauben, daß seine Mutter Junkie war, genausowenig wie er glauben wollte, daß sie auf den Strich ging. Also sagt er, ich hätte sie umgebracht.» Er zuckte mit den Achseln. «Warum sollte ich mir die Mühe machen, sie zu töten? Sie war doch bloß eine Nutte.»

«Eine von Ihren Nutten?» fragte ich.

Santiago lächelte.

«Die meisten Dinge in Proctor gehören mir.»

«Außer San Juan Hill.»

Er nickte.

«Außer San Juan Hill», sagte er leise.

«Das könnte sich ändern», sagte ich.

«Alles ändert sich», sagte Santiago.

«Wir werden ihn ausschalten», sagte ich.

«Wenn Sie es können.»

«Wir können schon. Wir könnten aber ein bißchen Hilfe gebrauchen.»

«Ich möchte nicht als jemand dastehen, der einen anderen Hispanic verrät», sagte Santiago. «Das würde meinem Image als Befreier Proctors gar nicht guttun.»

«Nein, gar nicht», sagte ich. «Wir sind diejenigen, die ihn verraten werden. Von Ihnen brauchen wir nur logistische Unterstützung.»

«Das könnte ich mir überlegen», sagte Santiago. «Haben Sie einen Plan?»

«Nichts Ausgearbeitetes», sagte ich, «aber ich habe ein bißchen nachgedacht.»

Santiago lächelte.

«Erzählen Sie», sagte er.

«Sag du es ihm, Chollo, auf spanisch. Ich will, daß alles klar ist, wenn wir soweit sind. Erkläre ihm die Situation, damit er genau weiß, wer wann wo sein wird.»

Chollo sprach zu ihm auf spanisch.

Als er fertig war, sagte Santiago: «Das ist alles? Eine Demonstration der Stärke?»

«Und weiter nichts. Und erst, wenn wir es sagen.»

«Soll ich dafür sorgen, daß die Polizei das Gebiet abriegelt?»

«Nein. Ihre Leute machen das», sagte ich. «Die Cops will ich überhaupt nicht in der Nähe haben.»

«Bitte schön», sagte Santiago. «Wollen Sie mir sagen, wie das alles mit Ihrem Plan zusammenhängt?»

«Nein», sagte ich.

Santiago nickte.

«An Ihrer Stelle würde ich das gleiche sagen. Pläne funktionieren am besten, wenn sie wenigen Leuten bekannt sind.»

«Sie sind sehr weise, Jefe», sagte ich.

Santiago lächelte.

«Sí», sagte er. «Aber vergessen Sie bitte nicht, daß ich ein äußerst rachsüchtiger Mann bin. Sollte es sich herausstellen, daß die Dinge anders liegen, als sie hier geschildert worden sind... sollten Sie mich belogen haben, werde ich Sie finden und töten, und zwar...» Er stockte, machte eine suchende Geste mit der Hand und sah Chollo an.

«¿Pavoroso?»

Chollo grinste.

«Auf die grausamste, schrecklichste Weise», sagte er.

«Wow», sagte ich. «Ich kann natürlich nur für mich sprechen, aber mir scheint das ein faires Angebot zu sein.»

«Auch ich lache gern», sagte Santiago. «Aber unterschätzen Sie mich nicht.»

«Ich glaube, jetzt habe ich es kapiert», sagte ich.

«Gut», sagte Santiago. «Wann sollen wir dieses, äh, Ablenkungsmanöver starten?»

«Bald. Wie lange brauchen Sie, bis Ihre Männer einsatzbereit sind?»

Santiago lächelte sanft und blickte zu dem Grauhaarigen mit der Brille hinüber.

«Fünf Minuten», sagte er.

«Ich gebe Ihnen etwas mehr Vorwarnzeit», sagte ich. «Denken Sie daran: Wenn alles richtig läuft, dürfen Sie San Juan Hill ganz für sich behalten.»

«Es wird alles richtig laufen», sagte Santiago.

«Wenn ja, wunderbar. Wenn nein, könnte ich meinerseits etwas *pavoroso* werden.»

«Das wäre vielleicht ein interessanter Anblick», sagte Santiago.

«Nein», sagte ich, «interessant nicht.»

Sie saß immer noch auf dem Fußboden, nach vorne gebeugt, und umklammerte ihre Knie. Luis war aufgestanden und ging langsam auf und ab, nie sehr weit von ihr entfernt. Jetzt war er ruhiger. Es gab keine Tränen mehr, aber sein Gesicht war immer noch das eines Kindes.

«Wieso hast du deinen Namen geändert, von Angela auf Lisa?» sagte Luis.

«Das war beim Entzug in Pomona», sagte Lisa. «Ein paar Zivis vom Sheriff's Department haben mich aufgegabelt und dann dort eingeliefert. Bei mir war es der Suff, hauptsächlich. Der Apfel fällt nicht weit vom Stamm, weißt du? Es gab dort eine Sozialarbeiterin, die jeden Tag mit mir geredet hat, und nach einer Weile, als ich trocken war und herumlaufen durfte, hat sie mich an eine Seelenklempnerin weitergeleitet, richtig Oberschicht, mit einem leichten französischen Akzent, hatte ein Vermögen damit verdient, dem Gejammere der Filmstars zuzuhören. Einmal die Woche hat sie mit dem menschlichen Abfall gearbeitet, den man zusammengefegt und in Pomona zum Entzug abgeladen hatte. Soziales Gewissen sozusagen. Sie mochte mich, oder ich tat ihr leid, was auch immer, und sie fing an, zwei-, dreimal die Woche Sitzungen mit mir zu machen. Sie hat mir das Leben gerettet.»

«Soziales Gewissen?»

«Ja, umsonst, weißt du? Ohne Honorar.»

«Eine Frau?»

«Eine Frau. Eine Ärztin», sagte Lisa.

«Was hat sie gemacht?»

«Wir haben gesprochen», sagte Lisa.

«Und das war alles?»

Lisa lächelte ein wenig.

«Das war alles.»

«Dieser Woody», sagte Luis. «Weißt du, wo er ist?»

«Nein.»

«Ich lasse ihn umbringen.»

«Er ist nicht wichtig», sagte Lisa. «Die ganze Geschichte ist nicht mehr wichtig.»

«Worüber habt ihr gesprochen?»

«Wo ich herkam, wo ich hinging, was ich wollte, wer ich war, wer ich sein wollte. Ich habe von alldem nicht viel Ahnung gehabt.»

«Wie konntest du nicht wissen, wer du warst?»

«Es ist eine Redensart, Luis. Jedenfalls wußte ich nicht, wer ich sein wollte oder was ich tun wollte. Die Ärztin sagte, ich könnte damit anfangen, auf mich selber aufzupassen. Ich sagte, ich wüßte nicht wie. Sie fragte mich, was ich überhaupt kann. Ich sagte, ich könnte den Männern einen blasen, daß ihnen Hören und Sehen vergeht.»

«Lisa, so darfst du nicht reden», sagte Luis.

«Das war die reine Wahrheit», sagte Lisa.

«Was hat sie gesagt? Hat sie dich bestraft?»

«Sie sagte, das wäre eine nützliche Fähigkeit, aber nicht zum Geldverdienen.»

«Das hat dir eine Frau gesagt?»

«Eine Frau, eine Ärztin», sagte Lisa. «Und wir haben noch ein bißchen geredet, und da kam auch die Sache mit der exotischen Discjockeyarbeit heraus, und wir haben auch darüber gesprochen, und sie sagte, ich sollte mich bei einer Radio- und Fernsehakademie irgendwo im Westen der Stadt einschreiben, und da habe ich einen Job zum Anlernen bekommen, nur sonntags, bei einem 5000-Watt-Sender in Barstow, und nach einer Weile, als ich mir zutraute, ohne die Seelenklempnerin zu leben, bin ich nach Hause gekommen und habe meinen Namen geändert und den Job beim Sender bekommen und ein neues Leben angefangen.»

«Du hast mir gesagt, Lisa wäre dein Radioname.»

«Ich weiß.»

«Aber das war dein richtiger neuer Name.»

«Ja.»

«Und deinen wirklichen Namen hat niemand gekannt.»

«Nein.»

«Nicht einmal dein Mann?»

«Nein.»

«Aber ich kannte ihn.»

«Ja. Ich war nicht lange genug Lisa St. Claire gewesen. In meinem Kopf war ich noch Angela. Also habe ich ihn dir gesagt.»

«Weil?»

«Weil ich dachte, daß ich dich liebe.»

«Du hast mich geliebt.»

«Ja», sagte Lisa langsam. «Ja, das habe ich wohl.»

Luis hörte auf, hin und her zu laufen. Er stand neben ihr und blickte auf sie herab.

«Warum hast du mich dann verlassen?»

«Ich bin zu früh von der Seelenklempnerin weg», sagte sie.

Kapitel 38

«Wie geht es Frank?» fragte Susan.

«Nichts Neues», sagte ich.

Wir hatten uns in Hammersley's Bistro im South End zum Abendessen verabredet. Susan aß Hühnchen. Ich hatte Rinderbrust. Wenn irische Katholiken im Gnadenzustand sterben, bekommen sie postum vielleicht ein solches Essen wie diese Rinderbrust.

«Ich frage mich», sagte Susan, «ob die Situation mit seiner Frau ihn daran hindert, schneller gesund zu werden.»

«Du meinst, er will damit nicht konfrontiert werden? So wie depressive Menschen viel schlafen?»

«Ja. Es ist natürlich keine bewußte Angelegenheit, aber wenn du sie zurückholen könntest, würde er sich vielleicht ziemlich schnell erholen.»

Ein Typ mit einem teuren Anzug kam mit einer Frau im teuren Anzug an unserem Tisch vorbei und schoß mit dem Zeigefinger auf mich. Ich winkte zurück. Susan hob die Augenbrauen.

«Charlie O'Neill», sagte ich. «Ein Typ, den ich früher mal kannte.»

«Komisch», sagte sie. «Er sieht gar nicht aus wie ein Gangster. Ist das seine Frau?»

«Nein. Eine Geschäftspartnerin. Sie heißt Victoria Wang. Ich kenne auch Leute, die keine Gangster sind.»

«Nenn mir drei.»

«Charlie O'Neill, Victoria Wang und dich», sagte ich. «Willst du von meiner Brust abbeißen?»

«Ich muß doch sehr bitten», sagte Susan.

Das Restaurant befand sich in einem der schönen alten Klinkerbauten, von denen es im South End so viele gibt. Alte Holzbalken stützten die hohe Decke, und die offene Küche nahm eine ganze Seite des Raums ein. Es war meiner Meinung nach das beste Restaurant in der Stadt. Andererseits hat mir das Essen bei der Armee auch geschmeckt, so daß viele Leute meine Meinung für unmaßgeblich halten.

«Glaubst du wirklich, daß du sie herausholen kannst?» fragte Susan.

«So denke ich nicht. Ich muß wohl annehmen, daß ich das kann. Aber hauptsächlich denke ich darüber nach, wie ich es anstellen will.»

«Natürlich», sagte Susan. «Es war eine dumme Frage. Als ob man einen Baseballspieler fragen würde, glaubst du, daß du diesen kleinen Ball überhaupt treffen kannst? Wenn er das nicht glauben würde, wäre er kein Baseballspieler.»

«Das war sowieso nicht deine Frage», sagte ich.

Susan lächelte mich an, was immer eine Belohnung ist.

«Nein, ich wollte, daß du mich beruhigst», sagte sie. «Danke, daß du das bemerkt hast.»

«He, ich bin ein sensibler Typ», sagte ich. «Ich schlafe mit einer Seelenklempnerin.»

Die Serviererin brachte mir ein zweites Glas Pilsener Urquell, was besonders gut zu Rinderbrust paßt. Susan hatte an ihrem Glas Merlot gerade mal genippt. Eine Frau in einem Anzug von Armani blieb an unserem Tisch stehen und begrüßte Susan.

«Sarah Gallant», sagte Susan. «Du siehst aber großartig aus.»

Wir wurden einander vorgestellt. Ich fand, daß Susan recht hatte, hielt es aber für klüger, meine Meinung für mich zu behalten. Die beiden Frauen redeten eine Weile. Ich hörte zu. Dann ging Sarah weiter.

«Ich frage mich, wie man sie behandelt», sagte Susan.

«Sarah?» sagte ich. «Sie sieht aus, als ob man sie großartig behandelt.»

«Du weißt genau, daß ich Lisa meine. Abgesehen davon, daß sie wahrscheinlich eine Gefangene ist. Wir müssen uns fragen, unter welchen Bedingungen sie gefangengehalten wird.»

«Freddie Santiago nennt Luis Deleon *feroz*.»

«Was nicht bedeuten muß, daß er sie mißbraucht», sagte Susan. «Vielleicht hat er schon, was er will.»

«Und das wäre?»

«Besitz. Sie ist in seiner Gewalt. Das könnte ihm reichen.»

«Die Frage hängt unausgesprochen ständig in der Luft, nicht wahr?» sagte ich. «Selbst wir tun uns schwer damit.»

«Die Frage des sexuellen Mißbrauchs? Ja, sie hängt in der Luft, unabhängig von Lisas Vergangenheit.»

«Irgendwelche Gedanken dazu?» fragte ich.

«Darüber, ob er wird oder nicht? Ob er hat oder nicht? Nein. Vielleicht reicht es ihm, sie in seiner Gewalt zu haben, vielleicht nicht. Selbst wenn ich sie beide aus einer therapeutischen Beziehung kennen würde...»

«Seine Mutter war eine Prostituierte, meint Santiago.»

«Wo hat sie ihre Freier abgefertigt?» fragte Susan.

«Ich weiß nicht. Santiago sagt, sie wäre bei ihm im Club an einer Überdosis H gestorben, auf dem Fußboden vom Damenklo.»

Susan schwieg und trank etwas Wein.

«Wie alt war er?»

«Deleon? So um die vierzehn, meint Santiago.»

«Und kein Vater?»

«Jedenfalls ist keiner bekannt.»

«Wenn sie die Männer nach Hause gebracht hat», sagte Susan, «was viele Prostituierte tun, weil sie keine andere Möglichkeit haben, muß es für ihn sehr schwierig gewesen sein.»

«Das kann ich mir denken», sagte ich.

«Sensibel wie du bist», sagte Susan. «Sie waren Mutter und Sohn, aber wahrscheinlich auch ein Liebespaar. Er würde voller Wut sein. Und er wäre sehr wütend darüber, daß sie gestorben ist und ihn verlassen hat, und sehr wütend darüber, daß sie es scheinbar grundlos getan hat.»

«Macht ihn das zum Vergewaltiger?» fragte ich.

«Es würde ihn sehr wütend machen», sagte Susan.

«Und er könnte sich dafür an Lisa rächen.»

«Es ist sehr einfach, die Gefühle von einer wichtigen Person im Leben auf eine andere wichtige Person zu übertragen.»

«Sie haben ihn beide verlassen», sagte ich. «Er hat vermutlich beide sexuell begehrt. Sie waren beide Huren.»

Ich wußte, daß Susan von diesen Voraussetzungen ausgegangen war und weiter gedacht hatte, aber ich wollte ein bißchen angeben. Susan machte eine dieser kleinen Kopf- und Gesichtsbewegungen, die sie macht, um anzudeuten, daß sie einen gehört hat, ohne mitzuteilen, was sie davon hält. Wahrscheinlich kriegt man das in der Seelenklempnerschule beigebracht.

«Wir können viel besser erklären, warum Menschen bestimmte Sachen getan haben, als vorauszusagen, was sie tun werden», sagte sie.

Ich nickte und widmete meine Aufmerksamkeit wieder der Rinderbrust und dem Bier. Susan entfernte sorgfältig die Haut von einem Stück Hühnchen an Limonensauce. Sie ißt nie Fett, weil sie auf ihr Gewicht achten muß. Schließlich ist ihre Taille fast so dick wie mein Hals, und sie trainiert höchstens zwei Stunden täglich.

«Würdest du sagen, daß du mich aus einer therapeutischen Beziehung kennst?» sagte ich.

Susans Augen weiteten sich, so daß sie wie eine jüdische Dolly Parton aussah. Sie schüttelte den Kopf.

«Unsere Beziehung ist mehr ficktiv», sagte sie.

«Aber die Wirkung ist therapeutisch.»

«Ich weiß», sagte Susan, und ihr Mund weitete sich zu ihrem umwerfenden Lächeln. «Das ist schließlich mein Job.»

Was soll das heißen», fragte er, «du bist zu früh von der Seelenklempnerin weg?»

«Ich habe mich wieder mit einem üblen Typen eingelassen. Mein Vater, Woody, immer flog ich auf die üblen Typen. Dann komme ich zurück und will von vorn anfangen, und was mache ich? Prompt lasse ich mich mit dir ein.»

«Ich soll ein übler Typ sein? Ich soll wie dein Vater sein? Ich, der ich dich mehr liebe als mein eigenes Leben?»

Sie schüttelte den Kopf.

«Du liebst deine Mutter, Luis. Du arbeitest das bloß an mir ab.»

Luis wandte sich von ihr ab und drückte die Stirn gegen eine der Theaterkulissen.

«Sag das nicht», sagte er. «Erzähl mir nicht, daß ich dich nicht liebe.»

Er schlug dabei leicht mit der geballten Faust im Takt der Wörter gegen die Kulisse.

«Das heißt, mir erzählen, daß ich nicht existiere», sagte er. «Ich bin meine Liebe, meine Liebe zu dir, mein Engel. Für dich habe ich diese Zitadelle gebaut, diese Räume habe ich für uns eingerichtet, gesucht habe ich nach dir, seit du von mir weggegangen bist, alles habe ich aufs Spiel gesetzt, um dich hierherzubringen. Erzähl mir nicht, daß ich dich nicht liebe.»

Außerhalb des geschlossenen Raums grollte der Donner, aber weder er noch sie nahmen ihn wahr. Er drehte sich wieder zu ihr um, die gemalte Theaterkulisse jetzt im Rücken, und starrte sie durchdringend an.

«Erzähl mir nicht, daß ich dich nicht liebe.»

Sie saß immer noch auf dem Boden und hielt ihre Knie umfangen. Sie erwiderte seinen Blick. Lange sahen sie einander schweigend in die Augen. Dann schüttelte sie fast bedauernd den Kopf.

«Was du auch immer für mich empfindest, Luis, Liebe ist das nicht. Mir kommt es mehr wie Haß vor.»

«Haß?» Es schien ihm fast die Sprache zu verschlagen. «Haß?»

«Deine Alte war eine Nutte. Du hast sie wahrscheinlich dafür gehaßt. Jetzt überträgst du das Gefühl auf mich, weißt du? Eine Frau, die mit dir zusammen war und jetzt mit einem anderen Mann zusammen ist.»

«Du...» Sein Atem kam stoßweise, heiser. «Du... glaubst... ich... wäre... so... einer? Daß ich verrückt bin?»

«Es ist verrückt von dir zu glauben, du könntest mich zwingen, dich zu lieben. Das kannst du nicht, Luis. Das kann keiner. Du kannst mir angst machen. Ich habe Angst vor dir. Ich habe ständig Angst. Und du bringst mich nach und nach dazu, dich zu hassen. Aber ich liebe Frank, und dagegen kann ich nichts tun. Und dich liebe ich nicht, und das läßt sich auch nicht ändern. Ich würde lieber sterben, als mein Leben mit dir verbringen.»

Er sackte zusammen, fiel fast gegen die Theaterkulisse. Er machte den Mund auf, sagte aber nichts. Dann stürzte er sich auf sie, fiel auf die Knie, riß an ihren Kleidern. Sie versuchte, ihn wegzustoßen, aber er war viel zu kräftig. Sie wand sich hin und her, er hielt sie nur noch fester. Ihre Bluse war zerrissen, er zerrte an ihrem Rock. Sie versuchte, ihm mit dem Knie zwischen die Beine zu stoßen, traf aber nur seinen Oberschenkel. Sie kratzte ihn. Er schlug ihr mit der Handfläche ins Gesicht, und ihr Kopf schnellte zurück. Mit dem linken Vorderarm drückte er ihr das Kinn nach oben, drückte ihr die Luft ab, während er mit der rechten Hand den Reißverschluß aufriß und ihr den Rock abstreifte. Aus seiner Kehle drang ein knurrendes Geräusch und das heisere Keuchen seines Atems. Sie zerrte an seinen Haaren, versuchte, sein Gesicht von sich wegzudrücken, doch ihr fehlte die Kraft, er drückte ihr die Luftröhre zu, und sie mußte sich immer weiter nach hinten biegen, während er an ihrer Unterwäsche fummelte. Es gelang ihr, den Kopf zu drehen und ihm in den Unterarm zu beißen. Augenblicklich ließ der Druck auf ihre Kehle nach. Sie wand sich frei, rollte sich auf die Knie und robbte zum Bett. Er langte nach ihr, zog an ihren Beinen, während sie unter der Matratze nach dem Eisenrohr tastete. Dann hatte sie das Rohr, aber er zerrte sie an den Haaren nach hinten, so daß sie fast auf den Rücken fiel, die Knie unter sich, und das Eisenrohr fiel scheppernd zu Boden. Mit dem rechten Ellenbogen stieß sie nach hinten, traf seine Nase und hörte, wie er vor Schmerz aufstöhnte. Dann warf er sie flach auf den Rücken, zog ihre Beine gerade und legte sich auf sie. Seine langen Haare waren schweißnaß, hingen ihm ins Gesicht, klebten ihr an der Wange. Er blutete aus der Nase, und das Blut tropfte auf sie herab. Er drückte ihre Arme nach hinten über ihren Kopf und zwang mit den Knien ihre Oberschenkel auseinander und versuchte, in sie einzudringen. Sie wand ihre Hüften hin und her und kämpfte noch stärker gegen ihn an. Er preßte seinen Mund gegen ihren und drückte mit der Gewalt seines Kusses ihren Kopf auf den Boden, während er mit den Knien Halt suchte, um penetrieren zu können. Sein Gewicht drückte sie gegen den Boden, seine keuchende Wut drängte gegen ihren verzweifelten Widerstand, und so lagen sie auf dem Boden in dem Dämmerlicht des absurden Raums, ineinander verschlungen, sich windend, im Haß vereint, während er mit aller Kraft versuchte, die Vergewaltigung zu vollziehen, und sie sich hin und her warf, um es zu verhindern. Er war in der Vergangenheit oft in sie eingedrungen, und sie hatte es gemocht. Aber in der Ewigkeit ihrer Gefangenschaft hatte sich etwas in ihr verhärtet, hatte sich ihre Willenskraft in ein fast sichtbares Etwas verwandelt, dicht und undurchdringlich. Sie würde ihm widerstehen, bis in den Tod. Sie drehte ihre Hüfte und rammte ihm das Knie in den Schritt. Er schien in sich zusammenzusacken, als ob ihn seine Kräfte verließen. Sie wand sich unter ihm los, glitschig vor Schweiß und Blut, und kroch tastend auf das Eisenrohr zu. Sie bekam es zu fassen, holte aus, immer noch halb im Liegen, und schlug ihm damit gegen die Brust. Er schnappte nach Luft, und plötzlich war es vorbei. Sein Griff lockerte sich, er sackte zusammen, fiel gegen eine Kulisse, umklammerte seine Brust, seinen Schmerz. An der anderen Wand stand sie gebückt, nackt bis auf ihren zerrissenen BH und einen Schuh, das Gesicht mit dem Blut von seiner Nase beschmiert, die Lippen von seinem Kuß blutig und geschwollen, ihr Körper glänzend vor Schweiß. Sie hielt das Eisenrohr in der Hand und fauchte ihn regelrecht an, mit einer Stimme, die in ihren Ohren wie die eines anderen Menschen klang.

«Rühr... mich... bloß... nicht... an», hechelte sie. «Rühr... mich... nie... wieder... an!»

Er saß leer und schlaff auf dem Boden, geschlagen, mit dem Rücken gegen die gemalte Kulisse, eine arkadische Wiese, auf der sich fröhliche Lämmer tummelten. Sein blutiges Gesicht war schmerzverzerrt, sein Hemd zerrissen, seine Hose offen. Die Beine waren angewinkelt, und dazwischen ließ er den Kopf hängen. Dann hielt er die Hände vors Gesicht, sein ganzer Körper fing an zu zucken, und er weinte wieder. Ihr keuchender Atem und sein ersticktes Weinen waren die einzigen Geräusche im Raum, außer dem leisen Rinnen des schmutzigbraunen Wassers, das an den Wänden des Zimmers herunterzulaufen und sich auf dem Fußboden hinter den Kulissen schon zu schlammigen Pfützen zu sammeln begann.

Kapitel 39

Die Sonne war immer noch irgendwo draußen über dem Atlantik, weit östlich von Proctor, als Chollo und ich vor Deleons Mietskasernenburg parkten. Wir saßen schweigend im Auto. Die Sonne hätte auch noch über den Steppen Rußlands sein können, so dunkel war es hier unten. Dicke, schwarze, niedrige Regenwolken bedeckten den Himmel. Wir redeten nicht. Es war alles gesagt worden, was sich zu sagen lohnte. Ich war frisch rasiert, hatte gut gefrühstückt, roch nach einem teuren Aftershave und war bis an die Zähne bewaffnet. In meiner rechten Gesäßtasche hatte ich einen schwarzen Lederknüppel, an der Hüfte eine 9-mm-Browning, im Schulterhalfter einen 38er Smith & Wesson. Kanonen-Spenser, tödlicher als ein Abend mit Madonna.

Der Regen fiel hart und schwer wie die Rache des Himmels auf die altersschwachen Slumbehausungen herab. Bei dem Häuserkomplex auf der gegenüberliegenden Straßenseite hatte der Regen bereits die Dachrinnen überflutet, und das schmutzige Wasser lief an der Holzverkleidung der Außenwand herunter. Ich hatte schon in vielen Slums im Auto gesessen und gewartet. Die meisten Leute, die mit Verbrechen zu tun haben, verbringen eine Menge Zeit in Slums. Die Vorstellung, daß sich das Verbrechen von der Armut nährte, die Verderbtheit sich am Mangel fett fraß, hatte etwas Shakespearehaftes an sich, meinte ich immer. In all den Jahren, in denen ich in ihnen herumgesessen hatte, waren die Slums nicht viel anders geworden. Das hier war ein Slum der Hispanics. Aber das hieß nur, daß hier eine andere Sprache gesprochen wurde als in anderen Slums. Der Slum selbst war nicht anders. Er blieb unverändert. Die ethnischen Gruppen kamen und gingen, aber die Verkommenheit und die Trauer und die Verzweiflung blieben konstant wie die Bewegung der Sterne. Am Ende war es wahrscheinlich weniger die Armut, die das Verbrechen erzeugte, als vielmehr der saure Gestank, der überall dort in der Luft hängt, wo Menschen nach ihrer Rasse aussortiert werden. Seit ich diesen Fall übernommen hatte, roch ich diesen Rassismus ständig, hörte ich das Gerede: «Sie haben keine Disziplin... würden ihre Polizeimarke verhökern, um sich damit Drogen zu kaufen... Knoblauch dies und Cha-Cha das...» Mein ganzes Leben hindurch hörte ich nun dieses Gerede, roch diesen Gestank, hatte das nie gemocht und nie verstanden. Aber man bezahlte mich nicht dafür, das amerikanische Dilemma zu lösen. Jetzt zum Beispiel war es meine Aufgabe, Lisa St. Claire einem Hispanic abzujagen, der im Barrio wohnte, und da ich für Chancengleichheit bin, war ich durchaus bereit, ihn zu erschießen, wenn es sein mußte. Am einfachsten und ökonomischsten war es wahrscheinlich, alle zu hassen. Du hattest einen Traum, Martin Luther King. Was ist daraus geworden?

Ich betrachtete den Regen, der in den Holzschwamm hineinsikkerte, vielleicht irgendwelche vertrockneten Wurzeln erreichte, aber nicht neues Leben hervorbrachte, sondern nur noch mehr Holzschwamm. Ich dachte an Lisa St. Claire. Wie war es für sie, dort drinnen in dem verfallenen Monolithen? Sie konnte nicht ahnen, daß wir so nahe waren. Sie wußte bestimmt, daß Belson sie suchen würde, aber sie konnte nicht wissen, ob er überhaupt vorankam.

Ich betrachtete Chollo im Sitz neben mir. Er hatte sich nach unten rutschen lassen, die Arme über der Brust gekreuzt und die Augen halb geschlossen. Er hatte wahrscheinlich das gleiche durchlebt wie Deleon, und er war vermutlich auch kein besserer Mensch geworden. Jedenfalls nicht viel besser. Er war böse, aber wenn er etwas sagte, konnte man sich darauf verlassen. Wenn er sagte, er bringt dich um, dann würde er dich umbringen. Wenn er sagte, er bringt dich nicht um, würde er dich nicht umbringen. Was man bei einer Menge Leute, die angeblich zu den Guten gehörten, nicht voraussetzen kann. Außerdem war er zwar böse, aber auf meiner Seite.

«Du hast ihn angerufen», sagte ich zu Chollo.

«Sí.»

«Er weiß, daß ich mitkomme.»

«Sí.»

«Wußte er, wer Broz ist?»

«Schien so. Kann natürlich sein, er denkt, er müßte es wissen, und tut nur als ob.»

«Egal, so oder so», sagte ich. «Santiago ist auf seinem Posten?»

«Sí.»

Ich blickte auf meine Uhr.

«Wir haben noch eine halbe Stunde», sagte ich.

«Vertraust du Santiago?» fragte Chollo.

«Absolut nicht», sagte ich. «Aber es liegt in seinem Interesse, uns zu helfen.»

«Und außerdem haben wir niemanden sonst», sagte Chollo.

«Auch das», sagte ich.

Chollo nahm eine 9-mm-Glock-Automatik aus dem Schulterhalfter, überprüfte die Munition und steckte sie wieder in den Halfter. Aus seinem Gürtel zog er einen 357er Smith & Wesson-Revolver, vergewisserte sich, daß die Trommel voll war, ließ sie wieder einschnappen und steckte die Waffe zurück.

«Ich habe immer gern einen Revolver als Reserve», sagte er. «Hat nicht soviel Feuerkraft, aber man kann sich wenigstens darauf verlassen, daß die Knarre schießt.»

«Mit dem Ding könnte man eine Betonwand durchschießen», sagte ich.

«Sí.»

Wir stiegen aus dem Auto in den schweren Regen. Ich trug eine Lederjacke und eine Baseballmütze der Brooklyn Dodgers. Ich schlug den Kragen hoch und drückte mir die Mütze tiefer in die Stirn. Wir gingen über die nasse Straße, wo sich das Regenwasser in den Schlaglöchern zu Pfützen sammelte, und dann standen wir vor Deleons Tür, die ich so lange observiert hatte. Sie öffnete sich, bevor wir anklopfen konnten. Dahinter stand ein fetter, graubärtiger Typ mit einem rotbrauen Hemd und einer braunen Lederweste, der eine Mütze der Patriots auf dem Kopf hatte und in einer Hand einen M 1-Karabiner trug. Er sagte nichts, und wir gingen an ihm vorbei in den grauen, schimmelig riechenden Flur. Etwa von der Mitte des Flurs führte an der rechten Wand eine ausgeleierte Treppe nach oben. Der fette Typ sagte etwas auf spanisch und öffnete eine Tür neben der Treppe. Chollo und ich gingen hinein, machten die Tür hinter uns zu, und da stand Luis Deleon.

Sie ging unter die Dusche und schrubbte sich, bis sie sich sauber fühlte. Danach badete sie ihr zerschundenes Gesicht in kaltem Wasser. Sie zog eine seiner dummen Roben an und ging ins Schlafzimmer ihres Gefängnisses zurück.

Er war gegangen, ohne noch etwas zu ihr zu sagen. Es hatte an die Tür geklopft, jemand hatte ein paar Worte auf spanisch gesprochen. Luis hatte leise geantwortet, war einen Augenblick sitzen geblieben und hatte den Fußboden zwischen seinen Beinen angestarrt. Dann hatte er sich wie ein alter Mann mühsam aufgerichtet und seine Kleidung in Ordnung gebracht. Er war ins Badezimmer gegangen, hatte sich gewaschen und abgetrocknet. Schließlich war er ins Zimmer zurückgekommen, hatte ihre Eisenstange vom Boden aufgehoben und war hinausgegangen, ohne sie anzuschauen. Er ging etwas gebückt, als ob ihm die Rippen schmerzten. Als ob er keine Kraft mehr in seinem Körper hatte. Sie sammelte ihre zerrissene Kleidung auf, machte ein Bündel daraus und deponierte es hinter einer der Theaterkulissen. Die Monitore waren schwarz. Sie hatten so lange ohne Unterlaß geflimmert, daß ihre Leere geradezu aufdringlich war. Sie setzte sich auf das Bett. Sie zitterte. Ihr Atem ging immer noch schwer, und sie hatte Schmerzen beim Schlucken. Sie hatte Angst vor dem, was sie getan hatte, und sie war entschlossen, es notfalls wieder zu tun. In ihrer Wesensmitte war sie unnachgiebig, und dieses unnachgiebige Zentrum machte sie stärker als je zuvor in ihrem Leben. Gleichzeitig erfüllte sie der Gedanke an das, was sie vielleicht in Gang gesetzt hatte, mit Todesangst.

Armer Luis! dachte sie. Allein vor dem Fernseher sitzend hatte sich der einsame Junge eine Idealmutter phantasiert. Und dann hatte sie ihn verlassen, und in seiner Wut und Verlassenheit hatte er sich einen Ersatz phantasiert, Lisa St. Claire alias Angela Richard, die ehemalige Hure als Feenprinzessin. Und dann hatte diese Ersatzmutter ihn wiederum für einen anderen Mann verlassen, und sein ganzer Zorn und seine unbändige Sehnsucht, seine unerwiderte Liebe und sein verzweifeltes Liebesbedürfnis hatten ihn überwältigt. Er konnte uns nie auseinanderhalten, dachte sie. Sie mußte an die strenge Frau in Beverly Hills denken, die ihr das Leben gerettet hatte. Dr. St. Claire, deren Namen sie angenommen hatte, als sie an die Ostküste zurückkam, um ein neues Leben zu beginnen. Dr. St. Claire, Sie wären stolz darauf, wie ich diesen Fall auseinandergenommen habe.

Sie hörte, wie sich der Schlüssel im Schloß drehte, dann ging die Tür auf, und die schweigsame junge Frau kam mit einigen Kleidungsstücken herein. Sie legte sie aufs Bett und ging, ohne ein Wort zu sagen. Lisa beugte sich langsam vor, um sich die Sachen anzusehen. Es waren die Kleider, die sie getragen hatte, als er sie gefangengenommen hatte. Jedes Kleidungsstück war gewaschen, gebügelt und sorgsam gefaltet worden. Sie starrte auf die sauberen Sachen und auf die dunklen, schweigsamen Fernsehmonitore im Zimmer. Das hat etwas zu bedeuten, sagte sie sich, während sie ihre eigene Kleidung anzog. Das Gefühl, die eigenen Sachen wieder zu tragen, ließ den zusammengeschrumpften Kern ihres Ichs ein wenig weiter werden. Im Raum war es ganz still, bis auf das Geräusch des schlammigen Wassers, das hinter den Theaterkulissen an den Wänden herunterlief.

Kapitel 40

Deleon stand mit den Händen auf dem Rücken am Vorderfenster und starrte hinaus in den Regen. Er war ganz in Schwarz gekleidet. Durch die Fenster sickerte ein wenig graues Licht von der regendurchtränkten Morgendämmerung draußen. Ansonsten lag das Zimmer im Dunkeln. Deleons Gestalt hob sich als Silhouette vor dem Fenster ab. Er war erheblich größer als ich, eckig gebaut und kräftig, mit großen Händen und starken Knöcheln. Er trug eine Art Vaquero-Kostüm, mit einer kurzen Jacke und engen Hosen, die er in die hohen Schäfte seiner Cowboystiefel gesteckt hatte. An seiner Jacke glänzten silberne Manschettenknöpfe. Uns gegenüber nahm ein großer Mahagonischreibtisch fast die ganze Breite des Raums ein. Dahinter war ein weiteres Fenster, an dem der Regen in einem breiten, schimmernden Strom herablief. Auf dem Tisch lag ein flacher, schwarzer Cowboyhut. Hinter dem Tisch stand ein Drehstuhl mit einer hohen Rückenlehne. Auf den blanken Dielen lag kein Teppich. Die bräunliche Blumentapete an den Wänden zeigte die unregelmäßigen, rostigen Umrisse früherer Wasserschäden. An den Außenwänden waren Sandsäcke bis zur Höhe der Fensterbretter gestapelt. Links an der Wand stand ein niedriges, wackeliges, mit fleckigem blauem Samt bezogenes Sofa. Eines der aufwendig gedrechselten Beine fehlte und war durch ein paar Backsteine ersetzt worden. Auf dem Sofa fläzte sich ein dürres Männchen mit zwei Zöpfen. Das mußte Ramon Gonzalez sein, Deleons Nummer Zwei, der Pistolero. Er hatte ein Bein auf das Sofa hochgestellt und bemühte sich redlich um eine Pose träger Gleichgültigkeit. Das war allerdings ein Zustand, den er imitieren, aber nie erreichen konnte. Man konnte sofort erkennen, daß es eine Pose war. Dieser Typ war in seinem ganzen Leben noch nie entspannt gewesen, und jetzt war er es auch nicht. Er hatte einen kleinen Spitzbart, und seine Augen hatten jenen Siebenmeilenblick, den man bei manchen Junkies sieht, und bei manchen Killern, die ihre Arbeit richtig lieben. Dieser Typ war wohl beides. Sein linker

Arm lag auf dem Rücken des Sofas, und er trommelte leicht mit den Fingern auf den fleckigen Samtbezug. Er trug ein graues Sweatshirt mit Kapuze und schwarze Jeans mit einem handgearbeiteten Ledergürtel und dazugehörigen Halftern, in denen zwei Neuner mit Perlmuttgriffen steckten. Ich wüßte nicht einmal, wo es einen solchen Gürtel zu kaufen gibt – vorausgesetzt, ich würde so etwas tragen wollen, was nicht der Fall ist.

Chollo nickte dem Spinner zu. Der Spinner sah mich mit starren Augen an, als ob er jeden Augenblick aufspringen und mir die Haare ausreißen könnte. Ich blieb ruhig. Deleon behielt seine Pose bei und starrte weiterhin aus dem Fenster. Mir war es recht. Ich war hier. Ab jetzt hieß es, diesen Leuten etwas vorzuspielen, bis Santiago loslegte. Und je mehr sie uns vorspielten, desto weniger müßten wir ihnen vorspielen. Ramon Gonzalez starrte uns weiter an. Chollo stand mit aufgeknöpftem Regenmantel neben mir, als ob ihn das alles nichts anginge und er jeden Augenblick im Stehen einschlafen könnte, wie ein Pferd. Schließlich drehte sich Deleon langsam um und sah mich an. Sein Gesicht war zerkratzt, und seine Augenlider sahen geschwollen aus. Außer der Bolerojacke und den engen Hosen trug er ein weißes, bis zur Mitte der Brust offenes Seidenhemd und um den Hals ein hellrotes Seidentuch. Er sagte etwas auf spanisch zu Chollo.

«Er will deinen Namen wissen, und was du hier zu suchen hast.»

«Sprechen Sie englisch», sagte ich zu Deleon.

Deleon antwortete auf spanisch.

«Geschäfte wickelt er lieber in seiner eigenen Sprache ab», sagte Chollo.

«Ich auch. Und wenn ich kein Geschäft abschließen kann, wird hier gar kein Geschäft abgeschlossen.»

Es gab ein kurzes Schweigen, während Deleon diese Mitteilung verdaute. Ramon Gonzalez sagte etwas, und Deleon antwortete ihm.

«Der Spinner will dich erschießen, weil du nicht den nötigen Respekt gezeigt hast», sagte Chollo. «Aber Deleon sagt...»

«Sie sind mein Gast», sagte Deleon. «Ich werde mich auf Ihre Sprache einstellen.»

«Sie sind sehr freundlich», sagte ich. «Es tut mir leid, daß ich nur die eine spreche.»

«Sie vertreten Mr. Broz?» fragte Deleon.

Er ging zum Schreibtisch und lehnte sich mit den Hüften dagegen, kreuzte die Beine an den Knöcheln, faltete die Arme vor der Brust und sah herrisch drein. An der Wand hinter ihm, rechts neben dem Fenster, lief ein kleines, wurmartiges Rinnsal schmutzigen Wassers herunter auf den Fußboden. Ich fragte mich, ob es auch bei Napoleon im Hauptquartier durchgeregnet hatte.

«Ja. Wir haben kein Problem damit, wenn Sie für Mr. del Rio hier oben den Vertrieb organisieren. Von uns aus können Sie das ganze Merrimacktal haben, wenn Sie es Freddie abjagen können. Wir wollen bloß unsere Interessen gewahrt sehen.»

«Und die wären?»

«Fünf Prozent.»

«Brutto oder Reingewinn?»

Ich grinste. «Brutto», sagte ich.

Deleon schüttelte den Kopf.

«Das wäre ungefähr meine Profitmarge», sagte er.

«Ihre Marge ist ungefähr drei- bis vierhundert Prozent», sagte ich. «Bis das Zeug in den Straßenverkauf kommt, wird es fünf-, sechsmal gestreckt.»

«Fünf Prozent vom Reingewinn», sagte Deleon.

Ein weiterer dünner Streifen schmutziges Wasser gesellte sich zum ersten und rann hinter Deleon die Wand hinunter. Der Regen prasselte gegen die Fenster und floß in durchsichtigen Wellen am Glas herunter. Ich schüttelte den Kopf.

«Fünf Prozent brutto, sonst gibt's kein Geschäft», sagte ich. «Das ist doch eine sehr moderate Forderung.»

Deleon stand auf und legte die Hände auf die Hüften. Er beugte sich ein wenig aus der Hüfte nach vorn, und in seinen Augen flakkerte etwas Schreckliches. Er war ein prätentiöser Clown, aber er war auch etwas anderes, das sah ich. Kein Wunder, daß sich die Leute vor ihm in acht nahmen.

«Kein Geschäft? Wer sind Sie denn, Sie Arschloch, daß Sie mir was von kein Geschäft erzählen?» sagte er. Seine Stimme hörte sich an, als müßte sie sich durch einen engen Gang hindurchkämpfen.

«Was soll die Scheiße, kein Geschäft? Meinen Sie, bloß weil Sie kein Geschäft sagen, mache ich kein Geschäft? Fick dich ins Knie, du Anglo-Arschloch, und lauf nach Hause und erzähl diesem Anglo-Scheißer Joe Broz, daß ich beschließe, welches Geschäft ich mache und welches Geschäft ich nicht mache, und wenn es ihm nicht paßt, lege ich ihn um und lege Sie um und lege jeden um, der hierherkommt.»

Neben mir applaudierte Chollo leise.

«Magnifico», sagte er sanft. *«Magnifico.»*

Deleon blickte kurz zu ihm hin. Er war verunsichert. Machte sich Chollo über ihn lustig? Über Deleon machte man sich nicht lustig. Er beschloß, den Beifall ernst zu nehmen.

«Verstanden?» sagte er. Er richtete sich so hoch wie möglich auf. Das Flackern in seinen Augen war verschwunden. Jetzt war er wieder ein prätentiöser Wichser.

«Stellen Sie sich nicht so dumm an», sagte ich. «Wir könnten Sie ohne Probleme dicht machen. Glauben Sie, Vincent del Rio wird sich gegen Joe Broz stellen, hier, auf Joes eigenem Gebiet? Fragen Sie Chollo, er gehört zu del Rio. Fragen Sie ihn, was passiert, wenn Sie mit Joe nicht ins Geschäft kommen.»

Jetzt lief noch mehr Wasser an der Wand des Büros herunter. Es schien Deleon zu überraschen, daß ich ihm immer noch widersprach. Er blickte zu Chollo. Chollo zuckte mit den Achseln.

«Eine Frage des gegenseitigen Respekts», sagte er. «Mr. del Rio würde den gleichen Respekt von Mr. Broz erwarten. Falls Mr. Broz in L.A. Geschäfte machen wollte.»

Deleon wußte nicht, was er tun sollte. Er wollte mit del Rio ins Geschäft kommen. Ich konnte fast hören, wie sich die Räder in seinem Kopf knirschend drehten.

Ramon Gonzalez sagte etwas zu Deleon auf spanisch. Deleon erwiderte kurz.

«Mr. Gonzalez will wissen, was los ist», sagte Chollo. «Mr. Deleon sagt, halt's Maul.»

Draußen fielen die ersten Schüsse, und irgendwo ging ein Fenster zu Bruch. Gonzalez war auf den Beinen, die Pistolen in den Händen. Deleon stand aufrecht und horchte, versuchte die Schüsse zu orten, als es wieder knallte. Chollo und ich warfen uns auf den Boden. Das vordere Fenster zersplitterte, und im Zimmer explodierte eine Rauchbombe. Der nasse Wind, der durch das kaputte Fenster wehte, verbreitete den Rauch schnell. Die Tür zum Treppenhaus wurde aufgerissen, und irgend jemand brüllte etwas auf spanisch.

Chollo murmelte mir ins Ohr, während wir auf dem Boden unter der Rauchwolke lagen: «Sagt, daß sie von Freddie Santiago angegriffen werden.»

Deleon stürzte mit Gonzalez hinaus und ließ die Tür hinter sich offen. Durch den Zug vom Fenster her wurde der Rauch in den Flur geweht, und wir blieben allein auf dem Fußboden zurück, während draußen weitere Schüsse fielen. Wir standen vorsichtig auf. Ich hörte das dumpfe Geräusch von Kugeln, die sich in das Haus bohrten.

«Freddies Leute gehen ziemlich heftig ran», sagte ich.

«Nun, Deleon wird wenigstens abgelenkt», sagte Chollo.

«Solange wir nicht dabei draufgehen», sagte ich.

«Sie müßte im Zimmer unmittelbar über uns sein», sagte Chollo.

Aus dem einen schlammigen Rinnsal, das vom Dachgarten heruntersickerte, waren viele geworden, bis die ganze Wand von schmutzigem Wasser bedeckt war, das in einem kontinuierlichen Strom herunterfloß. Sie stand in der Mitte des Zimmers, wo es noch trocken war, und hörte, wie das Haus mit seinem altersschwachen Holzskelett unter dem Gewicht der wasserdurchtränkten Erde auf dem Dach ächzte und stöhnte. Sie hatte ihre eigenen Sachen an und war auf eine merkwürdige Weise dadurch wieder sie selbst geworden. Kleider machen Leute, dachte sie. Sie ging zur Tür und versuchte, sie zu öffnen. Der Türgriff ließ sich drehen, aber die Tür war mit dem Vorhängeschloß verriegelt und nicht zu öffnen. Sie zuckte mit den Achseln. Hätte ja sein können. Ein Stück Putz fiel von der feuchten Decke, gefolgt von einem Wasserstrahl, der aber bald versiegte. Aus dem Loch tropfte es stetig in die Mitte des Zimmers. Das könnte ein gutes Zeichen sein, dachte sie. Sein verfluchtes Haus beginnt auseinanderzufallen. Das Licht ging aus. Die plötzliche Finsternis empfand sie fast wie einen elektrischen Schlag. Einen Augenblick blieb sie regungslos, erinnerte sich daran, wo was stand, würgte die Panik herunter, die mit der Finsternis kam. Sie stand da, hielt sich fest und atmete tief durch, roch den feuchten Erdgeruch des Zimmers, lauschte auf das Sickern des Wassers im Haus und auf das laute Rauschen des Regens draußen. Der Türrahmen, dachte sie. Wie bei einem Erdbeben, die Türrahmen halten etwas aus. Sie ging langsam, mit ausgestreckten Armen, durch die feuchte Dunkelheit in Richtung auf die Tür, fand die Wand und tastete sich links an ihr bis zur Tür entlang, drückte sich in den Türrahmen hinein und wartete. In ihr war nicht nur Panik, sondern als Gegengewicht eine Art gestählte Resignation. Sie hatte alles ertragen und war nicht daran zerbrochen. Jetzt passierte wieder etwas. Und sie würde auch daran nicht zerbrechen. Die versuchte Vergewaltigung war der Höhepunkt gewesen. Irgend etwas würde sich daraus ergeben. Sie wußte nicht, was das sein könnte, aber sie konnte abwarten und bereit sein. Draußen hörte sie etwas, das sich wie Schüsse anhörte. War das Frank? War er gekommen? Sie drehte wieder am Türgriff, obwohl sie wußte, daß es zwecklos war. Sie ließ davon ab, atmete tief durch und drückte sich in den flachen Holzrahmen der Tür, fast unsichtbar in der feuchten, stinkenden Finsternis, und sagte sich das Wort immer wieder vor: Bereit sein. Bereit. Bereit. Bereit.

Kapitel 41

Jetzt wurde aus dem Haus zurückgeschossen. Deleons Leute hatten ihre Positionen hinter den Sandsäcken eingenommen und feuerten aus den Fenstern. Pistolen krachten, dazwischen gab es ab und zu den schweren Knall einer Flinte oder das Rasseln eines leichten Maschinengewehrs. Tief gebückt, damit wir von den Sandsäcken geschützt blieben, falls Santiagos Truppen das eigentliche Ziel ihres Tuns aus den Augen verlieren sollten, liefen wir hinaus in den Flur. Ein Mann mit einer Pistole im Gürtel und einer durchsichtigen Plastiktüte voller Patronen in der Hand drängte sich an uns vorbei. Wir tasteten uns an der Wand zur Treppe entlang. Auch diese Innenwand fühlte sich feucht an, hatte sich mit dem schmutzigbraunen Wasser vollgesogen.

Die Treppe war verlassen. Die Männer hockten inzwischen alle an ihren Schießscharten. Ich fragte mich, wo sich die Frauen und Kinder aufhielten. Wahrscheinlich im Innenhof, wo sie vor den Kugeln sicher wären. Als wir die Treppe hinaufgingen, hörte ich das Gebäude stöhnen, wie ein Schiff im Sturm. Die Wände des Treppenhauses waren naß, und die Reste des Treppenläufers unter unseren Füßen waren durchgeweicht. Über uns hörte ich, wie die Balken ächzten.

«Es ist der verdammte Dachgarten», sagte ich zu Chollo.

«Der Dachgarten?»

«Ja. Es regnet schon seit drei Tagen. Die ganze Erde auf dem Dach hat sich mit Wasser vollgesogen. Und jetzt kracht das Haus unter dem Gewicht zusammen.»

«Nett», sagte Chollo.

Wir erreichten den ersten Stock und gingen links durch das Treppenhaus in Richtung auf das Vorderzimmer. Dort, wo die Wand des Treppenhauses mit der Außenwand eine Ecke bildete, stand ein Mann geduckt am Fenster, hielt sich in Deckung und versuchte hinauszusehen. Als wir den Gang entlang auf ihn zukamen, sah er auf und zog die Augenbrauen zusammen. Wir kamen ihm wohl nicht bekannt vor. Seine Hand verschwand unter der Jacke. Chollo sagte etwas auf spanisch und deutete mit dem Daumen auf die Treppe hinter uns. Jetzt hatte der Posten seine Waffe heraus, einen großen 45er Colt aus rostfreiem Stahl. Er sah an uns vorbei in die Richtung, in die Chollo gezeigt hatte, und ich traf ihn mit dem Knüppel etwas oberhalb des rechten Ohrs. Er grunzte, ließ den Revolver fallen und torkelte gegen die Wand. Ich schlug ihn noch einmal auf die gleiche Stelle, und er seufzte und rutschte an der Wand herunter und blieb liegen. Sein Hemd färbte sich dunkel vom Wasser, das an der Wand herablief.

«Was hast du gesagt?» fragte ich Chollo.

«Ich sagte: ‹Du sollst sofort zu Luis.›»

Inzwischen hatte Chollo eine Pistole in der Hand, ansonsten aber sah er genauso entspannt aus wie vorhin bei Deleon, als ich gedacht hatte, er könnte jeden Augenblick einschlafen. Ich sah auf die Tür zu Lisas Zimmer. Sie war mit einem Vorhängeschloß verriegelt. Ich trat an die gegenüberliegende Wand zurück, spürte ihre Nässe an meiner Hose, wo sie von der Lederjacke nicht geschützt war, dann trat ich mit voller Kraft gegen die Tür und hörte, wie sich die Schrauben der Haspe aus dem Holz rissen. Ich trat zurück und wiederholte die Prozedur, und die Tür flog auf. Im Zimmer war es dunkel. Chollo holte eine kleine Taschenlampe heraus und leuchtete hinein, und da stand Lisa St. Claire. Sie trug Jeans und ein T-Shirt und hielt ein Eisenrohr wie einen Baseballschläger in der Hand. Ihre Augen waren vor Schreck geweitet wie die eines Rehs im Scheinwerferlicht.

Es wurde jetzt heftiger geschossen. In der feuchten Dunkelheit hörte sie jemanden an der Tür. Sie trat zurück, und die Tür flog auf. Nach der pechschwarzen Finsternis ihres Zimmers war selbst das schwache Licht vom Flur her zu stark für sie. Sie starrte hinaus, versuchte, etwas zu erkennen. Da war einer im Flur, nein zwei – ein großer Mann mit sehr breiten Schultern und ein schlankerer Mann mit den Bewegungen eines Ballettänzers. Beide hatten Pistolen in der Hand. Überall tropfte das Wasser von der Decke, lief an den Wänden herunter. Einer der Männer sagte etwas. Sie zog sich ein wenig ins Zimmer zurück, kauerte sich hin. Vielleicht konnte sie an ihnen vorbeirennen, wenn sie hereinkamen, um sie zu holen. Sie sagte etwas, ohne zu wissen, was sie gesagt hatte. In ihren Ohren klang ihre Stimme wie das Knurren eines wilden Tiers. Der Mann sprach wieder. Sie kannte ihn. Er war mit seiner Freundin bei der Hochzeit gewesen. Sie sagte etwas und hörte nicht, was sie sagte. Er sprach, und sie hörte ihn nicht. Aus ihrer Welt war die menschliche Regung verschwunden. Sie spürte seinen Arm um sie. Sie ging mit ihm, vor ihnen lief der Tänzer. Um sie herum ächzte das Haus, stöhnte wie unter einer schrecklichen Belastung. Die Wände waren glitschig vom Wasser. Als sie mit dem Mann die Treppe hinabstieg, mußte sie sich am Geländer festhalten, um auf den nassen Stufen nicht auszurutschen. Ihr Herz schlug heftig. Mit ihrer ganzen Kraft rang sie um Selbstbeherrschung. Ruhig bleiben, dachte sie. Bereit sein, noch bin ich nicht draußen. Auf der Treppe war Luis. In ihr zog sich etwas zusammen. Worte auf spanisch. Dann waren sie an der Haustür. Gedränge, Schüsse. Hinaus auf die regennasse, schwarz glänzende nächtliche Straße. Regengeruch. Scheinwerfer. Vor ihr Schweigen. Hinter ihr das stöhnende Haus. Der große Mann hatte sie immer noch fest im Arm. Scheinwerfer. Ihr eigener flacher Atem. Eine plötzliche Angst vor diesem offenen, ungeschützten Ort ließ sie erschaudern. Sie konnte kaum atmen. Ruhig bleiben. Bereit sein. Sie spürte den Regen auf ihrem Gesicht. Um sie herum bewaffnete Männer, wie zu Klumpen geballt. Der große Mann hielt sie immer noch fest. Die Straße kam ihr riesig und formlos vor, die Gestalten auf der anderen Straßenseite weit weg und unwirklich, die Gebäude nebenan in großer Ferne. Ihr war ein wenig schwindelig, als könnte sich die instabile Erde unter ihren Füßen plötzlich auf den Kopf stellen.

Luis sprach mit dem großen Mann. Ich muß ruhig bleiben, dachte sie. Hinter sich hörte sie, wie etwas mit einem dumpfen Geräusch zu Boden fiel, vielleicht mit Wasser vollgesogener Putz. Irgendwo im Haus gab ein Balken splitternd, kreischend nach. Ich muß bereit sein.

Kapitel 42

Ich sagte: «Lisa, ich bin's, Spenser.»

Sie sagte: «Bleibt mir vom Leibe.» Knurrte es fast.

Ich sagte: «Frank hat mich geschickt. Ich bin gekommen, um dich hier herauszuholen.»

Chollo drehte die Taschenlampe, so daß sie mein Gesicht beleuchtete, und wir standen eine Weile schweigend da, um uns das Ächzen und Stöhnen des Hauses, das Knallen und Rasseln der Schüsse.

Da sagte sie: «O Gott!» Und ich hörte, wie das Eisenrohr zu Boden fiel.

Chollo leuchtete sie wieder an. Sie kam auf mich zu, versuchte klarer zu sehen.

«Franks Freund?» sagte sie. «Du warst bei der Hochzeit. Du und Susan.»

«Der bin ich», sagte ich. «Das hier ist mein Freund Chollo.»

«Mein Gott», sagte sie, «o mein Gott. Wo ist Frank? Ist Frank okay?»

«Er ist okay. Wir bringen dich zu ihm.»

«O mein Gott», sagte sie.

Dann stand sie vor mir, und ich legte den Arm um sie, und sie fing an, am ganzen Körper zu zittern.

Chollo sagte: «Wir sollten hier weg.»

Ich drehte mich um und legte den linken Arm um ihre Schulter. Als wir aus dem Raum traten, nahm ich die Browning in die Rechte und entsicherte sie. Ein Stück Putz fiel von der Decke, und unter meinen Füßen bewegte sich der Boden wie ein Schiffsdeck bei Wellengang. Oben an der Treppe hielt Chollo plötzlich und sagte: «Ups.» Etwa auf halber Höhe stand Deleon auf der Treppe mit einer kleinen Automatik in der Hand, hinter ihm Ramon Gonzalez und weitere fünf oder sechs Mann. Chollo schrie ihnen etwas auf spanisch zu und ging die ersten Treppenstufen hinunter. Ich schob Lisa vor mich her zur Treppe und weiter nach unten. Deleon zögerte, und Chollo schrie ihn wieder auf spanisch an, und die Männer hinter Deleon drehten sich um und rannten weg.

«Das Haus bricht zusammen, wir retten Lisa», sagte Chollo sehr schnell zu mir.

«Lisa!» brüllte Deleon.

Chollo war jetzt bei ihm und redete auf ihn ein. Deleon drehte sich zu uns um.

«Bring Lisa hier lang», sagte er und lief die Treppe hinab. Durch das Treppenhaus floß das Wasser aus den oberen Stockwerken jetzt in Strömen, schlammig und stinkend nach Alter und Verfall. Die Treppe wankte, und der schlammig-nasse, glitschige Boden der Eingangshalle warf sich auf und buckelte sich unter unseren Füßen. Einige von Deleons Leuten zogen an der Vordertür, die wegen der Schieflage des Gebäudes klemmte. Über uns hörte ich Deckenbalken und Dielen splittern. Deleon erreichte die Vordertür, stieß die Männer roh beiseite und zerrte daran. Sie bewegte sich nicht. Ich ging zu Deleon und faßte mit an. Meine linke Hand umfaßte seine Hand auf der Klinke. Zusammen rissen wir die Tür auf. Ein Scharnier hatten wir mit losgerissen, und die Tür hing jetzt in einem spitzen Winkel nach innen. Alle versuchten gleichzeitig, sich ins Freie zu drängen. Deleon stieß seine Leute zurück. Voller Panik versuchte sich ein Mann an ihm vorbeizuschieben, und Deleon schoß ihm in die Stirn. Dann drehte er sich um, hielt mit dem Rükken seine vorwärts drängenden Leute zurück und sagte: «Lisa.» Ich stieß sie vor mir her, an ihm vorbei, durch die Tür hinaus in den Regen. Hinter mir war Chollo, und hinter ihm war Deleon. Irgendwo in der Dunkelheit wurden Autoscheinwerfer eingeschaltet, und die Straße war augenblicklich blendendhell erleuchtet, glänzte plötzlich im silbrigen Regen. Hinter uns strömten Deleons Männer aus dem Gebäude, in dem weitere Balken und Stützen splitterten und kreischend auseinandergerissen wurden. Die linke Ecke, wo noch vor wenigen Minuten Lisa gewesen war, sackte langsam in sich zusammen, wie ein sterbender Elefant, brach auseinander und fiel mit einem gewaltigen Krachen auf die Straße. Am nackten Ende des Gebäudes hing ein Stück Sperrholz noch an einem einzigen Nagel und pendelte über dem Schutt im aufsteigenden dicken Pflasterstaub hin und her.

«Wenn du jemanden ausräucherst», sagte Chollo, «machst du keine halben Sachen.»

Um uns drängelten sich die verwirrten Gangster und kniffen die Augen im blendenden Scheinwerferlicht zusammen. Die Schüsse hatten aufgehört. Deleon kam auf uns zu, und Lisa preßte sich an mich.

«Lisa», sagte Deleon.

Sie drückte sich noch enger an meinen Rücken. Ich drehte mich so, daß ich zwischen ihr und ihm stand.

«Weg von ihr», sagte Deleon.

Er wollte an mir vorbeigehen. Ich spürte, wie Lisas Hände sich in meine Jacke krallten. Aus dem Augenwinkel sah ich, wie Chollo ein paar Schritte zur Seite ging, um einen besseren Schußwinkel zu haben. Die Hand mit der großen Automatik hing locker herab. In Deleons Augen war wieder ein unmenschliches Flackern. Er legte eine Hand auf meine linke Schulter und wollte mich zur Seite schieben. Ich ließ mich nicht schieben. Das überraschte ihn. Er schob weiter. Ich war immer noch im Wege. Seine rechte Hand kam hoch. Mit der kleinen Pistole drin.

Chollo sagte: «Spenser.»

Mit der linken Hand schlug ich die Pistole beiseite und traf ihn mit einer geraden Rechten mitten ins Gesicht. Blut spritzte aus seiner Nase, er machte einen Schritt zurück und setzte sich plötzlich auf die regenglänzende Straße, im blendenden Scheinwerferlicht. Die Pistole fiel ihm aus der Hand, und ich stieß sie mit dem Fuß in die Dunkelheit, wo die Autos standen. Ich hatte die Browning schon heraus und entsichert, als Chollo Ramon Gonzalez erschoß. Gonzalez wirbelte herum, machte drei schnelle Schritte auf das zusammenbrechende Haus zu und fiel mit ausgestreckten Armen auf das Gesicht. Seine zwei Pistolen mit den Perlmuttgriffen schlitterten über den nassen Asphalt und knallten gegen den Rinnstein. Einen Augenblick lang gab es kein Geräusch, nur das hallende Schweigen, das immer auf einen Schuß folgt. Deleons Leute waren verwirrt. Sie wußten nicht, auf wessen Seite wir waren. Wollten wir Lisa aus dem Gebäude retten oder vor ihnen? Ihre Burg brach zusammen, ihr Chefpistolero war gerade von dem Typen erschossen worden, der mit dem Boss Geschäfte abwickeln wollte, und der

Boss hatte von einem Anglo, der mit dem Typen gekommen war, der die Geschäfte abwickeln wollte, eins auf die Fresse bekommen. Hinter den Scheinwerfern stand der Erzfeind, und sie waren ohne Deckung seinen Gewehren ausgeliefert. Ich stand vor Lisa. Mit leichten Schritten, die kaum den Boden zu berühren schienen, nahm Chollo hinter uns Aufstellung, um die Menge von dort aus in Schach zu halten.

Deleon hielt seine Hände gegen die Nase, aus der das Blut strömte. *«No dispara»*, schrie er. *«La mujer. No dispara.»*

Hinter mir übersetzte Chollo leise: «Schießt nicht auf die Frau.»

Deleon tastete am Boden neben sich nach seiner Pistole, fand sie nicht und stand auf. Mit der linken Hand versuchte er, das Blut zurückzuhalten.

«Das ist nicht dein Mann», sagte er zu Lisa.

«Nein», sagte sie. «Ein Freund.»

Mit einem lauten, zerrenden Krachen fiel ein weiterer Teil des Hauses in sich zusammen. Wasser und Schlamm ergossen sich auf die wachsenden Schuttmassen und dämpften die aufstiebenden Staubwolken.

«Wir bringen sie hier weg», sagte ich. «Wir wollen nicht, daß ihr etwas zustößt.»

«Sie kommen nicht von Joseph Broz», sagte Deleon langsam. Es ging ihm wie seinen Leuten, alles war zu schnell gegangen. Jetzt versuchte er, die Sache auf die Reihe zu kriegen.

«Nein.»

«Und Mr. del Rio?»

«Für Mr. del Rio bist du ein kleiner Wichser, Luis», sagte Chollo. «Entschuldigung», sagte er zu Lisa.

Deleon nickte langsam. Er hielt sich jetzt den linken Ärmel gegen die Nase und hatte damit etwas mehr Erfolg beim Blutstillen. Er sah mich an, als ob ihm langsam ein Licht aufging. Hinter ihm sah ich, wie die Frauen und Kinder aus einem der Hofeingänge im Nachbarhaus herauskamen. Die Frauen drückten sich aneinander, und die Kinder suchten Schutz bei den Frauen. Vor ihnen bauten sich einige der Männer auf, wie die Bullen in einer Büffelherde vor den Kälbern.

«Es war bloß ein Trick, um hereinzukommen.»

«Ja.»
«Um Lisa zu holen.»
«Ja. Jetzt werden wir weggehen, hinter diese Autos.»
«Nein.»
«Doch. Wir haben die Frau. Wenn wir wollen, sind Sie dran. Da draußen steht Freddie Santiago mit fünfzig Mann. Sie haben keine Deckung, Sie können nirgendwo hinrennen. Wenn Sie irgend etwas versuchen, werden alle sterben. Es gibt ein Blutbad.»
«Du willst mich verlassen?» sagte er zu Lisa.
«Wenn du mich behalten willst, mußt du mich töten.»
«Und wenn ich dich gehen lasse?»
«Ihre Leute gegen uns», sagte ich. «Wenn wir hier wegkommen, kommen Sie auch weg.»
«Und Freddie Santiago?»
Ich rief in die Dunkelheit: «Sẽnor Santiago?»
Von hinter den Scheinwerfern kam Santiagos Stimme: «Ich bin hier.»
«Die Abmachung ist doch: seine Leute gegen uns.»
«Mir ist egal, was mit *los campesinos* passiert», sagte Santiagos Stimme. «Aber Luis kommt mit Ihnen.»
«Bauern», übersetzte Chollo leise.
Unter den *campesinos* erhob sich ein Gemurmel. Was sie im einzelnen sagten, war unklar, aber der allgemeine Tenor war deutliche Ablehnung.
«Das war nicht unsere Abmachung», sagte ich.
«Sie wollten ihn für mich ausschalten», sagte Santiagos Stimme.
«Das war nicht nötig», sagte ich. «Statt dessen ist das Haus zusammengeklappt.»
«Ich will immer noch, daß er ausgeschaltet wird», sagte Santiagos Stimme. «Sie sind derjenige, der einseitig die Abmachung verletzt.»
«Die Abmachung gefällt mir so nicht», sagte ich.
«Ob Ihnen etwas gefällt oder nicht gefällt, ist in Ihrer jetzigen Situation höchst gleichgültig, Mr. Spenser», sagte Santiagos Stimme. «Entweder kommt er mit Ihnen, oder wir schießen einfach alles über den Haufen, Sie und die Frau eingeschlossen.»
Inzwischen hatten sich die meisten von Deleons Truppe aus der

Gefechtszone zurückgezogen und sich vor den Frauen und Kindern versammelt. Einige Kinder weinten. Die Browning hielt ich fest auf Deleons Bauch gerichtet. Er sah auf Lisa, dann auf das Knäuel von Männern, Frauen und Kindern, die sich am Hofeingang zusammenkauerten. Sie saßen in der Falle. Fische im Netz. Schließlich wandte er den Kopf zu mir zurück und sah mir eine Weile in die Augen. Ich erwiderte seinen Blick. Wir wußten beide, wie es ausgehen mußte. Deleon sah Lisa an.

«Ich wollte dich gehen lassen», sagte er.

Sie antwortete nicht.

«Deshalb habe ich dir deine Sachen bringen lassen.»

Sie sagte nichts. Er hielt lange den Blick auf sie gerichtet.

Aus der Dunkelheit kam wieder Santiagos Stimme.

«Kommen Sie nun oder nicht? Ich habe lange darauf gewartet, Luis Deleon zu fangen. Ich will nicht länger warten müssen.»

«Es ist Zeit», sagte ich zu Deleon.

Den Blick immer noch auf Lisa geheftet, rief er den Männern und Frauen, die dichtgedrängt im Hofeingang standen, etwas auf spanisch zu. Als die Männer dorthin zurückgegangen waren, hatte sich Chollo umgedreht, um sie im Auge zu behalten, und jetzt stand er neben mir.

«Er sagt, er geht mit Santiago», übersetzte Chollo. «Er sagt, nicht schießen.»

Ich nickte. Deleon richtete sich auf und zupfte an seinem Kostüm. Das offene Seidenhemd war dunkel vom Blut aus seiner Nase. Das Blut auf seinem Gesicht begann zu trocknen.

«Ich bin nicht nur verrückt», sagte er zu Lisa. «Ich habe dich immer geliebt.»

«Das zählt jetzt nicht», sagte Lisa.

Deleon nickte. Er wollte etwas sagen, hielt aber inne. Ich glaube, er hatte Tränen in den Augen. Er wandte sich schnell ab.

«Wir könnten kämpfen», sagte Chollo.

«Und verlieren», sagte ich.

«Es gibt Schlimmeres», sagte Chollo.

«Wir sind hier, um Lisa zu retten», sagte ich.

«Okay», sagte Chollo.

Deleon sah kurz zum dunklen Himmel auf. Der Regen schlug

ihm ins Gesicht. Dann ging er auf die Autos zu. Wir folgten ihm im Abstand von etwa zehn Metern, Lisa zwischen uns, ihre rechte Hand in meiner Linken, in meiner Rechten die Browning. Ich konnte Chollos Atem hören, wenn er die Luft mit einem leicht zischenden Geräusch durch die kaum geöffneten Lippen zog. Chollo hielt die Pistole mit dem Lauf nach oben gegen die Wange gedrückt. Er war derart auf den Augenblick konzentriert, daß er wie ein jagendes Tier aussah. Wir gingen auf die Dunkelheit hinter den Scheinwerfern zu.

An der vorderen Stoßstange eines der Autos hielt Deleon wieder. Der gnadenlose Regen weichte das getrocknete Blut wieder auf, so daß sein Hemd rosarot aussah. Er sah zu Lisa zurück.

«Ich hätte dich gehen lassen», sagte er und trat in die Finsternis hinter den Wagen.

Als er verschwand, erhob sich von den hinter uns in der Einfahrt zusammenstehenden Leuten aus San Juan Hill eine Art Seufzer. Dann gab es ein Schweigen. Dann der Peitschenknall einer Pistole, dann gar nichts mehr.

Ich legte den linken Arm um Lisa, und wir gingen zwischen die Autos ins Dunkle. Als sich unsere Augen umgestellt hatten, sahen wir einen Haufen bewaffneter Männer. Chollo war jetzt vor uns, drängte sich durch die Männer hindurch. Auf dem Boden, mit dem Gesicht nach unten, lag die Leiche Luis Deleons. Der Regen schlug ihm auf den Rücken. Neben der Leiche stand Freddie Santiago. Er trug einen Burberry-Trenchcoat und einen weichen Filzhut mit einem Regenschutz aus durchsichtigem Plastik. Ich hörte, wie Lisa nach Atem rang.

«Du solltest nicht hinsehen», sagte ich.

«Ich kann hinsehen.»

Lisa ging einen Schritt von mir weg auf die Leiche zu und starrte darauf. Die regennassen Haare klebten ihr am Kopf, ihr T-Shirt war völlig durchweicht. Keiner sprach.

«Das arme Schwein», sagte Lisa schließlich mit zitternder Stimme, wandte sich ab und lehnte sich gegen mich. Ich legte wieder den Arm um sie.

«Jetzt haben Sie Proctor», sagte ich zu Santiago.

«Und Sie haben das Mädchen», sagte er. «Es war mir ein Vergnügen, mit Ihnen Geschäfte zu machen.»

Chollo war ins Auto gestiegen und hatte die hintere Tür geöffnet. Ich hörte, wie er den Motor anließ.

«Mir nicht», sagte ich und lief mit Lisa zum Auto und stieg ein und brachte sie nach Hause.

Sie fuhren nach Boston, Richtung Süden, direkt in den Regen hinein, der die Windschutzscheibe überflutete. Am Steuer saß der Tänzer. Sie saß mit dem großen Mann hinten. Im Auto entzog sie sich seinem Arm. Er bot ihr Schutz, aber er engte sie auch ein, und selbst diese schützende Enge war jetzt nicht zu ertragen. Sie sprachen miteinander. Aber keine Worte konnten die kristallene Schicht durchdringen, in deren Zentrum sie sich befand. Es gab ein Gespräch am Autotelefon. Das schwere, nasse Geräusch des Verkehrs dröhnte im Hintergrund, während sie fuhren. Dann wurde der dunkle Highway heller, und sie waren innerhalb des Stadtrings. Der Regen hörte auf, und die Windschutzscheibe wurde klar. Sie fuhren durch Vororte, wo die Fenster hell erleuchtet waren und die Menschen ein normales Leben führten. Der Highway war jetzt erhöht, sie fuhren durch die Innenstadt hinter dem Nordbahnhof, dann auf die große Ost-West-Verbindung. Kurz danach hielten sie unter dem Vordach eines Krankenhauses, und sie stieg aus dem Auto und war in der Empfangshalle. Sie sah Polizisten, manche von ihnen kannte sie, das wußte sie noch. Ein Fahrstuhl, Menschen auf dem Flur, weiße Kleider, weiße Kittel, dann ein Zimmer, in dem Frank aufrecht im Bett saß, frisch rasiert und gekämmt. In der Tür blieb sie stehen. Es waren andere Menschen im Zimmer. Der große Mann sagte etwas. Die Menschen blieben noch. Er sagte wieder etwas, diesmal schärfer, und die Menschen gingen. Der große Mann ging mit ihnen. Allein. Sie ging langsam zum Bett und blickte auf ihren Mann. Er sagte etwas. Sie sagte etwas. Sie spürte die Tränen hinter ihren Augen. Sie setzte sich neben ihn aufs Bett, und er streckte den rechten Arm aus, und sie ließ sich in seinen Arm fallen und drückte das Gesicht gegen seine Brust und schloß die Augen und sah nichts mehr. Später fragte sie sich, ob sie ihm weh getan hatte, als sie sich so fest an seine Brust drückte. Aber er sagte nichts, und sein Arm hielt sie fest umklammert.

Kapitel 43

Es war ein warmer Samstagabend im Sommer. Pearl war bei mir, dafür war ich bei Susan, und wir saßen auf ihrem Balkon, tranken Cocktails und freuten uns auf frische Maiskolben und zwei Büffelsteaks vom Holzkohlengrill. Die Büffelsteaks kamen von der Alta Vista Farm, irgendwo im Norden von Massachusetts, und Susan mochte sie, weil sie weniger Fett hatten als Hühnchen. Wir hatten die Kohlen im Grill schon angezündet und warteten darauf, daß sie zu dieser schönen grauen Asche wurden, während es den Steaks in einer Marinade aus Rotwein, Rosmarin und Knoblauch gutging. Es war ziemlich heiß auf dem Balkon, also meinten wir nach dem zweiten Cocktail, daß es ganz nett wäre zu duschen, und nachdem wir geduscht hatten und ohnehin ausgezogen waren, könnten wir uns ein bißchen ins Schlafzimmer legen, wo es eine Klimaanlage gibt, während wir auf die Holzkohlen warteten.

«Ich habe heute mit Lisa St. Claire zu Mittag gegessen», sagte Susan. «Sie hat ziemlich begeistert von dir gesprochen.»

Ich ging gerade der wissenschaftlichen Frage nach, weshalb Susans Körper so viel besser war als die Körper anderer Frauen. Zu diesem Zweck mußte ich ihn mir genau ansehen und hin und wieder auch handfeste Untersuchungen anstellen. Ich wußte, daß sie dadurch abgelenkt wurde, aber ich war der Wissenschaft verpflichtet.

«Vielleicht weil ich sie aus den Händen eines wahnsinnigen Mörders befreit habe», sagte ich.

«Könnte etwas damit zu tun haben... Was machst du da?»

«Ich experimentiere.»

«Also, wenn du willst, darfst du es noch mal machen.»

«Falls es sich als nötig erweisen sollte», sagte ich. «Wie kommen sie und Belson klar?»

«Ich glaube, sie sind okay», sagte Susan. «Zum einen haben sie es jetzt mit wirklichen Menschen zu tun, nicht mit irgendwelchen Märchengestalten, die sie sich füreinander ausgedacht haben.»

Susan atmete tief ein und ließ die Luft langsam heraus.

«Und dann... haben sie beide... gelernt», sagte sie.

«Ja?» sagte ich. «Was haben sie beide gelernt?»

Susan drehte sich ein wenig zu mir.

«Ich... kann... mich nicht... erinnern», sagte sie.

«Sie hat gelernt, daß er ihr keinen absoluten Schutz bieten kann», sagte ich.

«Ja», sagte Susan.

«Er hat gelernt, daß sie keine Göttin ist, die sich dazu herabgelassen hat, ihn zu heiraten», sagte ich.

«Und was... hast du... gelernt?»

«Ich glaube, ich habe herausbekommen, wie ich deine Aufmerksamkeit gewinne», sagte ich. Meine Stimme klang etwas rauh in meinen Ohren.

«Das... weißt du... schon... seit... Jahren», sagte Susan.

Sie legte ihr Gesicht ganz nah an meins, so daß ihre Lippen meine Lippen sanft berührten, wenn sie sprach. Ich räusperte mich, aber mir kam meine Stimme immer noch etwas kratzig vor.

«Kann nicht schaden, etwas zu trainieren», krächzte ich.

«Überhaupt nicht.»

Susan reckte sich und drückte ihren Körper gegen mich. Ihre Stimme war ganz weich.

«Tu... mir... einen... Gefallen», sagte sie.

«Ja?»

«Bitte... hör auf... zu quatschen.»

«Wir sind gerade frisch geduscht», keuchte ich. «Jetzt werden wir wieder ganz verschwitzt.»

«Halt... den... Mund», flüsterte sie.

Und das tat ich dann auch.

Colin Dexter

«Seit Sherlock Holmes gibt es in der englischen Kriminalliteratur keine interessantere Figur als Chief Inspector Morse ...»
Süddeutsche Zeitung

Der letzte Bus nach Woodstock
(thriller 3142)

... wurde sie zuletzt gesehen
(thriller 3156)

Die schweigende Welt des Nicholas Quinn
(thriller-Dreierband 3102 und Neuausgabe Februar 97, thriller 3263)

Eine Messe für all die Toten
(thriller 3173)
In der kleinen Gemeinde von St. Frideswide's kursieren wilde Gerüchte: Jemand stiehlt Beträge aus der Kollekte, der Pfarrer soll sich den Chorknaben zu sehr nähern, der Organist hat ein Verhältnis mit der Frau des Kirchenältesten.
Alles sehr unerfreuliche, aber nicht gerade außergewöhnliche Dinge: Doch dann geschieht etwas Ungeheuerliches: Während des Gottesdienstes wird der Kirchenälteste umgebracht ...
Ausgezeichnet mit dem Silver Dagger der britischen Crime Writers' Association.

Die Toten von Jericho
(Neuausgabe Oktober 96, thriller 3242)
Ausgezeichnet mit dem Silver Dagger der britischen Crime Writers' Association.

rororo thriller

Das Rätsel der dritten Meile
(thriller 2806)
«... brillant, komisch, bizarr und glänzend geschrieben.»
Südwestpresse

rororo thriller werden herausgegeben von Bernd Jost. Ein Gesamtverzeichnis der Reihe finden Sie in der *Rowohlt Revue*. Jedes Vierteljahr neu. Kostenlos in Ihrer Buchhandlung.

3005/5

Colin Dexter

«Dexter ist allen anderen Autoren meilenweit voraus.»
The Literary Review

Hüte dich vor Maskeraden
(Neuausgabe August 96, thriller 3239)
«Ein intelligenter Krimi zum Mit-Denken. So etwas ist selten.»
Frankfurter Rundschau

Mord am Oxford-Kanal
(thriller 2960)
Ausgezeichnet mit dem Gold Dagger der britischen Crime Writers' Association.

Tod für Don Juan
(thriller 3041)
Kaum sind die amerikanischen Touristen in Oxford eingetroffen, da wird Chief Inspector Morse zu einer Toten gerufen. Die Touristin ist offensichtlich an Herzversagen gestorben, als sie den Diebstahl einer wertvollen antiken Brosche entdeckte. Klarer Fall, meint Sergeant Lewis. Ein plötzlicher Tod ist immer mysteriös, sagt Morse. Erst recht, wenn kurz darauf noch ein Toter gefunden wird.

Finstere Gründe
(thriller 3100)
Ausgezeichnet mit dem Gold Dagger der britischen Crime Writers' Association.

Die Leiche am Fluß
(thriller 3189)

rororo thriller

Ihr Fall, Inspector Morse
Stories
(thriller 3148)
«Seit Sherlock Holmes gibt es in der englischen Kriminalliteratur keine interessantere Figur als Chief Inspector Morse», schrieb die *Süddeutsche Zeitung*. In diesem Storyband treten beide auf: Morse löst – wie immer – brillant fünf knifflige Fälle, und Sherlock Holmes verblüfft wieder einmal Dr. Watson – auf sehr ungewöhnliche Art. Auch die übrigen Geschichten beweisen durch die Raffinesse ihrer Konstruktion, die überraschenden Wendungen und die total unvorhersehbaren Lösungen Dexters Meisterschaft.

rororo thriller werden herausgegeben von Bernd Jost. Ein Gesamtverzeichnis der Reihe finden Sie in der *Rowohlt Revue*. Jedes Vierteljahr neu. Kostenlos in Ihrer Buchhandlung.

3006/5

Jerry Oster

Jerry Oster arbeitete viele Jahre als Journalist und Filmkritiker in New York, bevor er begann, Bücher zu schreiben. Die *New York Times* bezeichnet ihn als den besten Krimiautor der letzten Jahre.

Saint Mike
(thriller 2924)
Susan Van Meter ist ein Undercover-Narco. Deckname: Saint Mike. Ihr Mann hat an einem brisanten Fall gearbeitet, bis er von einer unbekannten Schönen eiskalt hingerichtet wurde. Saint Mike muß diesen Fall aufklären.

Death Story
(thriller 3011)
Herzschuß. Der Mittelfinger ist abgetrennt und steckt im Mund der Leiche. An der Wand prangt kryptisch das Graffiti: Raleigh... Kein leichter Job für Joe Cullen, denn er muß gegen Kollegen ermitteln.

Nowhere Man
(thriller 2925)
Der dritte Gedanke des Joggers war sein letzter, denn das, was die Gestalt ihm entgegenhielt, war kein wertloses Schmuckstück, auch keine Hand, die ihn stoppen wollte, sondern eine Pistole. Die Kugel schlug ein Loch in seine Stirn und beendete das Denken...

Wenn die Nacht kommt
(thriller 3155)
«Brillante Dialoge, seine Großstadt pulst und keucht.»
Stuttgarter Zeitung

rororo thriller

Dschungelkampf
(thriller 2773)
In der U-Bahn stirbt Carlos Pabon mit einem Loch in der Stirn. Die Zeitungen reden vom «Samariter-Killer», denn Pabon war ein mieser und kaputter Streetboy. Weitere Morde passieren. Detective Jake Neumann und sein Partner setzen sich auf die Spur...

Dirty Cops
(thriller 3108)
Joe Cullen ermittelt gegen einen unbarmherzigen Cop-Killer und gerät dabei in einen brodelnden Sumpf aus Gewalt...

rororo thriller werden herausgegeben von Bernd Jost. Ein Gesamtverzeichnis der Reihe finden Sie in der *Rowohlt Revue*. Jedes Vierteljahr neu. Kostenlos in Ihrer Buchhandlung.

3026/3